富貴不能淫貧賤
不能移威武不能屈

读书与做人

熊十力 著

四川文艺出版社

图书在版编目（CIP）数据

熊十力读书与做人 / 熊十力著 . -- 成都 ：四川文
艺出版社，2025. 1. -- ISBN 978-7-5411-7118-5

Ⅰ . I267

中国国家版本馆 CIP 数据核字第 2024D58Y17 号

XIONGSHILI DUSHU YU ZUOREN

熊十力读书与做人

熊十力 著

出 品 人	冯　静
联合出品	蓝色畅想　AS 远讲文化　有识
责任编辑	姚晓华
特约编辑	杨雨兰
内文设计	李梓祎
插画绘制	姑苏阿焦
封面设计	仙　境
责任印制	孙文超

出版发行　四川文艺出版社（成都市锦江区三色路238号）

网　　址　www.scwys.com

电　　话　010-82372882（发行部）

印　　刷　三河市九洲财鑫印刷有限公司

成品尺寸　145mm×210mm　　开　本　32开

印　　张　10　　　　　　　字　数　210千字

版　　次　2025年1月第一版　印　次　2025年1月第一次印刷

书　　号　ISBN 978-7-5411-7118-5

定　　价　52.00元

人谓我孤冷，吾以为人不孤冷到极度，不堪与世谐和

读书必先有真实的志愿，前云须"定趋向"。然若无真实志愿，则不足以达其所趋向。凡人无志愿者，则其生活虚浮无力，日常念虑云为，无往不是苟且，无往不是偷惰，无往不是散漫，如是而欲其读书能有所引发以深造自得，此必不可能之事也。

志愿是从自觉自了的深渊里出发的，是超越物我的计较的，是极其洒脱而无俗情沾滞的，是一种向上的努力，自信自肯而不容已的。唯真有志愿的人，才识此意味，一般人如何识得？

凡人若无志深远，但以教书糊口，则随地可居。若欲努力学术，则所居之处，必不容不择，尘俗之地，断无缘引发理想。

仁人之心，须与群生痛痒相关，否则麻木不仁，非人类矣。然此心不麻木，谈何容易。要在随事反省，非可腾诸言说。佛家经籍，盛谈悲愿。读者以此反省诸心果麻木与否，方是自修之实；若直以经中悲愿之谈，当作自家怀抱中之所具，居之不疑，因以形诸文学，俨若慈育人天，此则不足欺人，而实欺己矣。

吾人为自由而生，不可一息失去自由。吾人尊重一己之自由，同时尊重他人之自由。

担当天下事，不是一人智力所能胜任，以天下治天下，绰乎有余裕矣。

于虚空之中，而有诸天。于诸天之中，而有地球。于地球之上，而有吾人。人者万物之一也。渺乎小哉！

唐人诗有云："春风无限潇湘意，欲采蘋花不自由。"如此爱自然而不忍伤物之意，乃真是自由意思。

生生不息，刚健也；变动不居，刚健也；中正纯粹精，刚健也；含万理、
备万善、藏万化，贞恒而不可变易，皆刚健也。

一言心，便与境对，或亦云与物对。故心非即是本体。然心之可说为体者，正以此心虚灵而不物化故耳。若心为形役者，则其人之放失其心也亦已久矣。操存舍亡，君子所以弗忘戒惧。

目录

第一章

读书，不可求快，尤须沉潜往复

第二章

人谓我孤冷，吾以为人不孤冷到极度，不堪与世谐和

第三章

本心才是吾人与天地万物所同秉之真性

第四章

凡有志根本学术者，
当有孤往精神

第五章

人必有真实志愿，
方能把握其身心

第六章

为学，苦事也，亦乐事也

第一章

读书，不可求快，尤须沉潜往复

与读书周刊

　　读书，须预定终身趋向。

　　有一种人，乐以事功表见，<small>所谓事功，非专就政治言，凡社会上各方面的业务，皆事功也</small>。是必早定某种事功的趋向，而对于某种事功所必储备之学问，必坚其意志，鼓其兴趣，竭其才力，孜孜以求，不容松懈。如此，则其所读之书，必与其所治之学问有关。庶几读书有补于学问，而学问又与事功相应，则人无废才，而国无废事。

　　又有一种人，性情不近事功，愿以书生的生活终其身，是必早定专门学问的趋向，而对于其所专治之学，亦必坚其意志，鼓其兴趣，竭其才力，孜孜以求，不容松懈。如此，则其所读之书，亦与其所专之学问有关，而无泛涉不精之病。

　　前者，可以说是持应用的态度而求学问；后者，可以说是本纯粹求知的态度而求学问。后者属专门家，以其所造有精密的系统故；前者所学未尝无限域，而不得名专门家者，以适用而止故。今日学子不预定趋向，读书漫无抉择，故卒业大学之后，作事则无可胜任。其委身学校者，亦多是混饭吃，而不肯努力学问，此真吾国青年莫大之危机。吾愿有志者各自早定终身趋向，勿以有用精神作无意识的浪废[1]，此读书所应注意者一。

读书必先有真实的志愿，前云须"定趋向"。然若无真实志愿，则不足以达其所趋向。凡人无志愿者，则其生活虚浮无力，日常念虑云为，无往不是苟且，无往不是偷惰，无往不是散漫，如是而欲其读书能有所引发以深造自得，此必不可能之事也。

人必有真实志愿，方能把握其身心，充实其生活。如诸葛武侯所谓"使庶几之志，揭然有所存，恻然有所感"。王阳明所谓"持志如心痛。一心在痛上，岂有工夫说闲话，管闲事？"人果能如此激发志愿，则胸怀广大，鄙私尽消。象山所谓"才一警策，便与天地相似"。诚非虚语。如此，则神明昭彻，而观物虑事，必能极其精而无蔽，综其全而不乱。其于读书也，必能返之己所经验而抉择是非，洞悉幽隐，曲尽书之内容，而不失吾之衡量。故其读书集义，乃融化的，而非堆集的；乃深造自得的，而非玩物丧志的。如此读书方得助长神智，而有创造与发明之望。若其人茫无志事，浑身在名利胶漆桶中，虽好博览载籍，增益见闻，要为浮泛知识，不可得真知正解，只是小知，不堪大受。社会上若只有此辈，其群必日益昏乱以趋于亡。故学者不徒贵读书而已，必先有志愿以立其本。

---

[1]　同"浪费"。

　　然复当知，"志愿"二字，极不易了解。常人高自标举我欲如何如何，以为此即其志愿。此正是狂妄之私耳，有志愿者所必克治也。志愿是从自觉自了的深渊里出发的，是超越物我的计较的，是极其洒脱而无俗情沾滞的，是一种向上的努力，自信自肯而不容已的。_{自肯是借用宗门语，意义甚深。}唯真有志愿的人，才识此意味，一般人如何识得？

　　有志愿即有真力量，故其对于学问或事功的趋向，能终始贯彻而无所辍。譬若电之走尖端，_{电，喻志愿力量。尖端，喻所趋向。}行所无事，而势不容已也。

　　或问：朱子《论语集注》释"十五志学"之"志"字曰："心之所之谓之志。"是则志即趋向也，而此以志愿与趋向分言之，何也？曰：朱子以"心之所之"言志，此朱子之失也。王船山《读四书大全说》："志者心之所存主。"斯为正义。孟子曰："人之所以异于禽兽者几希，庶民去之，君子存之。"船山存主之义，从是出也。诸葛武侯所谓"使庶几之志，揭然有所存"云云，亦此旨也。故人而无志，即去其"几希"而同于禽兽，甚至不如禽兽。今日中国人贪污淫侈，卑贱虚诳，甘为亡虏，毫不知耻，治不如怒蛙之有斗志、有生气也。此何以故？以其靦然人面[1]，而中无存主，人理绝而生意尽也。庄子曰："哀莫大于心死。"心死者，无所存主故也，无所志故也。唯中无所存主，故种种竞逐于

----

　　[1]　又作"靦然人面"。"靦然"，厚颜、惭愧的样子。

外，竞贪、竞淫、竞利、竞名、竞权、竞势、竞种种便利嗜好。竞争其私，而背大公。国已亡而无所觉知，种将灭而不关痛痒。人气灭绝，一至此极。然则今人必须变而成人，始可与言读书。此老怀所日夕愿望者也。

论学三书

与薛星奎

来信收到。闻近读理学书，不知如何读法，若不善抉择，恐难获益也。治宋、明儒学，于其反己体验之真切处，固宜以之自勘。于其许多精理名言，却宜再三寻绎，得其条贯与体系，而后衡其得失。理学究是禅与老气味重。栖神虚寂，而难语于孔子乾元行健，富有日新，及孟子扩充之妙。其思想方面，亦往往过拘于身心之间，而于《易》所云"仰观于天，俯察于地，近取诸身，远取诸物"数语，则只有"近取诸身"一句，而失先圣至周万物之神。今日言哲学，宜向西洋理智、思辨路数多用功夫，然后荡之以佛老，严之以宋、明儒，要归于乾元行健，富有日新，扩充无已之盛。今人智劣，不足谈斯事，幽居念此，仰屋咨嗟。星奎屡函，赞我之辞，适以谤我，茫茫斯世，知我者希，星奎何尤。子曰："莫我知也夫。""知我者其天乎？"古今独至之诣，旷百世难索解人，乃求默契于苍昊。余诚不敢妄引宣尼[1]，然自有独获，汉、唐巨儒之业，皆不屑为；宋、明大师之学，何当墨守？矫首八荒，游神千古，阖辟无碍，万变皆贞，非窥大化之奇，讵测圆通之境。

答刘公纯

治哲学者，研穷宇宙人生根本问题，有所解悟，便须力践之于日用之间，实见之于事为之际。此学此理，不是空知见可济事，若只以安坐著书为务，以博得一世俗所谓学者之名为贵，知与行不合一，学问与生活分离，此乃浅夫俗子所以终身戏论，自误而误人。吾子何慕于斯，必以业务为厌患哉。

答周生

重阳来信，吾精力短，倦作函。"父母在不远游，游必有方。"玩下一语，仍非不可远游也。男子生而悬弧矢，岂当守一邱之壑耶？孝之道广矣，年少力强，问学四方，真积力久，超然自得，将以"为天地立心，为生民立命，为往圣继绝学，为万世开太平"，非孝之至欤？硁硁自守，虽无败行，何补人群？贤者可造才，何自画如是。吾子勿以为己看古今书，已能明了当世名流。其实，吾子恐犹未得真眼目，此意难言。子之闻此也，纵不吾怒，决不得无疑于斯。然若能共

---

[1] 汉平帝元始元年，追谥孔子为褒成宣尼公，后因称孔子为宣尼。见《汉书·平帝纪》。

处，困学一番，当渐见此意耳。佛学最难得解人。谈有谈空，说玄说妙，其不模糊笼统者无几人。读书谈何容易，乡下蒙师，教"学而时习"章，字字讲得来，经师则以为不通也。经师自负讲得好，程、朱、陆、王诸老先生，又必以为未通也。乡塾穷竖，不通训诂，而经师非之。经师无神解，无理趣，不得言外意，而理学诸大师又非之。"学而"一章书，元是那几字，而各人随其见地以为领会，则千差万别也。凡人无真见，无底蕴，读天地间大著，反鄙为寻常，读无知之谈，反惊为神奇或富有。海上有逐臭夫，千古学人不陷此惨者有几耶！产业直须渐舍，向后此为祸根。

论学书札

与陶阅士

弟月来于讲说之余，稍阅魏、晋诸史，颇增无限感伤。向见严又陵与人书，言吾华民质与国力至南宋而始为一大变。殆未尝读史之过。实则吾华民质之劣、国力之弱，乃自魏、晋始耳。曹氏、司马氏以狗盗之徒，用极卑贱残酷之术，毁天地生人之性，五胡承其敝而入，取吾夏人而杀戮淫掳，凡鸟兽所不能为者，而无不皆为之。其惨毒之事，虽在一时。而其惨毒之习，则充盈大宇而熏染乎后世之人心，数百年而不可涤也。不独吾北方华胄胥化于夷，而忘其所自出也。即南中号为正朔相承，其在廷之君臣与谈玄之士夫，能保持旧德而不染胡习者，有几人耶？梁武之困于台城也，猘胡侯景拥饥疲之卒，本不堪一战。而梁之诸子，乃坐待君亲之危，莫之肯救，更无论诸镇帅矣。梁武、简文，其死与辱，犹不足论。而当时苍生所受逆胡之惨酷，则令千百世下读史者，至此触感伤心，不知人间何为奇惨如斯。当时梁人若有人气，岂令天下事至是耶？刘、宋之诸子，皆非人类，又不待言。

至于朝为君臣，暮相攘夺背叛者，则又习为故常，绝无足异。其居位乘势者，食淫残暴，视蒸黎若犬羊不如，而忘其为己之同类也。六代之间，习此为常，倘非中于胡俗之深，何为人丧其心至此极耶？

李唐贞观之治，虽盛极一时，然太宗与房、魏诸臣励精之效，仅于凋敝之余，有以整齐其政刑，使天下臻于富庶。又当时五胡族类新同化于汉族，中夏民族之气质，自起一种新的变化。太宗雄才大略，能导率民众，以征讨四夷，而盛著其武功，此所以称盛也。然唐承六代之敝，儒学衰微，太宗于伦常之地已亏，虽兄弟相残其罪不尽在太宗一方面，乃娶弟妇而绝兄弟之嗣，则非胡俗不至是。太宗所躬行者如此。故于化民成俗之本，绝无所知。房、魏之徒亦无足语治本者。是以贞观之政，人亡政息。其后藩镇之祸，黄巢之变，皆惨毒无人理，浸淫及于五代，一如六朝之世。要皆猘胡凶习中于人心至深，其根株不可骤拔故也。

有宋肇兴[1]，诸大儒相继出，始追孔、孟之绪，使人有以自反而自别于禽兽，于是人性可复，人道始尊，此诚剥极而复之几。今东夷兽习，污我神州，御侮之功，不仅在以杀制杀而已，而于人心风习之间，所以固吾本而闲其邪者，其必有知所用力者焉。吾侪不负此责，而又何望耶？

---

[1]　肇（zhào）兴，"兴起、初始"之意。

示菩儿

古代封建社会之言礼也，以别尊卑、定上下为其中心思想。卑而下者以安分为志，绝对服从其尊而上者。虽其思想、行动等方面受无理之抑制，亦以为分所当然，安之若素，而无所谓自由与独立。

及人类进化，脱去封建之余习，则其制礼也，一本诸独立、自由、平等诸原则，人人各尽其知能、才力，各得分愿，虽为父者，不得以非礼束缚其子，而况其他乎？礼之根本意义即已变古，故仪文节度之间，亦省去古时许多无谓之繁文缛节，唯以简而不失之野为贵耳。今西人之于礼也，简则简矣，然不野则未也。吾国古礼极其文矣，而未免繁缛。今人效西俗又太野，后有制礼者，当求损益之宜。

独立、自由、平等诸名词，最易误解，今为汝略释之。

独立者，无所倚赖之谓也。明儒陈白沙先生曰：天自信天，地自信地，吾自信吾，唯自信者，能虚怀以求真理，一切皆顺真理而行，发挥自家力量，大雄，大无畏，绝无依傍，绝无瞻徇，绝无退坠，堂堂巍巍，壁立万仞，是谓大丈夫，是谓独立。然复须知，此云独立，即是尽己之谓忠，以实之谓信。唯尽己，唯以实，故无所依赖而昂然独立耳。同时亦尊重他人之独立也，而不敢以己凌人，亦与人互相辅助而不忍孤以绝人。故吾夫子曰："德不孤，必有邻也。"古代隐遁之士，独善其身，犹不得谓之独立也。

自由者，非猖狂纵欲，以非理非法破坏一切纪纲，可谓自由也；非字一气贯至此。非颓然放肆，不自奋、不自制可谓自由也。非字同上。西人有言，人得自由，而必以他人之自由为界，此当然之理也。然最精之义，则莫为吾夫子所谓"我欲仁，斯仁至矣"。言自由者，至此而极矣。夫人而不仁，即非人也；欲仁而仁斯至，自由孰大于是，而人顾不争此自由何耶？

平等者，非谓无尊卑上下也。天伦之地，亲尊而子卑，兄尊而弟卑。社会上有先觉先进与后觉后进之分，其尊崇亦秩然也。政界上则有上级下级，其统属亦不容紊也。然则平等之义安在耶？曰：以法治言之，在法律上一切平等，国家不得以非法侵犯其人民之思想、言论等自由，而况其他乎？以性分言之，人类天性本无差别，故佛说"一切众生皆得成佛"。孔子曰"当仁不让于师"，言仁德吾所固有，直下担当、虽师之尊，亦不让彼之独成乎仁也。孟子曰"人皆可以为尧、舜"，此皆平等义也。而今人迷妄，不解平等真义，顾乃以灭理犯分为平等，人道于是乎大苦矣。

论不朽书（与周开庆）

昨秋，君毅来函，论及罗整庵薄阳明知心而不知性。此一问题，在程、朱、陆、王诸师派下，所争至剧。吾昨欲详答之，当时意思极多。会《语要》校刊亟，遂置不答，尔后遂无执笔兴致。久之，此等意思，亦消失于无形。大抵此问题，亦是儒佛所由分。儒者即心见性，尼父[1]"五十而知天命"，而其功效所极，则曰"七十而从心所欲，不逾矩"。心即性也，于此征矣。孟子曰"尽心则知性知天"，犹孔子之旨也。佛氏亦何能于心外觅性，然其言性，终偏于寂静。则宗门作用见性，似犹是权词。而性体真寂，不即是虚灵知觉之心也。程、朱犹近于佛，陆、王反合于儒，此前儒所不审耳。

不朽之问题，若以知解推论，自可敷陈十义、百义，至无量义，实则都是闲言语。吾年三十以往，迄于四十，追求此问题至切，然终以其求之而不可得真实解，愈索解而愈迷离，卒乃止息追求，任之自尔，而无不适矣！尤复须知：人之不甘心于死而遂朽者，其根本要求，毕竟在灵魂永存而已。

---

[1]　亦称"尼甫"，是对孔子的尊称。孔子字仲尼，故称。

灵魂是否永存？其本仍在有无灵魂。果其有之，是否即永恒？犹有问题在。然灵魂有无一大问题，古今聚讼。由科学言之，则完全无征而可断言其无。注：可断者，科学家以为可也。由哲学言之，则事不可征，而理不必无。因此而信以为有者，在哲学家中，亦不乏其人。由宗教言之，则根于信仰，而坚执为有。三占从二，其唯虚怀而默于所不可知，虽不能信，亦勿遽[1]遮拨[2]焉，斯可矣。总之，人皆有要求灵魂永存之观念似不容疑。即其以知解作主张而否认灵魂者，恐其持论是一事，而其骨子里对于灵魂永存之要求，未必能扫除尽净也。人果无死而不亡之要求，则其生活必无力，而且不欲以瞬息生矣。须知有生之物，其生活力量，皆由阴驱潜率之势力使之然，非知解所得为功。此非深于反观者每不自知也。反观工夫，唯人得有。人之尤灵而为圣哲，则此工夫更精透。一般人则不足以语此，禽兽更不得有此。近世学术，重客观而黜反观，虽于物理多所甄明，而于宇宙真理、人生真性之体验，恐日益疏隔而陷于迷离状态矣。吾不欲断言灵魂之为有为无，但确信人皆有灵魂永存之要求。此等要求，恒伏于潜意识，而人或不自觉。正唯其不自觉，其势力乃极大无垠，又以其属于不自觉也，故终是信仰上之事，而不是知解可以解析之事。开庆必欲知吾对于不朽之观念如何，吾之所可言者，止此而已。

---

[1]　遽（jù），立刻、马上。

[2]　排斥、反对。

又今日中国人之生活力最贫乏，其生活内容至空虚。故遇事皆表见其虚诳、诈伪、自私、自利、卑怯、无耻、下贱、屈辱、贪小利而无远计。盖自清末以来，浮嚣之论，纷纭而起，其信仰已摧残殆尽，宣圣曰："人而无信，不知其可也。"

读书与学问（答谢石麟）

来问，谓见《答薛生书》颇有疑滞。今酬对如左（下）。

一、伊川《易传》，颇详士夫进退之节，足为世人贪残竞进之戒，固也。然试问贪残者何由竞进？岂非贤士无道则隐，不合则去，乃让此辈横行耶？汉以后儒者，其言进退之义，大抵以个人立场，视君主与朝政昏明，而衡其进退之当否。至于个人不能离社会而独存，必期改造社会，以适于共同生活，而不容昏乱势力之存在者，此当有进无退。而后儒罕有能申此义者也。同人一卦，明明不取个人主义。革鼎二卦，显示唯真革命而后有新创建。彼矜持小己，伺阴阳否泰之机运消长以为进退者，其不足与于革鼎明矣。易道广大精微。后儒虽不无独得，而能会通以尽其隐者谁欤？

二、疑吾读佛书或任己见，此乃妄臆其然。吾尝言："凡读书者，须有主观方面之采获，有客观方面之探求。"先言主观：读者胸中预有规模、有计划，则任读何书，随在有足供吾之触类而融通者。若无规模、无计划，而茫然读古人书，读一书即死守一书之文义，读两书则死守两书之文义，是谓书蠹^[1]，何关学问。次论客观：某一学派之大著，必自有其独到之精神，必自有其独立之系统。读者既有主观之采获，遂谓得彼之真，窥彼之全也，如是必以主蔽客也。故必摒除一己所触类融通者，而对彼之宏纲众目为纯客观之探求，方见吾与彼之异，及吾与彼并其他诸家之异。益征理道无穷，宇宙无量，而免于混乱或管窥之诮矣。吾任读何书，只是如此。

三、《中论》涵义，广远无边，幽隐无尽。所谓"冒天下之道如是而已者也"，须将外宗见解，及佛家整个意思，完全了了于胸中，读去才有领悟。不然只感觉空洞、一无所有。"空洞"与"空脱"二词，意义全殊。"空脱"者，《易》之所谓"妙万物而为言者也"。今日治哲学的人，如有超出眼光，能理会《中论》玄旨于文言之外，必另有一般乐趣。宋人词云："众里寻他千百度，蓦然回首，那人却在，灯火阑珊处。"此言虽近，可以喻远。

四、世亲、护法^[2]唯识，所以为有宗别派，释氏末流者。此派学说，实多从数论、胜论脱胎而出。吾于《破破论》中已略明之。如赖耶中种与现行互为缘起之说^[3]。种子即由数论自性、胜论极微，两相比较而立。胜数二宗，并许有我。赖耶即变相之神我论。此其脉络相通，历然可辨者也。基

---

　　[1]　书蠹（dù），蛀书的蠹虫，指一味死读书的人。

　　[2]　均为佛学唯识宗的代表人物。

　　[3]　在唯识论的宇宙观中，认为宇宙间一切现象的发生和发展，皆是由于潜藏的种子与显露的现行之间的相互依存、相互转化。而这种依存的原因和转化的动力皆来源于本识，也就是阿赖耶识。

师[1]《述记》叙胜数二宗特详，盖隐索其源云。佛家初说赖耶，不过表明习气沉隐而为一团潜势，实为晚近心理学家言潜意识者导其先河。此就心理学之观点而言，极有价值。但自世亲迄护法一派，乃将赖耶说为神我，遂为其宇宙论上所建立之根本依。旧说赖耶名根本依，以宇宙依赖耶及彼所藏种子而现起故。此如何不是别派？如何不是末流？至其为繁琐而无据之分析，亦吾所不取。

五、来书举章太炎先生与吴生论宋、明道学书数端。

一云："阳明所谓良知者，以为知是知非也，此即自证分。八识皆有自证。知是知非，则意识之自证分也。"此说甚谬。旧唯识师四分义，其无当于理，吾已于《新论》及《破破论》略明之。此姑不辨。彼所谓"四分"者，就眼识言，色即"相分"，了色之了，即"见分"。相见二分所依之体，即"自证分"。此能证知自见分故，名自证。依自证体上，而别起用，是能证知自证者，名"证自证分"。眼识如是。耳识乃至第八赖耶，亦各有四分云。至其所谓四分者，又有内缘外缘之不同。"见分"缘外，不缘内心。"自证"缘见，见即内心。"证自证"与"自证"二分，互相缘。此皆内缘自心，不缘外相。又就意识言，"见分"缘相，容通三量。"自证"缘见，及与第四互缘，唯是现量，不起筹度分别。义见论疏，非吾臆说。今章氏乃指良知为"自证分"，则是良知不得外缘。

---

[1]　窥基（632 年 -682 年），唐代著名高僧，唯识宗创始人。

吾人于应接事物时，对于是非之分辨作用，应只是"见分"，决定不是"自证分"。易言之，即应不是良知。何以故？良知即"自证分"，是乃内缘见及第四，不得外缘事物故。又唯是现量，无有筹度分别故。如何说它知是知非？章氏既不解四分，又不了何谓良知，是真章实斋所谓横通者。

二云：罗达夫称："当极静时，觉吾此心，中虚无物，旁通无穷。"云云。此亦窥见藏识之明征。其所谓"主宰即流行，流行即主宰"者，王学诸儒，大抵称之。而"流行即恒转如暴流""主宰即人我法我""其执为生生之几者，亦是物也"等语。此一段话，章氏平生笔语盖亦屡见。章氏根本迷谬在此，殆无望其能悟，但后生不可为其所惑耳。赖耶恒转如暴流，只是习气流转。以此拟之吾儒所谓流行，其过不止认贼作子，其罪实当堕入泥犁[1]。儒者所谓流行，是生生不息真机。若视此为赖耶染法而为应断且可断者，则堕断见与空见。《系传》盖云："易不可见，乾坤几乎熄。"圣人之忧愚妄，可谓切矣。至云主宰即人我法我，就有漏妄执一方面言，执之异名为我，我即主宰义。章氏之说，固亦有当。然佛家破我后，复成立有我。义在《涅槃》，章氏岂未读耶？《涅槃》所说之我，是何义趣，岂可与二执之我，混作一谈耶？儒家于流行中识主宰，即于流行之健而有则处，见主宰义。运而不息者，其健也。遍为万物实体，而物各如其所如

---

[1] 又作"泥犂"。佛教语，梵语的音译，意为地狱。地狱中一切皆无，为十界中最恶劣的境界。

者，乃见其有则而不可乱也。验之吾心，流行不息，应感万端，而莫不当理，无有狂惑者，即此识得主宰，非别有物为之主宰也。此乃廓然无执，而后识主宰，云何以彼之所谓执，而拟此之所谓主宰耶？即主宰即流行，即流行即主宰。此为无上甚深了义。须深玩大《易》，而实体之于心。老、庄为《周易》之别派，亦多可参玩者，吾当别论。做过苦参实践工夫，方有几分相应。此非猜度所及也。佛家《涅槃》谈主宰，而不说即主宰即流行。西洋哲学亦有谈流行，而不悟即流行即主宰。通变易流行与不易主宰而一之者，是乃吾先哲之极诣。此固非章氏境界，而实余之所欲无言者也。《新唯识论》一书，在今日尚不堪覆瓿[1]，固其宜耳。

三云："意有意识意根之异。诸儒未能辨也。独王一庵知意非心之所发，自心虚灵之中，确然有主者，名之曰意。此为知意根矣。而保此意根，即是不舍我见。此一庵所未喻也。"章氏此段话，直是无可救药。大乘意根，即第七末那识。此其所由建立，固自成系统。其根本主张，则八识为各各独立之体，以各从自种生故。第七恒执、第八见分为我，是谓染污。王一庵不曾分析此心为七个八个也。其所谓意与心之名，乃依义理分剂而多为之名耳。实则心意非有二体也。于心之有主宰义，而别立意名，主宰于何见？吾常令学者玩颜子"四勿"，曰："非礼勿视，非礼勿听，非礼勿言，非

---

[1]　覆（fù）瓿（bù），覆盖酱罐，形容著作无价值，亦用以自谦。

礼勿动。"就在此"四勿"上识主宰也。依此主宰义，而名之为意，是一庵真实见地。而章氏奈何以染污末那拟之耶？此而不辨，则是断绝性种。不止瞎却天下人眼目。自余无一字不妄。以无关宏旨，可置勿论。

佛学，头脑不宜者勿习为佳。今日少年稍涉佛书，名相既多，固足供其猎取。言无固宜，而不知抉择者，则适增其混乱。夫学子用思，窒塞不通者，无伤也。一涉混乱，便误终身。其可不戒欤！

读书与翻译（答赖生）

前函，谈译事不易，得毋有未契耶？译事且置。读书又真不易言。须知东方高文典册，皆万理昭晰，归之浑括，故非学者涵养功深，自有甚深义蕴，断未可与之凑泊也。吾子勿谓某书我已得解也。即如此土《周易》，若通其训诂名物，便谓得解可乎？又如龙树《中论》，若通其名相及因明法式，便谓得解可乎？读《易》而仅通训诂名物，读《中论》而仅通名相及因明法式，则其于《易》于《中论》也，安见其有无穷无尽之义味耶？唯胸中自有甚深义蕴者，其读《易》读《中论》，乃感发万端，而叹其括囊大宇，果为无尽宝藏也。此意，古今几人识得耶？《新论》亦自有含蓄，而人见而易之者，此必有故矣。愿子且置之，而博求夫此土晚周儒道，迄魏、晋、宋、明诸子学，以及印土大乘性相诸宗，深穷其蕴。反之当躬加意涵养，至于真积力久，必有豁然油然，而与吾莫逆之一日也。九江私塾教书，初料子必不就，不意遂已允之。凡人若无志深远，但以教书糊口，则随地可居。若欲努力学术，则所居之处，必不容不择，尘俗之地，断无缘引发理想。吾每至武汉，顿觉市廛[1]气味，令人心中茅塞。自计足迹所经，唯北都荒廓，南京广漠，最宜修学。南京今不可居。不得已而求其次，则杭州秀丽，差可怀也。九江比于武汉又不及远甚，其地直无一毫趣味也。为子计者，南北两都不得资生，则随处觅一教席，度有一二好学者共事，亦足感发意趣，而相与向上，则神智自尔开豁。若私塾苦闷，恐于学人不宜。然子既有约，姑以半年为期可耳。如过杭州，即径来广化小住数日，亦少慰阔怀矣。

---

[1]　市廛（chán），集市。

谈为文之学（答江易铧）

来函论文，汝可谓能知文矣。虽然，百尺竿头，犹须再进。韩愈文章，古今称其气势。愈之得名在是。然文章有气势可见，是其雄奇处，亦是其细小处也。睹喜马拉雅山而群情仰止，以其高大也。天之至高无上，至大无外，则人忘其惊叹。以是而知喜马拉雅山之高大也，犹不及沧海一粟耳。六经、"语"、"孟"之文，平淡如布帛菽粟。人皆资生焉，而忘其味。文之至也，可得而论乎？南华神化，"骚经"则元气流行也。虽浑质不似六经，不能使人忘其赞叹。然能使人虽欲赞叹之，而难以置辞也。此亦文之至也。

宋儒惩六代之华辞而矫以顺俗。人皆以不文视之，然明道作《尧夫传》，伊川状其父母，及状明道诸文，朱子为延平等传，及黄勉之状朱子，皆从其真实心中流出。俗士寡味，不足窥其中所存与言外之蕴，则以为无文焉耳。作文固不易，衡文益复难。文章之气势浩衍，雄奇苍郁，有本于天，有本于人。本于天者，精力强盛，赋于生初故也；本于人者，复分诚伪。诚者，集义以养浩然之气，其文则字字朴实，不动声色，六经、"语"、"孟"是也。或字字虚灵、神奇谲变，不可方物，"庄""骚"是也。伪者，缺乏诚心，或知求诚为贵，而未能克己。血气盛，而其辞足以逞；智虽小，而读书足以识故事；侈闻见，俨若胸罗今古，笔走风云，便谓天下之道果在乎是。存之心，发于言，张皇狂大，一切不惭。天下皆孩之，而我为其父师，为其慈母，俨若仁覆诸天，德侔千圣。其骄盈之气，亦驰骤有光怪。天下有目者少，无目者多。则群相惊骇，以为文之盛也。而识者则知其浮而无根，华而不实，夸而无据，肆而不敛，奇而已细。其精神意气毕露乎辞也。韩愈之流是也，此习伪者也。

吾平生不愿为文人，不得已而有论述，有笔札，但称心而谈，期于义有根依，词无浮妄。以是持之终身，庶几寡过。

仁人之心，须与群生痛痒相关，否则麻木不仁，非人类矣。然此心不麻木，谈何容易。要在随事反省，非可腾诸言说。佛家经籍，盛谈悲愿。读者以此反省诸心果麻木与否，方是自修之实；若直以经中悲愿之谈，当作自家怀抱中之所具，居之不疑，因以形诸文学，俨若慈育人天，此则不足欺人，而实欺己矣。

为青年申两大义——公诚与自由

　　玉清先生常要我为《三民主义半月刊》写几句话，我衰矣，心许之，而久未践约。兹值新岁，强写数行。念青年为国家民族新生命所寄，谨以公诚与自由两大义，为我所希望的青年奉告。

　　"公诚"二字，实是一义，而从两方面形容之。公者不自私，诚者不作伪。凡自私者，必作伪以欺人；习于欺人者，久之必自欺其良知。古所谓习非成是者，即此之谓。人至于自欺其良知，以非为是，甘蹈大恶而不辞，此其人已为顽冥无知之鸟兽，无理性可言，无人生的意义与价值可言，岂非可哀可痛之极耶！《诗》曰："夙兴夜寐，无忝尔所生。"古人兢兢于生活之不可苟，夙夜之间，念念求所以免于忝辱者，其自克之严，自强之勇，乃如此。人道之尊，于此可见。衰世之人，争权势，趋名利，逞嗜欲，习贪淫，一切自私自利，以害其群之事，苟得肆志，即无所不为，此乃人道废绝，天地间极忝辱之事。稽之历史，如典、午之世，及宋、明季世，皆是如此。有心人尝考其世，未尝不痛心疾首，而叹福乱之有自也。吾人当此世界大变乱时代，欲求自存自立，不可徒讲空理论，不可驰务浮泛驳杂的智识，当在内心生活上痛下一番工夫。革命必先革心，是先总理遗训。总裁提倡中国哲学思想，尤其注意于此。青年其可忽诸！公诚二字，是吾先哲骨髓所在，六经诸子，总不外此大义。青年为学，急须认识此骨髓，而精思力践，不可徒托空言。明儒有云：将自家身心，放在天地万物公共的地方，庶几不愧为人。大哉斯言！吾人念念不可忘失此意，否则堕入鸟兽群中去也。

吾人为青年告者：一曰：个人的主张与利益，若与团体冲突时，应该牺牲个人，而顾全团体，否则非公诚之道。二曰：个人所属之团体，其主张与利益，若与国家或社会有极大冲突时，应该顾全国家与社会，而不当以维护本团体之故，遂妨害国家与社会之安全。如其不然，则非公诚之道，自不待言。上述二项，虽是恒言，而吾国人多半缺乏此种涵养；青年不可不于此注意。公诚的道理，若在哲学上讲，便极广大精微，然吾欲不愿空谈道理，愿青年加意在事为上训练。道理是要实践的，空谈何益。吾尤有不容已于言者，国家与民族思想，吾国人向来薄弱，在此列强肆行兼并时代，吾青年不可轻信世界主义，须将"国族"两字，念兹在兹，一言一动，不敢忘吾国吾族。青年学成之后，参预[1]国政，生心动念，必以国家民族之利益为主，而不忍有丝毫违叛。世界主义，固吾人所薪向，然必吾国吾族足以自立自强，不受他国

---

[1]　同"参与"。

他族之侵凌，又必全世界各弱小民族皆有自立而抵御强权之一日，其时方可谋世界主义之实行。今何时代乎？距世界主义实现之期，或尚隔亿兆京垓年岁，吾人断不可自毁也。思想错误，必陷危亡，以吾国往事征之，如两汉时代，吾国大统一，四夷皆慕义来王，其时声教广远，稽之汉史，实足惊叹。于是学者起而以太平大同言《春秋》，俨然有天下一家之概。生心害政，延诸胡于内地，视若同气，遂成典、午之惨祸。二千年来，仅李唐、朱明两代，短期自立，其余则无日不在夷虏蹂躏之中。呜呼惨矣！《春秋》本有太平大同义，然必由国家思想，民族思想，以渐开化夷、狄，使其进于文明礼让，而后乃归趣太平。此义深远，兹不及发。惜乎汉儒之不悟也。愿吾青年，勿忘国族，念念以此植根于心，庶吾种类不陷危亡矣。夫于一己之外，而必爱护其国与族者，此公诚之道也。鸟兽则仅知护其四体，而不知其他，人道不然也。

次谈自由。夫自由者，人道之极则也。不自由，毋宁死，以其失去人生之意义故也。自由真义，吾先哲发挥最好。曰："我不欲人之加诸我也，吾亦欲无加诸人。"故自由者，一己与人之同游于正义之中，任何团体与任何个人，不得以非义加诸我，我亦不可以非义加诸任何个人或团体也。青年而果知爱自由乎，则念虑之微，言行之著，必时自检点，如有不合于义，必痛自悔改，有大过失，必勿掩讳，而喜受人之攻击，如此洗心涤虑，方可谈自由。若夫以一己而侵他人之自由，以一团体而侵他团体之自由，乃至极端之国家主义者，不惜以国家之权力而完全剥削人民之自由，如德之希特勒，倭之军阀，皆假国家威权，以逞其野心，驱其国人于死地，几率全人类以趋于自毁，此皆揆之正义而不合，故世界爱自由之人类，不得不奋起而与之争也。吾人为自由而生，不可一息失去自由。吾人尊重一己之自由，同时尊重他人之自由。唐人诗有云："春风无限潇湘意，欲采蘋[1]花不自由。"如此爱自然而不忍伤物之意，乃真是自由意思；若不如是，则乃野蛮之极，非自由也。吾爱自由，吾思自由，青年盍[2]兴处来！

以上所言，皆老实话，平平无奇，然正以其老实故，为人之所易忽，故提出相警云尔。

---

[1] 也写作"苹"。

[2] 盍（hé），此处通"何"，意为"何不"。

健庵随笔

　　孔子教人，从日用伦物，示以当然之道。使凡民不识不知，顺帝之则。故曰"民可使由之，不可使知之"也。若夫至理之蕴，子所罕言。《易》为极深之书，自宇宙万有之原，至于天化物理人事，罔不赅贯。而六十四卦之辞，独详于人事。其精微之意，特于卦画寓之。《乾》《坤》二卦，稍发其蕴矣。如动直静专，及万物资始资生之元，往来幽明之故，推而论之，其义无穷。故曰："乾坤，易之门。"夫子系《易》，极赞《易》之为道，广大悉备，范围天地，曲成万物。然语道之极，则曰"《易》有太极"而已。亦不明太极之所以为太极也。非欲人尽力于日用伦物之间，默而识之之者耶？门人不达其旨，以夫子为隐，故曰："子如不言，则小子何述焉？"子曰："吾无隐乎尔！吾无行而不与二三子者，是丘也。"又曰："天何言哉？"其旨深矣。《论语》记："子绝四：毋意、毋必、毋固、毋我。"大哉！圣人之道，与天地合其德，与日月合其明，与四时合其序，与鬼神合其吉凶也。而俗儒乃有谓孔子明下半截，佛氏明上半截，又有以孔子为人中之圣，佛为能天能人之圣者。不知下学而上达，尽人以合天，则孔子为能天能人之圣矣。佛云乎哉？

佛说尽高尚，然其为道也，了尽空无，使人流荡失守，未能解缚。先自逾闲，其害不可胜言矣。故学佛者，必戒定慧俱修，庶乎寡过，此非实践者不知也。

李二曲曰："修身立本，斯一实百实。空言虚悟，济得甚事？"世固有颖悟度越前哲，而究不免为常人者，知而不行，未尝见诸修为故也。余谓士不务实修，害一己事小，坏学风以害世事大。

顾亭林曰："今日人情有三反：曰弥谦弥伪，弥亲弥泛，弥奢弥吝。"亡国之人，不可与处，类如此。使顾氏生今之世，其感叹又何如乎？

居乱世而行柳下惠之行，君子以为不恭。岂惟不恭，抑不肖甚矣！士不幸而当乱世，须保持恻隐之良、刚健之德，以涉险而济险。或出而任事，力排大难。处则讲学，维持世运。是故"飞龙在天""见龙在田"，皆为天下所利见也。三国时，诸葛仕蜀，持汉命于将倾。管宁居华山，读《诗》《书》，习俎豆[1]，非学者勿见，存孤阳于群阴之日。皆足使顽夫廉、懦夫立志。若第能甘穷佚，油然偕俗而已，则老氏和光之教，可以行乎乱世而免祸也。曾谓大人而仅出此哉。

陆子《语录》有曰："《春秋》一部书，只是发明民贵之义。"此中大有微意。后来治宋学者，皆忽略此句。遂使孙

---

[1] 俎豆（zǔ dòu），俎和豆，古代祭祀、宴会时盛肉类等食品的两种器皿，后借指祭祀。

明复尊君之教风行数百年，至推之为有宋道学之祖。斯亦悖矣。

孔子之道，以天为根据。其言天有数义。一以真宰言天者，如"顾谍天之明命""天佑下民""天视天听""天明畏"，及《诗》《书》所称上帝者皆是。盖先民时代之理想，古代政教之原，皆出于天。孔子承之而不废也。二以自然言天者，如"天行健"君子自强不息，法天即所以持天也。"天道鼓万物，而不与圣人同忧"物竞天择，圣人忧其败者，而天无心。"天之生物，栽者培之，倾者覆之"等语，是天演之理。孔子已于《易》明之。三以虚无言天者，如："上天之载，无声无臭，至矣。"与第一义不同，此乃孔子见道至精处，故能绝四而止于至善也。总孔子之所谓天者，略尽于是。其第一义，则景教之所明也。第二义，西哲已发挥光大。第三义，与佛氏同符。庄生称孔子曰："六通四辟，小大精粗，其运无乎不在。"诚深明孔子者与！

谓刘通刘通，字子通，黄冈人。曰：吾辈肆力于本原之学，必于天人性命之理，剖析毫厘者，并非迂诞无用。盖必于万有本体、人生真相，证明不惑，然后以之裁制。吾人之行为，择善而固执，不至醉生梦死，与禽兽草木等，则人极之所以立也。

担当天下事，不是一人智力所能胜任，以天下治天下，绰乎有余裕矣。舜之智，只是好问察迩言。古之大臣所以过人者，唯断断无他技，休休如有容耳。天下利害之数、兴革之宜，本自彰著。随时察变，任天下之智力，以道御之，何所不可？惜乎！知此之难也。

与子通论观人极难，不可轻加毁誉。一席之议论，或有可取，善其人一时之言可也。以此概其人之生平，则不可。居游之人，相习未久，窥之而不见所长，含默可也。遽短其人，则不可。人固有蕴酿深宏，吾不及知者有之。人固有一言偶中，投吾所好者有之。若轻用毁誉，无识者既缘吾说而不辨其人之何如，有识者乃得以知吾之妄。天下不皆有识者，不幸吾之妄不著，则所毁所誉，胥失其真，其为害匪浅矣。

闻昏庸偾事，而怨之詈之，只此便是量狭。天下之变，群力鼓之也。凡事势迁流，莫知其为而为者，恒以偏而得中、枉而成直，老氏所谓"反者道之动"也。

谓子通曰："某平生颇有功名心，到此阅历人情事变，乃知以智勇自任，事求可、功求成者，适自扰其天和，不如抱朴全神之为得也。"子通又言："富贵心，不可有，功名心，尚不可无。"余颇然之。

与熊省吾嘘云、方雪澄聚旅馆，各举近来闻见相证。余以自然言群化，省吾以为深得老氏之旨。雪澄尝好佛，余谓佛氏言空而着于空，孔教不空而无着，即如李习之言，佛氏说法，随说随扫，不留痕迹，不知佛氏处处要说到无可说，便是沉空之见，便是痕迹。孔子教人，与父言慈，与子言孝，与朋友言信，与家、国、天下言修、齐、治、平。言必可行，健而不息，随时当位，精义人神，毫无执缚。其道圆满中正，万世所不易也。

时事急矣，进不能有为于时，退不欲独善其身，因念古人处此，更有何道？亦惟是庄生择于才与不才之间。柳下惠不恶污，不辞小，油然与乡人偕。厄穷遗佚不悯怨，其庶几云尔。

李仲揆_{四光}言吾人治身之法，宜分真我与躯壳为二。真我主宰躯壳，凡躯壳之一言一动，真我为之监视而命令之，自然无过矣。余三年前，固尝为此说，然自问真我持权时少，躯壳用事时多，譬如豪奴悍仆瞒昧主人，擅作威福，非主人振刷精神，未有能制服奴仆者也。故吾人用功，总以常惺惺为要。仲揆又言："吾人躯壳，以科学之理证明之，纯为一种物质。而此物质，刻刻变迁，生物学家所谓新陈代谢也。"余谓此理昔人已言之。仲尼川上之叹，佛告波斯匿王之语，《楞严》_{卷二}皆是此意。张子客形客感之说，析义尤精，故圣人穷神知化，与天合德，不使心为形役，而后形色即天性也。

上帝二字，非表示实物之名词，乃赞美宇宙神妙，使吾人于无可归依处得归依也。

《楞严经》云："佛告阿难，若有宿习，不能灭除，汝教是人，一心诵我佛顶光明摩诃萨怛多般怛罗无上神咒。"此初学人医病第一良剂也。众生一向迷失本性，自其先天所秉遗传至于出生，受社会种种熏染，习气甚深，救治不易。贤如明道，犹且见猎心痒，其他更何足云。习心淫炽之顷，惟有将正念提起，凛然对越神明，庶几太阳一出，魍魉全消矣。殷子恒_{勤道}言耶教祷告法最善，又以孔子有"丘之祷久""获罪于天，无所祷也"等语，盖必有祷告之法云。

耶教受洗之仪，至今不废。考竺乾古俗，亦有类此者。《楞严经》云："彼刹利王，世子长成，陈列灌顶，名灌顶住。"

《华严经》云："转轮圣王，所生太子，取四大海水，置金瓶内。王执此瓶，灌太子顶。是时即名受王职位。"菩萨受职，亦复如是。诸佛智水灌其顶故，此耶、释相同之一端也。

健庵随笔（续）

于虚空之中，而有诸天。于诸天之中，而有地球。于地球之上，而有吾人。人者万物之一也。渺乎小哉！以渺小之人，而欲穷尽虚空诸天地球万物三际过去、现在、未来。无穷之理，吾知其难已。庄生曰："吾生也有涯，而知也无涯。以有涯求无涯，殆矣。"仲尼曰："君子于其所不知，盖缺如也。知之为知之，不知为不知，是知也。"管子曰："思之思之，又重思之，思之而不通，鬼神将通之。"吾人勿强所不知以为知，而精思以求通，其庶乎？

佛教解释宇宙全体，分立二门，曰真曰妄。马鸣作《起信论》，立真如生灭二门。真如为真，生灭皆妄也。孔教解释宇宙全体，亦分立二门，曰道曰器。《易》曰："形而上者谓之道，形而下者谓之器。"是也。形上即在形下之中，异乎佛氏之言真妄矣。

道在器之中，有气则有理，有质则有神。神非离质此质字非指成形以后之质。而有，理非离气而有。形上形下，非截然为二。故天下未有有其器而无其道者也。如父子器也，有父子而有孝慈之道。弓矢车马器也，有弓矢车马，而有射御之道。器演而日进，道即演而日进。是故洪荒无唐、虞耕稼之道，夏、商无秦、汉郡县之道，唐、宋、元、明无今日中外大通之道。则今日无后世之道，多矣。《传》曰："君子不器。"不一器也，不一器而后见道之大。若夫以器为秕糠，求道于冥漠者，乌足以尽道哉！

《易》以乾坤并建为宗，王船山曾言之。故《乾》《坤》二卦，明宇宙开发之故。曰："大哉乾元，万物资始。至哉坤元，万物资生。"所谓二元说也。天下事势，恒以二端相待相反而成变化。吾友李四光云：天下事恒有一反拨力，乾坤只是二片，相反而相济也。此圣人所以执两用中乎？非知化者，不足以语之。

《易》曰乾元坤元，为二元矣。《春秋》以元统天，元不言二，是一元也。《易》《系传》曰："易有太极。"太极者，乾坤纲缊之实体，未兆乎形者也。然则二元本乎一元矣，太极，一元也。是生两仪，则为二元。以今学术语言之，可谓之元素之元素。元素之元素，其说能否成立，且俟来哲。

孔氏雅言执礼。《礼》经纬万汇者也。《周官》统治教政刑，而以礼名书。然则礼者，其犹近世文明国之宪法及普通法律乎。特礼该神道，范围尤广。而孔子之道，通于天国人间世而一之，于此亦可想见。

教衰礼坏，民俗敝而国命倾，士大夫当以身作则，为亿兆师，不宜妄自菲薄也。

或问《易》于李二曲先生。二曲曰：今且不必求《易》于《易》，而且求《易》于己，人当未与物接，一念不起，即此便是无极而太极。及事至念起，惺惺处，即此便是太极之动而阳。一念知敛处，即此便是太极之静而阴。无时无刻，而不以去欲存理为务，即此便是"天行健，君子以自强不息"。人欲净尽，而天理流行，即此便是乾之刚健中正纯粹精。希颜之愚，效曾之鲁，敛华就实，一昧韬晦，即此便是归藏于坤。亲师取友，丽泽求益，见善则迁，如风之疾。有过则改，若雷之勇。时止则止，时行则行。见险而进，知难而退。动静不失其时，继明以照四方，则兑巽震艮坎离，一一在己，而不在《易》。按知此，则孔子假年学《易》之旨，思过半矣。

二曲先生东行，马稡士问六经大旨，先生默然示之以寂，稡士顿醒拜谢。或问其故，稡士曰："无声无臭，六经之所以出，亦六经之所以归也。"

二曲言学问之道，正要遇境征心。心起即境起，境在即心在。心境浑融，方是实际。此数语宜深玩。

二曲自谓少时血气用事，学无要领，凡读书谈经，每欲胜人，后染危疾卧床，一息仅存，所可以倚者，惟此炯炯一念而已。按二曲纯主直觉，深得孔氏心法。其焚香默坐，即顾天明命之旨。改过自新说，使人勇于为善。真切简易，确然圣路无疑矣。

《淮南子·主术训》有云："古之置有司也，所以禁民，使不得自恣也。其立君也，所以制有司，使无专行也。法、籍、礼、义者，法、籍、礼、义四字，省言之，则法而已。法籍，犹法典也。礼义者，事物当然之则，亦法也。所以禁君，使无擅断也。以法限制君权，此《淮南》独到处。人莫得自恣，则道胜。道胜而理达矣。故反于无为。无为者，非谓其凝滞而不动也，以其言莫从己出也。夫寸生于䉷，䉷生于日，日生于形，形生于景，此度之本也。乐生于音，音生于律，律生于风，此声之宗也。法生于义，义生于众适，众适合于人心，此治之要也。"按此言以法禁君，使无擅断，又推原法生于众，可谓民约论之嚆矢[1]矣。自汉以来，无有章明其说者，惜哉！近人只知尊黄梨洲《原君》说，无有知《淮南》者，其实《淮南》之说，非梨洲所及也。

《淮南》云："国者君之本也。"异乎路易十四"朕即国家"之说矣。

道家之言，尊古而贱后王。《淮南子·缪称训》云："周政至，高注，至于道也。殷政善，高注，善施教未至于道也。夏政行。高注，行尚粗也。"此与孔子美周之文同意，非道家所雅言也。《淮南》之学，虽主老、庄，然其"撮儒、墨之精，采名、法之要"，有足多者。

《淮南》深于法，《主术训》云："上操其名，以责其实。臣守其业，以效其功。言不得过其实，行不得过其法。"又曰："所谓亡国，非无君也，无法也。"此其深明法治国之道也。若其原法生于众，以法限制君权，盖申、韩之伦所不知，而《淮南子》远矣。

《易》道随时通变，《春秋》立三世义以治世，故改制尚焉。《淮南》颇得其意。《氾论训》云："人各以其所知，去其所害，就其所利。常故不可循，器械不可因。"又曰："先王之制，不宜则废之。末世之事，善则著之。""苟利于民，

---

[1]　嚆矢（hāo shǐ），响箭。因射箭时声先于箭而到，故常用以比喻事物的开端，意为"先声"。

不必法古。苟周于事，不必循旧。""故圣人法与时变，礼与俗化。衣服器械，各便其用。法度制令，各因其宜。故变古未可非，而循俗未足多也。"天下岂有常法哉！当于世事，得于人理，顺于天地，祥于鬼神，则可以正治矣。夫殷变夏，周变殷，春秋变周。三代之礼不同，何古之从？为学者，循先袭业，据籍守旧教，以为非此不治，是犹持方枘而周圆凿也。欲得宜适致固焉，则难矣。凡此言乎改制以应世变也。然《淮南》有言："法度者，所以论民俗，而节缓急也。器械者，因时变而制适宜也。"若夫为操切之行，率天下盲进，以破坏一切，不察缓急之节，不务适宜之制，适以自毙，为《淮南》之所讥矣。

外教讥中国为多神教，不知吾立教之意。《淮南》云："今世之祭井灶门户箕帚臼杵者，非以其神为能响之也，恃赖其德，烦苦之无已也。"是故，以时见其德，所以不忘其功也。触石而出，肤寸而合，不崇朝而雨天下者，惟太山赤地。三年而不绝流，泽及百里而润草木者，唯江河也。是以天子秩而祭之。故马免人于难者，其死也，葬之。牛其死也，葬以大车。为荐牛马有功，独不可忘，又况人乎？此圣人所以重仁袭恩。故炎帝于火而死，为灶。禹劳天下而死，为社。后稷作稼穑而死，为稷。羿除天下之害而死，为宗布。此鬼神之所以立。由此观之，圣人以神道设教，崇德报功，使民不偷其意，深矣。

沔阳张难先琴、孙雨初雷鸣，皆有艰苦卓绝之风。雨初治宋学，曾将心性情三字，略定界说。云心者，身之主，一以性为体而达其用者也。心犹舟，性犹舵，心则舟之把舵者也。憧憧往来，朋从尔思。心之所以不定也，一以性为体而达其用则定于一。心定于一，静专动直。**性，心之生理也。**哀莫大于心死。性者，心之生理也。故尽性则生气迥出。**情者，心之用。根于性而贞夫一者也。**按王船山先生言情可以为不善者，非也。性者，心之体。情者，心之用。用根于体，则情根于性可知。性无不善，则情无不善可知。然人之为不善者，非无故也。**朱子曰："心以思为职。"**按致思以穷理者，心之职也。**凡事物之来，心得其职，则得其理，而物不能蔽。失其职，则不得其理，而物来蔽之。蔽之，则不善矣，弗思之过也。且古之言思者多矣，谓思无邪者，志于道也。谓思不出位者，素位而行也。谓思曰容者，**《古文尚书》作思曰容。**体物不遗也。谓思睿者，精义入神也。致思以穷理，穷理则知性。学至于知性，则默而成之，不言而信，存乎德行矣。今心以失其职之故，不知体性以达其用，致有不知常而妄作之，凶于性情乎。何尤船山先生不深察，遂以不善归之情。犹告子不求于心，竟以不善归之性也。不可谓非千虑之一失耳。**

第二章

人谓我孤冷，吾以为人不孤冷到极度，不堪与世谐和

情感与理智（答诸生）

西洋学人将理智与情感划分，只是不见自性，即不识本性。吾先哲透明心地即谓本心，即从情之方面而名此心曰仁。仁之端曰恻隐，恻隐即情也。然言仁，便已赅智。姑息与贪爱，并非仁。以其失智故。故知言仁，而智在其中矣。或从智之方面，而名此心曰知。如《易》曰"乾以易知"，曰"乾知大始"，孟子曰"德慧"，程子曰"德性之知"，阳明曰"良知"，皆是也。然言智，便已赅[1]仁义礼信等等万德。《易·系传》言穷理，便已尽性至命，可知言智而万善无不赅也。识得本心元是仁智不二之体，名之以智也得，以其非染污之智也。向外追逐与计较利害得失之智，是染污智，非本心也。故不赅万德。名之以仁也得，以其非惑乱之情也。俗所谓盲目冲动之情，儒者谓之私情私欲，亦通名己私。佛家说名烦恼。烦恼即惑乱义。己私与烦恼，便非正常之情。正常之情，即中节之和也，即性也。性情无二元。宜深体之。西洋学人不了自性，而徒为理智与情感之分。其所谓智，终是佛家所云"有所得心"。有所得心，此语含义深广。如向外追求之心，此即有所得心。毕竟不与真际相应。即在哲学、

---

[1] 赅（gāi），在此意为"涵盖""包括"。

科学等方面之创造家，其理智之发展，已迥超越一般人之所有较量利害得失等低度理智作用。其明辨与洞达万事万物之理则，无迷谬之愆，其于人生之了解，亦较高于庸俗。此等理智作用，可谓本心呈露乎？恐未必然也。世间有不透本原，本原即谓本心或自性。而转舍其下等追求，以从事于高等创造，则由用志不纷，古云用志不纷，乃凝于神。而无下等杂染即谓下等追求。障碍其神思故。因此，有极精微之明解力，即徒有缘事智，缘者，缘虑义。事者，事物。能了解万事万物之理则者，谓之缘事。即以此智，名缘事智。而不能证会一切物之本体。以外缘故。有所知相故。外缘者，谓以所知事理视为外境，而了知之。所知相正由有所得心故起。证体则泯内外，无能所，斯乃至人超越理智之境。非学者事。又前谓其于人生之了解，仅较高于庸俗者。彼之所了解，只是其一种知见。若证体者，即涤除玄览，而一任真性流行矣。或问：如公所言，有高等创造者即有缘事智，而又谓其不必透悟本原。既不悟本，云何得有缘事智？答曰：人自有个本原。虽一向外驰，不复自识，然本原何曾消灭？缘事智毕竟依本心而起，若无本心，其可凭空幻起耶？但至人悟本，则缘事智亦是本来妙用，不至逐物而自迷其本。不悟本者，则缘事智只是逐物，只是外缘，便丧失自己。此中自己非谓小己。勿误会。阳明所谓"抛却自家无尽藏"，此可哀也。

　　此方先哲，千言万语，只要知本、立本，只要知性、尽性。性者，即自本心。若不悟此而徒分别理智、感情，而日以理智驾驭感情。殊不知，未识自性，未澈本心，则其所言之智，何曾离得染污，而可恃此为主宰耶？其所斥为盲目狂驰而不足任之情，正是惑乱，又岂是吾之所谓情乎？由昧本故，无端生出许多葛藤，遂令先哲正义晦而不明。

又复应知，于情上指性，须于"情"字认得分明。世间一般人口语中之所谓情，往往是己私，而不是情也。孟子以四端显性，即于情上指性也。然其言恻隐，则于今人乍见孺子入井，当下一念，非所以纳交于孺子之父母，非要誉于乡党朋友，非恶其声而然。指此当下之恻隐，乃是真情，乃是正常，乃是中节。过此以往，纳交、要誉、百为业生，则谓之情，而实成惑乱，不应谓之情矣。真情即是真性，非二元也。恻隐如是，羞恶、是非、辞让诸端，皆可准知。读此等书，非反躬察识分明，其有不辜负圣贤心事者哉？

理智与理性（答张生）

来问，举《新论》第一页第十行，《明宗》章内小注云："'此言慧者，相当于俗云理智或知识。'按《新论》，分别智慧，智为固有的明觉，慧则由经验而得。据此，知识属慧，自可无疑。唯西洋哲学上理智或理性等词，都是指目人心知的作用而名之，与《新论》所谓智，或亦异名而同物"云云。吾子能发此问，足见用心甚细。昔者林宰平先生亦尝言及此。然吾作注时，又何曾不虑及此耶？《新论》百零二页左，至百零五页左，说无痴数中，如留心研析，则此疑亦可释然。须知《新论》所谓智者，是斥体而名之也，西洋哲学所谓理智与理性等词，自不涵有东方哲家所谓体的意义。此层意思，或非吾揣测之误。常欲与张真如教授一谈此事，而卒未果。如谓理智等词，即指目人心知的作用，而用必有体，则理智即是《新论》所谓智的心体之作用。但体用毕竟不二，由此，可说俗云理智即是《新论》所谓智。奈何《新论》以理智别属之慧耶？如此作难，似亦有理，吾亦知将有兴是难者。故于无痴数中有云："人生常拘于形气造诸染习，遂使固有性智，恒受障蔽而不得显发。故其固有性智之作用，发现于障蔽中者，既杂夫形气与染习之私，而其缘境，遂成乎物交物之势。此慧所以不得名为智之用也。"此一段话，是东方哲家精意所在，而正为今人所不肯注意，且不知有此问题者。料读者至此，亦不过脑闷短趣而已。夫理智理性等词，自是指人心知的作用而言。既曰作用，则分明不是外于《新论》所谓智的本心而别有的。本心即体。今《新论》所谓智，必不肯与理智等词并为一谈，此何故耶？原来吾人的理智，虽一方面是依着固有的东西而起之作用，此中固有的东西，即谓心体，亦即《新论》所谓智。但其发展，确是从实际生活里面滋长出来的。故云"杂形气与染习之私"。他虽有迹先的根据，而毕竟是迹后的东西，迹先迹后，犹云先天后天。所以可与知识一例看，而不能说他即是《新论》所谓智。至若《新论》之智，元是离染的，自明的，此虽一般人所固有，然常受障蔽而不得显发，则等于亡矣。注文意义，大略如此。如西洋哲家对理智与理性等词，亦别有更高深的涵义，与《新论》所谓智者相近，则注中已有"俗云"二字，可以简别。缘时俗通称之理智理性等词，决不涵有《新论》所谓智的意义也。昔朱子作《四书集注》，自谓每字都用秤称过。吾之于《新论》也亦然。

无为与有为（答唐生）

　　刘念台言意，系依《大学》诚意而言，吾故不能不就《大学》诚意而论。主宰是无为，有为者人功也，吾上次一信，来函若未寓目者何耶？前言良知主宰是要致，良知主宰，作复词用。致者，推扩之谓，推扩工夫即顺良知主宰而着人力，人能弘道以此也。顺主宰而推扩去，才无自欺，故曰欲诚意者先致其知也；诚只是毋自欺，《大学》明文。不能顺良知主宰而努力推扩，鲜不陷于自欺者。《新论·明心章》特提揭即工夫即本体，此予苦心处。若无推扩之人功，主宰只是无为，将被私欲隔碍，以至善善不能行，恶恶不能去，非道弘人故也。若吾子之意，良知善善恶恶之几，常能主宰乎念虑之间，果如此，则人人不待修为，自然都是圣人矣，谁无此良知善善恶恶之几者？吾子又言：良知善善恶恶之几，常有定向乎善而不容昧者，即名之为意，由是，而意不特为心之所发，亦即心之所存，存发只是一几云云。似欲调合阳明、念台二家之说，以为言之成理，殊不知良知善善恶恶而定向乎善之几，既是所发与所存为一，则何以人人不尽是圣贤而几乎皆是禽兽耶？孟子曰"人之异于禽兽者几希，庶民去之，君子存之"，庶民所去之几希，即良知善善恶恶定向乎善而不容昧之几也，君子所存之几希，亦即良知善善恶恶定向乎善而不容昧之几也。船山曰"庶民者禽兽也"，然则庶民何故去其良知善善恶恶之几而为禽兽乎？吾子云：良知善善恶恶之几，即名为意，且申之曰存发一几。今征诸庶民，则其发与存却不是良知之意，纵如念台别名之曰念，然试问何以成乎禽兽之念而去其良知之意？此个原因安在？若于此不切实反勘，而空说道理、空谈历史，恐无所昭示于人，望虚怀切究一番是幸。

吾《新论》归重人能，特提即工夫即本体，此是从血汗中得来。然尔时尚是大段见得此意，及作《读经示要》，取《大学》首章以明六经之纲领旨趣，乃于诚意处改正朱、王在好恶之情上说诚之误，而物注重毋自欺，又归本致知之致，到此始亲切。但在讲《大学》处，只好依他之体系而立说，却未提出一志字，《大学》于此不提志字，因为开端便曰"古之欲明明德于天下者"，其地位尽高，故不言志而志早已立定也。其工夫扼重在毋自欺与致知之致，已自谨严至极，发用无穷，乃真是赅费隐、彻体用也。但此地位太高，吾故于第二讲首以立志，从来儒者都知志之一字最重要，而志字之义云何似少深究。此吾《示要》所已剀切明辨者也。然《示要》中尚有一种意思未明白提出，因当时写得急促。此种意思，盖谓天人之间须有一个枢纽，即志是也。吾人之真性，固是得天之全，譬如每一沤皆揽全大海水以为其体，人皆得天之全，亦犹此。应说人即天也。然从另一方面说，人虽禀天而生，但既生以后，便为形气之物而不易复其本来禀受之天，所以良知主宰虽有善善恶恶及定向乎善而不容昧之几，无奈人生不免为形气所限，终有如阳明所谓随顺躯壳起念之危险，即人每物化而失其天。孟子言庶民所以去其几希而成乎禽兽者，以此也。学者诚反己而精察之，便自喻。

夫能反己而毋自欺者，必先有立志以为之本，志且未立，则已物化而失其天，帝谓不通，帝谓，见《诗经》。帝或天，即吾人内在之性智或良知，非外在之上神也。谓者，性智知善知恶，若诏示吾人者然。不通者，良知已被障碍而不得显也。浑是一团惑障，从何可得毋自欺乎？《大学》者，大人之学，根本就已立志者说，故于诚意处单刀直入而言毋自欺，此亲切至极也。余以为志者，天人之枢纽，天而不致流于物化者，志为之也，志不立，则人之于天直是枢断纽绝，将成乎顽物，何以复其天乎？孔子自言十五志学，《孟子·养气章》说："志，气之帅也。"有志以为之帅，则人之所以通乎天之枢纽在是，循此枢纽而动用一顺乎天，久之则人即天而天即人。先儒所谓尽人合天，合之一字，犹是赘词，赘者，虚赘。天人毕竟不二，非以此合彼也。但就始学言，必以志为天人之枢纽，此则吾平生亲切体验之言，垂老而益识之明、持之坚也。此枢纽树不起，则毋自欺不能谈；毋自欺做不到而言涵养操存，其不陷于恶者鲜矣！

念台言意有定向，不悟有定向者，乃良知之发用自然如是，非可于良知或心体之上别构一重意来说有定向也。念台曰："《大学》之言心也，曰忿懥[1]、恐惧、好乐、忧患而已，此四者，心之体也。"此言明明违背经文，经曰"有所忿懥，则不得其正"，乃至"有所忧患，则不得其正"，今乃曰此四者心之体，此成何话？夫专以情言心体，则心乃佛氏所呵为无明之心也，大《易》乾卦以仁显心体，而必曰大明、必曰知，岂有离知与明而言情可以指目心体者乎？念台此语已罪过无边，其下文即径接曰："其言意也，其字，谓《大学》。则曰好好色、恶恶臭，好恶者，此心最初之几，即四者之所自来。"此语尤邪谬。夫善言此心最初之几者，孟子四端千得万当，以其于性之见端处言情，则情为随顺大明真体而显发之情，故此情即性，而非好好色、恶恶臭之情也，好好色恶恶臭之情是与形骸俱起之习气所成，非真性也，此等好恶，无有大明或良知为之宰也，念台谓为忿懥等四者之所自来诚是也。《大学》说此四者令心不得其正，念台乃谓此四者来自此心最初之几，何其邪愚至是乎？以念台之说与孟子四端之说对照，稍有知者，孰忍朋念台而违孟子乎？

念台又承上而言之曰："故意蕴于心，非心之所发也。"彼既以忿懥等四者所自来之好恶之初几言意，又即以意蕴于心而非心之所发，是其为说明明将心与意区别两层来说，蕴于心者方是意，则意不即是心也明甚。其下又径接之曰"又就意中指出最初之几，则仅有知善知恶之知而已，此即意之

---

[1]　忿懥（fèn zhì），发怒。

不可欺者也，故知藏于意，非意之所起也"云云。夫念台在上文明明诬《大学》而横计曰"其言意也，则曰好好色、恶恶臭，好恶者，此心最初之几"云云，是明明以好恶之情言意，今却曰"就意中指出最初之几，则仅有知善知恶之知而已"，夫好恶之情中而有知善知恶之知，则此知必是佛家随惑中所谓不正知，必非良知之知也。

失贞明而无障蔽者，心体也，《易》义如是，释与道亦同证及此。未有指好恶之情为心体者也，好恶之情，形而后有者也；若认贼作子，则本明之心既失，好恶如何得正乎？王学末流至于念台，不堪设想矣！念日尚可张此迷雾乎？其曰知非意之所起，却是；曰知藏于意，便大迷谬。念台所谓意者，好恶之情也。好恶不失其正者，固是良知发用，不当曰此知藏于好恶中也；好恶失其正时，良知早已被障，而谓良知藏于好恶中可乎？念台谈义理，不迷谬者甚稀，在好恶之情中而言知善知恶，此正是今日人心陷溺所在。今人丧尽良心，正在此，不谓念台衣钵流传至今耶？

吾《读经示要》所谓意者，是依本心即是良知之发用而得名。良知备万理，无知无不知，是吾人内在主宰，不可于良知或心体之中又建一层主宰名意。

只认取虚寂、明觉之本体，毕竟靠不住者。人能弘道，非道弘人，宣圣[1]此言实为义海。《新论》专提工夫即本体者，

53

---

[1]　即孔子。

正以此故。黄宗羲尝曰：象山以识得本体为始功，而慈湖以是为究竟，此慈湖之失其传也。慈湖平生履践无一瑕玷，在暗室如临上帝，毫釐犹兢兢，未尝须臾放逸，其工夫严密如此，独其教人直下显体，以为不起意即无往非真体流行，不必更有所事。其实学者何堪语此？慈湖门下鲜有成才，正由其立教有失，不可无戒。工夫基于立志，志未立定，哪有工夫？如木无根，哪有茎干枝叶？余言志为天人之枢纽，此须留意。诸葛公戒甥书曰："使庶几之志，揭然有所存，恻然有所感。"此志即是工夫，亦即是本体。《读经示要》第二讲，可熟玩。武侯之言，简约而无所不包通，与孟子必有事焉、勿忘勿助之意相发明。工夫只在揭然有所存，孟子必有事焉，正是揭然有所存。恻然之感，则揭然而存者，自然不容已之几也。若不存时，即本体已失，私情私欲用事，焉有恻然而感者乎？故曰工夫只在揭然有所存也。孟子言持志，阳明曰责志，此是工夫下手处，保任固有虚寂贞明健动之真，周行乎万事万物而不殆，工夫无懈弛，即是本体无穷尽。天人合一之学，如是而已。合一二字须善会，非以此合彼也。

画境与真境（与张季同）

　　前次与李君枉过，匆匆未尽欲言。嗣承李君寄《论山水画》一册，拨冗展阅，见其择精语详，足以快意矣。但亦有极待商榷者。略举二事：如第五段，"画境与真境"中有云："但造物所造世界，都不如画家所造世界之完全。盖因造物所造之世界，即现实世界中，万类均为个体。画家所造之世界，即艺术世界中，一切概属共相。个体多具缺陷，共相则甚圆满。"此一段话，颇觉不安。李君谓造物所造之世界，辞亦欠妥。宇宙岂真有造物者耶？然姑不深论。第以推原万象，而不得其朕，乃假为造物之名，则亦未始不可，但须知是假名耳。然李君谓造物世界即现实世界，万类均为个体。此则不应道理。须知现实世界与造物世界，不可并为一谈。何谓现实世界？即吾人在实际生活中一切执着的心相是已。如说窗前有一棵树。这一棵树，在吾人意计中，是与其他的东西互相分离而固定的。这样分离而固定的东西，决不是事物的本相，只是吾人意计中一种执着的心相而已。李君所谓现实世界，即此是也。至于事物的本相，本非可以意想计度而亲得之者，此处恕不及详谈。李君所谓造物世界，当是指事物的本相而言。此即实理显现，法尔完全，<small>法尔犹言自然。</small>本来圆满。吾人必须荡除执着，悟得此理，方乃于万象见真实，于形色识天性，于器得道，于物游玄。如此，便超脱现实世界，而体合造物世界。虽无妨顺俗，说有个体的东西，而实不执着有个体相。并共相之相，亦复不执。荡然泯一切执，更何缺陷可言。总之，真正画家，必其深造乎理，而不缚于所谓现实世界。不以物观物，善于物得理。故其下笔，微妙入神，工侔造化也。岂唯画家，诗人不到此境，亦不足言诗。"鸢飞戾天，鱼跃于渊"，《中庸》引此而申之曰"言其上下察也"。"上下察"者，即实理昭著之谓。故未尝滞于物，而乃妙得此理矣。如果画师、诗人执着有现实世界，即妄计有个体的缺陷的世界，不能入理证真。此等人哪得创造艺术世界来？李君此处，失不在小。愿虚怀一究此事。又其第二段有云：国人思想，向重二元。而引《周易》"立天之道曰阴与阳"等文为证。此复甚误。《易》之乾元坤元，实是一元，非有二元。坤之元即乾之元也。自来易家言象者，以乾为天，以坤为地。然皆曰：天包地外，地在天中。则坤非离乾而别有其元。此义甚明，如何不察？《系传》言："立天之道曰阴与阳，立地之道曰柔与刚，立人之道曰仁与义。"夫道一而已。立天者此道，立地者此道，立人者此道。然道本不贰而至一，但其发现，则不能不化而为两。阴阳、柔刚、仁义者，言乎道之发现耳，本非谓阴阳、柔刚、仁义之即道。然亦不妨说阴阳、柔刚、仁义为道者，以其为道之发现故也。不能外阴阳、柔刚、仁义而求道故也。若不明乎此，而遂谓阴阳为二元，则道将成两片死物，又安得有圆神不滞变动不居之大用耶？至《老子》言"大道废有仁义"，明与《系传》"立人之道曰仁与义"之旨相反。盖以为道之散著而为仁义，则已失其浑全。此老氏之误也。道非顽然的物事，随在发见，皆其全体流行。其发而为体物之仁，仁者会物为己，无差别相，故云体物。仁即道也；其发而为制事之义，义即道也。吾常言老子之学，本出于《易》，而往往立异以反《易》。喜为偏至，终乖至道。故并论之。昨日病发，意绪不佳，写此，未能达意，愿贤者相与究明。

性智与量智（答徐令宣）

　　佛家之根本智、后得智，与吾先儒德性之知、闻见之知，及《新论》之性智、量智，义可相会，可者，仅可而未尽之词。而底蕴大有别。佛言根本智所证真如，自大乘法相师言之，能所条然，甚不应理。此意须详究《新论》语体本，以三十六年汉上所印《丛书》本为善，虽增改之字极有限，而所增改者甚重要，商务馆本惜未及改也。余谓智与如非二，即真如妙体之自明自证假说为根本智，真如妙体四字，作复词用，本之基师。非可以智为能、如为所，判成二物也。而唯识师处处欠圆融，《新论》附录中已言之，须超然细玩其整个体系始得，护教之徒固难与论此。德性之知即是本体，亦即是发用，非知与性为二物也，此与以智与如分能所者，究隔天渊。《新论》性智与前儒德性之知，元非异物，但体认有浅深，发挥有详略耳。量智与闻见之知，所指目者亦略近，但与佛家后得智，义有相通而究不同者。佛家法相于此截割太死，虽云依根本起后得，而终不说后得智是根本智之发用，譬如说依虚空起浮云，终不可说浮云是虚空之发用。依字义，极严格，读佛书者不可不注意。《新论》以量智为性智之发用，此义深微。须知量智一词与知识一词，其意义各别，量智依作用立名，而一言乎作用即有本体，譬如一言乎众沤即有大海水也，人皆知无大海水不显众沤，而反求诸己、不知用由体显何耶？设问诚如此说，则即用即体，云何于性智外别说量智？应知性智者，斥体立名，是克就其超物的意义上说；超物者，谓其为物之本体，而非即物，即云超物，非言其超脱于万物之上也。量智是作用之名，而作用虽云即是本智流行，但其发现也，不能不以形躯或五根为工具，因此便有为工具所累虞。详玩《新论》下卷《明心章》谈根处。又此作用之发，恒有无量习气乘机跃现与之缘附若一，故此作用依五根、缘习气而发，乃易违其本体，言易违耳，非决定违。可以成为另一物事，曰可以云云，亦非决定。而不即是性智也。违其本体时，即非性智。但若以之与性智截离，如佛氏所谓后得对根本，似无融会处者，则期期以为不可。只要性智得恒为主于中，其发而为量智也，虽依根而不随根转，能断染习而不受杂染，则量智即是性智之流行，体用异故，称名不一，依本体而名以性智，依本体之发用而缘虑于事物，乃名以量智。而实非二物也。故所论量智，与佛家后得智毕竟有不容混同处，佛家后得对根本，只有依之以起之义，而不可说即是根本智之发用，此不可无辨。至知识一词与量智稍别者，量智作用、经验于事物，始成知识，此不待繁说也。

刚健与柔（答王星贤）

来函谓"《语要》卷三六九页谓朱子以柔训仁，杂于佛老，私意以为圣人阴阳合德，刚柔有体，要而言之不外仁之一字，是以发强刚毅固为仁之大用，而温柔敦厚亦是《诗》之特长。《诗》教本仁，故婉而多讽，乃若过而成病，则刚柔维均，柔固违仁，刚亦失礼"云云。此段话，似是而实未彻其原也。《礼》云："温柔敦厚，《诗》教也。"此就已发处说。《论语》言："《诗》三百，一言以蔽之，思无邪。""无"者，禁止辞，"无"字甚有力。

儒言克治，佛言对治，皆此无邪之"无"字所含也。"无"字正显刚健，有无邪之本而后形诸咏歌，自然温柔敦厚，否则能温柔敦厚乎？又复须知，《易》明乾元始万物而曰乾为仁，此汉师所存古义也。乾，刚健也，此云刚健非与柔为对待之辞。《新论·明心章》有附记一段，略言及此。生生不息，刚健也；变动不居，刚健也；中正纯粹精，刚健也；含万理、备万善、藏万化，贞恒而不可变易，皆刚健也。老只曰虚曰柔，佛只曰寂曰静，此皆耽空溺寂之病，《新论》中卷所以谓其不识性德之全也。刚健之刚，与常途以刚柔并举之刚非同义，刚柔对举者，是就已发处说，《系传》"立天之道曰阴与阳，立地之道曰柔与刚"，明明在天地剖判时说，故曰已发也。若夫阴阳刚柔虽已含蕴而实未判之全体，则可以刚健言之，而不当以柔静言之。诗曰"维天之命，于穆不已"，不已正是刚健，非处怀深体之，可识此义乎？如只见为柔静，则生化息；体其刚健，则万善之长于是而存。《系传》曰："天下之动，贞夫一者也。""一"者，阴阳未剖，刚柔未形，刚健之体也，是以主乎万动而皆贞也。吾之学，与《易》同符而矫二氏之偏，子犹疑乎？前引"思无邪"，非体刚健，其能无邪乎？明儒言"工夫即本体"，此语广大精确。本体未得，工夫即失；工夫失，亦无由见本体。此中有千言万语，无从说。

刚而失礼，仍是气质未化，未能体乎刚也。真体乎刚健者，自有以胜物而不为物胜，何失礼之有？吾到老，常自谓知及而不能仁守，自知明也。然吾工夫虽未至，而平生"不自欺"三字则可质天地鬼神，斯犹体强健之效也。不为私欲所蔽，即刚也、健也；若从柔字上用功，吾不知下流所极矣。

事与理（与刘生）

昨不许器未成理先有之说。因来论所谓理者，是与器俱成之理，非如程子所谓实理，是言乎形器之本体也。若就本体言理，则此理与形器，亦无先后，理即形器之体故。不可说形器未有时，有个空洞的理，兀然先在，而形器乃后有。果尔，则此理既超形器而先在，如何可说他是形器之体？然从来学者，谈本体时，亦有说此理先形器者。如老子言"道先天地生"，朱子亦曾言"理先气后"。此等先后字，均不可作次第的意义解，只约义说先后，明此理是体，而形器为其表现。此在义理分际上，说个先后，只是着重体的意思。大须善会。若作有次第的意义解，则差之毫厘，谬以万里矣。

今此就与器俱成之理而言，则有是器，便有是器之理；无是器，便无是器之理。是事甚明，何容矫乱。如来论所谓飞机未有，而已有飞机之理，此实错误。贤者意谓造飞机与驾飞机之理，都是先存在于自然之中，故计飞机未有而其理已先有。须知飞机之理，还在飞机本身上。造飞机时，必思机件如何配置，如何结构，又当如何驾驶，才可适于飞行。反是，即不适用。是故飞机本身，具有一定的法则，即其机件不如此配置结构，与不如此驾驶，便决定不可。这个非如此不可的，便是他有一定的法则。他如果不具此法则，便是不可驾驶与飞行的东西，便不叫飞机。所以飞机之为飞机，就因他具有一定的法则，这个法则就是飞机之理。故知此理不能先飞机而在。若汝说，此缘造机时，应用自然之理，如力学等等之理，以为合法的配置与结构等，故其理仍是先在的，此复甚谬。吾更问汝，此理本在自然中，吾人抛书案向空际去，他为什么不飞行耶？故知飞机之理，虽缘造机时，应用自然之理而造成，但飞机本身具有之理，即所谓一定的法则，却是一件新创出来的，而不即是自然中理。稍加解析，义自著明。飞机未创时，即飞机之理亦未创。如何飞机之理，能先飞机而在耶？即就自然而言，如科学上所发现许许多多的理，吾人设想，一旦诸星体起或种变异，运行失轨，互相冲突，同归粉碎，此并非不可有之事。果诚尔者，则已无所谓自然界。而今科学上所发现于自然中之许多理，其犹可谓之存在否耶？当知其器毁，则此器之理亦与俱毁。以是知器之未成，而此器之理亦未有，乃诚然之言也。更就社会现象言，有是事方有其事之理，无是事直无此事之理。如无产阶级兴，而其事较诸资本主义的社会为创新，即其事之理亦是创新也。事之未创而可创者犹多，即理之新出者将不穷也。

兴趣是生命，亦是学问（与林宰平）

前得由宁转杭一信，似问及诸友由学涉事之情况，据闻精神颇不差，此可慰，唯将来事功如何，不敢断言。吾料二三君子，亦犹李刚主诸儒之所志而已。李氏承颜先生之学，以有用为臬极，欲一矫两宋以来儒者疏于济世成务之短。会当胡虏盗据，不便入仕，因以游于在朝公卿，下及州县之幕，本三物之旨，欲佐主者以化民成俗，此就世儒言，其魄力不可谓不宏，其心愿不可谓不伟。然吾若高悬一格以衡之，则不能不为李氏惜也。夫就社会言之，其各方面相互影响之故，至蕃变隐约而难言也。凡一社会之生存，自外表以言，若专恃乎政治生产等方面领袖倡导之人物，坐而言者，似非所贵；又凡开导一世之人物，其学说或思想之传播，亦必其为一般人所共了。至若括囊万有、超出物表，即与社会上现实问题无关之人物，其所实践而独喻者，不独一世所不能了，甚至历千百祀而不可得一遥契之人，此等人物、此等思想，纵可谓为社会之宝物，究何所影响于社会耶？今之持此论者颇不少，实则此辈仅泛观社会之外表而不能深窥其根柢也。凡社会所以生存之根柢，即由超出物表之大人有其实践独喻、众所不知之伟大精神，无形中感触庶类，有如春气潜运、百昌昭苏而不知其所以，庄生所谓"尸居而龙见，渊默而雷声"者，正谓此也。大抵衰乱之世，乾坤几熄，将欲起死回生，必有此等出类拔萃之大人独凝生理，徐以感被众槁而反致诸同生之域，所谓剥极而复者以此也。言及乎此，则李氏之所短，可得而详已。彼其汲汲皇皇于用世之术，而根柢之学修之不深宏、养之不朴茂，讲之于人人莫不相悦以解，其感人之效也浅，李氏所以无救于皇汉民族之倾覆。而当时甘心事虏、无复人气者，反批李氏以为名高，斯岂其本怀所及度，直由其根柢尚欠深远故耳。迹诸友用心，仿佛李氏，吾所望之者，本学以施之于事，即事而验其所学，又且于应事外，尚有闲适而孤往之工夫，使根柢强大而枝叶畅达，则远非李氏之俦。即与吾辈行藏殊异，要自不害其为同，但虑感触多端，神解难期超拔。又书生善持大正，济变之才不足，当世犹未有曾、胡，匡济徒成虚愿。此所云云，未审有一节之当否，乞兄审度见示。自来中央大学，忽忽二十日，不得好住处。神经衰弱最怕扰，而同住多男女生，日夜狂叫不堪。近移来杭州西湖广化寺，高楼俯瞰明湖，前对吴山，后倚葛岭，如星小岛孤峙湖中。凭栏而望，苍苍者天，明明者水，<small>湖不波，如鉴明，故云。</small>悠悠远山，浩浩东海，目穷于望，遥感于怀。况复钱江若带，帆舟往来，时有鸟声掠过虚空，独如梵唱。会此众妙，几忘乱离。兄与漱溟皆不得偕，以此相思，何堪惆怅！

前信发后，昨又得由杭州转来挂号信。对于南来，仍是尼父无可无不可之态，此大不可也。兄既无所取于寂寞之幽

燕，来此尚有二三乐与数辰夕之人，奚为其不决耶？兴趣是
生命，亦即是学问。滔滔天下，吾侪可与煦沫以相提撕激发
而不孤寞抑塞、沦于退坠梏亡者，当世有几？诗人伐木之歌、
宣尼不孤之叹，寄意深长，此岂可一旦忽哉！兄年将五十，
弟亦四十余，皆耿耿孤衷，不舍苍生忧患，又临天地玄黄之
会，感物兴怀，若非同契相助以精进，恐力量不充而易流于
波动之情怀，将如昔人所谓忧能伤人者矣。以此相思，所关
极大，吾侪何忍拆散，成为劳燕分飞，宁不为平生志愿计耶？
漱溟及平叔、艮庸二子，本约之共聚于宁。渠既留粤，则彼
尚有四五人堪慰寂寞。若我两人，则断断不容异处。弟之在
宁也，气味薰感，殊无多人，石岑迫于生计，不能离商务馆
而赴宁。若吾兄者，内抱孤贞而外不戾俗，诚不似弟之过僻，
然孤寄于鸟栖兽走之荒城，所见者何事？所闻者何事？所与
往还周旋者何物？稍一触思，其能不黯然神伤而欲尽耶？弟
不可无兄，而兄又何可无弟耶？又锡予浑含，兄尝服其雅量，
耦庚天真烂漫，秋一为学缜密，素履冲澹，宜黄一代大师，
气魄甚伟，兄皆当与游处。更有石岑，野气纵横，兄虽与之
神交有素，尚未促膝共发狂啸，久怀爱而不见之忧，空兴在
水一方之感，奚不翩然遵海而南、襄成盛会？江南地衍物博，
值此新秋，天高气爽，登钟山远眺，大江东注，海不扬波，
上瞩遥空，迥远无极，我欤人欤？天欤地欤？浑兮浩兮，欲
辩忘言！孰谓宰平不肯同此乐哉？

一念清净（与池际安）

　　附际安来书：顷奉慈谕，不胜感慰。窃慕盛德大业，居高声远，值兹衰乱，起居未宁，而接引后学，诲人不倦，备见至人济世之悲愿无尽。倻智慧羸劣，学行未修，实不堪承受教诲扶植，江流浩浩，兼葭凄凄，虽欲从之，莫由也已。男女家室，易增烦惑，倻性寂静，夙不乐此，若生为男子，须承继宗祧[1]，则不能免脱此累。倻常自庆幸生而为女，可免此累，专心学业，庶有成立。惜生不逢时，值此世乱，虚有此心愿而已。

　　忆昔在沪时，境况尚佳，终日无事，偶得《起信论》一册，阅之深感兴趣，生大欣慕，当即如说修行，致力止观。以发心之勇猛，进步甚速，兴趣亦愈浓厚。终日默坐，废寝忘食，夜以继日，无事则修止，有事则随顺修观，如是相继九阅月，忆念未失。忽以一念清净，与真理相应。自是不假勉强而识自性常净、具足众德。后览诸经论，深相契合，如数家珍，其于禅宗公案、语录

---

[1]　宗祧（zōng tiāo），宗庙，引申指家族世系、宗嗣。

更觉亲切，行德名著，读之不忍释手。先严见之，辄夺书去，恐伤身也。自此后，世局日危，境域日窘，尘劳日重，未及读书，然此理终不泯灭，造次颠沛必于是。五六年来，存养保任未尝少息，而终以杂务纷纭，无暇治经籍以资印证，学力未至，心智无由启发，故所悟亦未能深远。学术之事，须资于环境、仰于指引，侄特无此环境耳。学术岂真若是其难而不可成者？然素患难行乎患难，素贫贱行乎贫贱，侄无能得此环境致力学术，日唯以杂务衣食所累，亦安而已，失复何言？大人摄生有道，近来起居安否？饮食增否？倘侄日后生事可支，学术有望，愿侍大师以尽天年。唯祈宽怀善御，健履轻安，日月常辉，则为群生之幸也。

得汝函，具见德慧坚利，非凡才也。急东下就学，勿失时光。吾已函王孟老，欲汝遂为吾子，双姓熊池，未舍本宗，于义无悖，想孟老早达此意。汝体弱，须注意滋养，切勿自苦，留得此身发明正学以救斯人，事孰急于此，刻苦以速朽，甚无谓也。昔宜黄大师尝言江西黎端甫居士解悟甚高，而自奉过苦，以此早殒，不竟所志。又云佛典有问：如菩萨行荒远之域，绝无可得食，仅有同伴一人，杀之以食则生，否则死，此将如何？佛言菩萨为续慧命故，续法命故，宁杀人食之，出此险已，力度众生。此语出何经？吾近不忆，然宜黄斯言，吾志之未忘。但此事唯菩萨可行之，凡夫不得借口以自利而伤物，自造恶业也。闻汝过自苦，吾故举此，冀汝有以自广也。

吾不耐杭州热闷，本思赴沪，取海风较适，但一时未便离杭。

　　来函"无事则修止，有事则随顺修观"二语，自是初学着力处，然不无失正。闲居无事时，一意收摄精神，不令驰散，此时心地炯然，不起虚妄分别，是谓之止。然但无虚妄分别而已，要非顽然无知。永嘉禅师云"自性了然故，不同于木石"，明睿所照，于境不迷，_{一切所知，通名为境。}是谓之观。故止观者，一时并运，非可有止而无观或有观而无止也。无事时修止，而观在其中；有事时随顺修观，而止亦在其中。无止而云观，即堕妄情计度，不可云观也。止观法义，深远无边，自释迦至后来大小乘共所修习。《大学》知止、定、静、安、虑得一节，亦是止观；知止至安，皆止义；虑得，即观义；诸句中而后字，系约义，言非有时间次第也，此等处切忌误会。予一向强探力索，实不曾用过止观法，吾儿天资纯粹，尚望于学问思辨之外，无堕此功。

心与境（答满莘畲）

来教，久稽裁答。因闻乡间匪患，心绪总不宁帖。今略酬如下：

一来函云：唯识旧师建立种子为一切现行之因。处处皆死煞，真如几等赘物。而《新论》具云《新唯识论》。则以刹那顿变义显诸行相为流行不住。此即到处皆是活的，始见真如之大用。

旧师关于宇宙论方面之见地，则建立种子以为万有肇始之说明。此与西洋谈本体者，有建立一元或多元等，同一戏论。《新论·功能》章，及《破破论》，具云《破破新唯识论》。辨之已详。而守文者多不悟，非吾兄之明睿，何能及此。

二来函云：旧师关于心理方面之见地，则以一切心及心所皆由种子生。而于种子，复许有染净混集之本有种。夫染污种子，既属本有，则何须断之乎？如谓去染留净，如淘金沙然，去渣滓而存纯金，则将心理看作矿物一般，而心其果如是耶？况与染污杂居之净种，自非绝对的纯净，然已许其为法尔本有，则又从何觅本心，即如何见所谓常乐我净之真心耶？因此染净二种本有之上，不能更建立本心，义不应尔故。且种子既曰本有，则是无因而生，亦自违缘起正理。总之，旧师建立本有种子，最不可通。

《新论》既遮拨旧师种子义，而亦变通其旨，以言习气。习气潜伏沉隐，亦得名种子，其现起即名心所。凡今心理学上所谓心作用者，其全部几皆是习。其属于不自觉之潜意识，亦皆习气之潜隐而为种子者也。《十力语要》（卷一）第五十六页《答谢石麟书》内有一段亦言及此。其发明古义，纠正后来大乘师之失，可谓功不在禹下。

《新论》以心所即是习，亦得云习心，此与本心同行，本心即性也，是乃固有之也，即是功能，即是本体显现也。染习乘权则蔽其本心。然本心未尝不在顺之以起净习，则本心力用增长，而固有之全体大用毕彰矣。本心者，随义差别，而多为之名。以其虽主乎一身，而实浑然与天地万物同体，则谓之心；以其为吾人内在的生活力，有主宰用，则谓之意；以其发现为意知、思虑、见闻、臭触等等了别作用，则谓之眼识、耳识乃至意识。

如此真切，令人直下觌[1]体承当，真是千古正法眼藏。
旧师既分八个识，又且一向是染污现行，不知从何觅得
本心来，岂不断绝佛种。

此中弹正旧师，抉择新义，字字金玉。自《新论》问世
以来，如此精鉴，得未曾有。旧唯识师，建立种子，实乖释
迦本旨。考释尊说法，以见于《阿含》者为最可依据。《杂
阿含》卷二第二十页，佛告婆罗门："我今问汝，随汝意答，
婆罗门于意云何？色本无种耶？"答曰："如是。"世尊："受
想行识，本无种耶？"答曰："如是。"世尊详此，则色法
心法，本无自种，所以说诸行性空。般若犹承圆音而盛演之，
至唯识则浸乖胜义矣。

近常为韩生镜清说《阿含》，推寻释尊创见与后来佛家
思想关系，颇有所获。惜乎随得随忘，未及条而理之。衰世
百艰，不得畅心素业，此无可如何也。

　　三来函云：翁辟之义，初未敢深信。窃以为非真见
体后，不敢轻置可否故也。今每静心体察，乃于吾心之
不物于物处，识得辟以运翕的道理，而豁尔无疑矣。

吾兄能于生活上体会此理，甚善。无翕辟义，就宇宙论

---

[1]　觌（dí），相见、会面。

方面言之，其待阐之义蕴甚多。弟常欲别为一书，以相辅翼，总苦精力不给。大抵此等处最感困难者，为科学知识之缺乏。吾侪不幸少年无治科学机缘，今已老大，夫复何言！每有思维所及，自惊神解，却未能搜检各种科学上之材料，以为推证之助。即令笔述所怀，又惧单词奥义，无以取信于人。故提笔而又辍者屡然也。然思解以写述而愈精，不写不述，则亦忘失，而甚至晦塞以殆尽。平生少成功，亦由此之故也。吾常谓后生不可轻发表文字，要不可不多作文字耳。老兄当同兹感耶？

　　四来函云：《新论》，能习之分，精义入神，举中国千余年来言性命者所未能言者，和盘托出，非真实见体，那能道得只字。？

难言哉习也！佛家所谓赖耶一大识藏，充盈法界，只是习而已矣。释尊千言万语，无非破除染习，岂有他缪巧哉？谈哲学者，于此自勘不清，还说甚宇宙人生。皆戏论耳！皆虚妄分别耳！《新论》谈习气处，字字精贴。顾读者若不澄怀反察，则亦看作闲言语耳。世亲菩萨《二十论》曰："我已尽我能。"弟亦假以自慰。

　　又《新论》习气一词，涵义至广博。人生所有一切经验皆成为习。具云习气。遗传亦习也，即心理学家所谓本能，亦无非习也。

五来函云：《新论·明宗》章"心者不化于物"一语，若能体会得真，觌体承当，当下即是。千言万语，皆赘辞也。妙极。

一言心，便与境对，或亦云与物对。故心非即是本体。然心之可说为体者，正以此心虚灵而不物化故耳。若心为形役者，则其人之放失其心也亦已久矣。操存舍亡，君子所以弗忘戒惧。

体会与论辩（答唐君毅）

来函所说二端，其前一端，固吾夙所主张也。体会之功，所以自悟，论辩之术，虽为悟他。此土儒道均尚体会而轻论辩，其得在是，失亦在是也，测物之知毕竟欠缺也。唯印土佛家，自悟悟他，双方兼顾，诚如所云。然诸大论师毕竟尚玄悟而不基实测，与远西学者论辩之术又不同途。至云根本道理与各部门散殊的知识，本非睽而不通。此则诚谛，吾何间然？

宣圣曰：一以贯之。般若说："如，非一合相。"如者，具云真如。唯如非一合相，所以非混条然万法而为如，乃即此条然万法而皆是如也。故一贯之旨，非混万为一，正于万见一。唯其如此，故智者依本智而起后得，佛家依根本智，起后得智。德性之知既扩充，而闻见之知亦莫非德性之用。儒家认识论中，以此为极则，实与佛家本后二智义相通。故学者求知，虽不遗散殊，而要在立本。来书所举第二端与第一义自相关，毋须别答。

吾贤次难，似于《语要》（卷一）未尝措心。（卷一）《答张东荪先生书》中，曾言所以作《新论》之意。此土著述，向无系统，以不尚论辩故也。缘此而后之读者求了解乃极难。亦缘此，而浅见者流不承认此土之哲学或形而上学得成为一种学。《新论》劈空建立，却以系统谨严之体制，而曲显其不可方物之至理。学者诚肯虚心，细心，熟习此论，必见夫此土晚周儒道以迄宋、明，旁及印土大乘，其诸哲学家中，对于宇宙人生诸大问题，无不纲罗融合贯穿于《新论》之中，旁皇周浃，无所遗憾。又其针对西洋哲学思想以立言，而完成东方哲学的骨髓与形貌，若治西洋哲学者而头出头没于其推论设证之间，不获昂首纲罗之外，一究真理蕴奥，则于《新论》寄意亦必漠然，谓为无物。此诚无可如何之事，而亦无所用其计较者也。《新论》只是完成东土哲学或形而上学，其立言自有领域。然未尝排除知识，即非不为科学留地位，须知讲哲学者只不反对科学与知识，其为书也，非必取世间各种知识而悉叙说之也。

儒者何尝专讲一本而遗万殊，假设阴阳，以明变易不易之理，而天道之奥，天道者，本体之代语。与夫人事物理之至动至赜而不可亚、不可乱者，莫不究明焉。《易系》曰：言天下之至赜而不可恶也。案荀爽恶作亚，次第也。设举一事一物而推寻其因果关系，实无穷无尽，乃展转相缘以俱有，莫究其始，莫究其端，何可为之次第耶？荀说是。此大《易》所以与天地准也。《春秋》本玄以明化，董子《春秋繁露·重政》云："元犹原也。"何休《公羊》注云："元者气也。无形以起，有形以分，造起天地，天地之始也。"深察百国政俗与人群变端，因推三世，以明大同太平之休美，甚盛哉！制割万有而赞襄大化者，是所以文成数万，其指数千也。《易》与《春秋》，其义皆在辞外，宜乎守文者所不与知。若乃礼乐之隆，原本性情，周行万物万事而莫不畅。《诗》则极人情之真，而人生意义之丰富，于兹可识。

儒者之道，如此其广大悉备也。而吾贤乃谓其专论一本而遗万殊，何哉？夫学者读古书，贵通其意。六经之言，虽运而往矣。若其微意所存，则历劫常新，而未尝往也，学者求之六经，而得圣人之意，则学不当陋，而道岂容拘？智周万物而后不陋，易简理得乃始无拘。善学者，博约兼资，约以造微，微者单微，理之极至，则易简也，故谓单微。又微者微妙，所谓"众妙之门"是也。约者，实践实证，实有诸己之谓。博则徒务多知，纵上究乎玄，而仍不离知见也。约则极玄，而体之日用践履之间，心与理冥为一，不只是一个空洞的知见。博以尽物，尽物者，谓穷尽万物之理。夫物理不可胜穷也，而精炼于或种部分之知识者，勿以一曲之见而衡一切，足以知类不紊，又必观其会通而究其玄极，其斯之谓尽物矣。君毅有才气而能精思，吾所属望至切，倘得缘会，析诸疑义，则孤怀寥寂之余，良得所慰已。

极高明而道中庸（答敫均生）

来函不主离器而言道，此说甚是。吾向阅译籍，细玩西洋哲学家言，私怀以为现象与本体，名言自不能不析，而实际则决不可分成二界。哲学家于此，总说得欠妥，由其见地模糊故耳。实则现象界即其本体之显现，犹言器即道之灿著。苟于器而识道，则即器即道。而道不离器之言，犹有语病。夫唯即现象即本体，故触目全真。宗门所谓"一叶一如来"，孟子所谓"形色即天性"，皆此义也。佛家《般若》说："照见五蕴皆空。"五蕴即目一切色心法，亦现象界之异名。即来书所谓"呵形器为虚妄"是也。然佛氏所以如此说者，正以众生皆迷执形器为实在的物事，而不悟形器无自体，皆道之所凝也。故于形器而不作形器想，即于形器而识道者，此唯大觉能尔，而众生不知也。以是故，佛乃呵破形器，以除此妄执，欲众生悟形器无实，只是道之灿著而已。"一叶一如来"，色色现成，头头真实，何不当下识取？岂可骑驴觅驴？此其归趣，与儒宗亦自不二。唯儒家直下于形色显天性，故不必呵形器为虚妄，即俗诠真，融真入俗，所谓"极高明而道中庸"是也。释子必欲卑儒崇佛，非唯不知儒，又岂得为知佛者乎？

第三章

本心才是吾人与天地万物所同秉之真性

中国哲学是如何一回事

中国的哲学，不似西哲注重解析。此个问题，甚难置答。据我推测，大概中国人生在世界上最广漠清幽的大陆地方，他的头脑，深印入了那广漠清幽的自然；他的神悟，直下透彻了自然的底蕴，而消释了他的小我。易言之，他的生命与自然为一。儒家"与天地合其德，与日月合其明"，老子的"返朴"，庄子的《逍遥游》，这些话都是表示他大彻悟大自在的真实境界。因此，他不愿意过计算的生活。不肯把本来浑全的宇宙无端加以解析，不肯把他本来浑一的生命无端分作物我、别了内外。他照见分析是因实际生活方面而起的一种支离破碎的办法。他并不是故意反知，却是超出知识猜度的范围而握住了真理。因此，应该说他是超知识的。我总觉得哲学应当别于科学，有其独立的精神和面目。科学之为学，是知识的；哲学之为学，是超知识的。《白虎通》说："学者觉义。"觉者，自明、自见、自证，这是为哲学的"学"字下个确切的训释。哲学和科学的出发点，与其对象、领域和方法等等根本不同。哲学是超越利害的计较的，故其出发点不同于科学；它所穷究的是宇宙的真理，不是对于部分的研究，故其对象不同于科学；它的领域根本从本体论出发而无所不包通，故其领域不同于科学；它的工具，全仗着它的明智与神悟及所谓涵养等等工夫，故其方法不同于科学。一般人都拿科学的眼光来看哲学，所以无法了解哲学。尤其对于东方的哲学，更可以不承认它是哲学。因为他根本不懂得哲学是什么，如何肯承认东方的哲学？我觉得在今人的眼光里，好似东方硬没有学问。本来哲学上的道理，能见到的人便见得这道理是无在无不在，不能见到的人，也就没有什么。先哲说得好："百姓日用而不知。"可惜这句话的义味少有人领会得。

所谓超知识的也者，本无神秘，亦非怪迂。知识所以度物，而理之极至，不属于部分，乃万化所资始，则不可以物推度，唯反其在己，自识本来。情蔽祛，则物我之障都除；识想亡，则内外之执顿尽，识想谓虚妄分别。内外之界，起于分别故。一真无待，当下炯然，瞒昧不得，起想便乖。此非知识所行境界，何消说得？向秀云："知生于失当。"徇物故有知，可不谓之失当乎？人生役于实际生活，不得不徇物，而知于此起焉。然至徇物，而性命亏矣。

又哲学与美学及宗教不同者：美学是由情感的鉴赏而融入小己于大自然，此兴趣所至，毕不自识本来面目。宗教是由情感的虔信而皈依宇宙的真宰。这个真宰完全是他的意想所妄构。哲学则是由明智，即最高的理性作用，对于真理的证解，实则这种理性的证解，就是真理自身的呈露。故无能所可分，故离意想猜度，故真理不是妄构的境界。

文化与哲学

哲学年会，张申府教授发表《我所了解的辩证法》一文。此会，吾未到场，唯据申府先生文中，提及目前国内有两件事，都是与哲学密切相关的：一是关于中国本位文化建设的讨论，二是需要一种新哲学的呼声。吾于此极有所感，但此问题太大，如欲详细讨论，则非费神不可。吾以久病，困于用思，艰于写文字，故欲就管见所及，略抒大意。昨冬吾南行，过锡予先生家，蒙、钱、贺、郑诸教授均在座，吾曾发一种议论，即谓中国学人有一至不良的习惯，对于学术根本没有抉择一己所愿学的东西。因之，于其所学，无有不顾天不顾地而埋头苦干的精神，亦无有甘受世间冷落寂寞而沛然自足于中的生趣。如此，而欲其于学术有所创辟，此比孟子所谓"缘木求鱼"及"挟泰山超北海"之类，殆尤难之又难。吾国学人，总好追逐风气。一时之所尚，则群起而趋其途，如海上逐臭之夫，莫名所以。曾无一刹那，风气或变，而逐臭者复如故。此等逐臭之习，有两大病：一、各人无牢固与永久不改之业，遇事无从深入，徒养成浮动性。二、大家共趋于世所矜尚之一途，则其余千途万辙，一切废弃，无人过问。此二大病，都是中国学人死症，吾且略举事例。远者姑置勿论，前清考据之风盛，则聪明才俊之士，群附汉学之帜，而宋、明义理之学，则鄙弃不遗余力；民国洪宪之变以后，时而文学特盛，则青年非为新文学家不足以自慰；时而哲学特盛，则又非哲学不足自宠；时而科学化之呼声过高，则青年考大学者，必以投理工弃文哲，为其重实学、去浮虚之最高表示。实则文学、哲学、科学，都是天地间不可缺的学问，都是人生所必需的学问。这些学问，价值同等，无贵无贱。我若自信天才与兴趣宜于文学，则虽举世所不尚，吾孤往而深入焉，南面之乐，不以易也。乃至自信我之天才与兴趣宜于哲学或科学，则虽举世所不尚，吾孤往而深入焉，南面之乐，无以易也。如此，则于其所学，必专精而有神奇出焉。试问今之学子，其习业果非逐臭而出于真正自择者有几乎？又试就哲学言，其诸名家思想，经介绍入中国者，如斯宾塞，如穆勒，如赫胥黎，如达尔文，如叔本华，如尼采，如柏格森，如杜威，如罗素，如马克思，如列宁，以及其他，都有择述，不为不多，然诸家的思想，不独在中国无丝毫影响，且发生许多驳杂混乱，及肤浅偏激，种种毛病，不可抓疏，此何以故？则因诸家之学，虽经译述其鳞爪，或且迻陈其大旨，然当其初入，如由一二有力者倡之，则大家以逐臭之态度而趋附。曾未几时，倡者已冷淡，而逐者更不知有此事。夫名家显学，既成为一派思潮，则同情其主张而迻译之者，必有继续深研之努力，方得根据其思想而发挥光大，成为己物。今倡之者既出于率尔吹嘘，逐之者更由莫名其妙之随声附和，若此，则斯宾塞、穆勒乃至马克思诸公之精神，如何得入中国耶？又就吾固有学术而言，今之治国学者，以西人有考古学，又且以考据方法，强托于科学方法，于是考据之业，又继乾、嘉诸老而益称显学。问有究心义理者乎？此事殆疑绝迹。独有绍兴马一浮氏者，沉潜周、孔六艺之场，贯穿华、梵百家之奥，践履敦实，义解圆融，庶几扶持坠绪。然独行无侣，孤调寡和，斯学向后无人问津，盖可知已。佛家唯识之学，虽来自印土，然实吾先哲早经融化而成为己物者，中间湮绝已久，自欧阳大师起而张之，民国八九年间，号为显学，乃不须臾，风会转变，而此学影响又绝矣。即就西洋科学而言，生物与地质较为易治，且有地域性质，则治者竞尚焉，而他科颇无闻矣。中国人喜逐臭，而不肯竭其才以实事求是；喜逐臭，而不肯竭其才以分途并进；喜逐臭，而不肯竭其才以人弃我取。如是陋习不祛，而欲谈中国本位文化建设，而欲谈新哲学产生，其前途辽阔，曷由而至哉！此吾于申府之提议，而不能无感也。夫新哲学产生，与中国本位文化建设，则必于固有思想，于西洋思想，方方面面，均有沈潜深刻的研究，然后不期而彼此互相观摩，长短相形，将必有新的物事出焉。否则终古浅尝，终古混乱，一切话都不须说也。

又就申府先生之提议，而略抒愚见。所谓本位文化建设，与新哲学产生，虽从两方面言之，实则目前最急者唯新哲学产生一事。夫言一国的文化，则其所包络者，广漠无垠，一砖一石，亦莫非其文化的表现。然究其根荄，要必在哲学思想方面。中国今日既未有新哲学产生，则为中国本位文化建设之谈者，殆如"见卵而求时夜"，毋乃过早计耶？愚意欲新哲学产生，必须治本国哲学与治西洋哲学者共同努力。彼此热诚谦虚，各尽所长；互相观摩，毋相攻伐；互相尊重，毋相轻鄙。务期各尽所长，然后有新哲学产生之望，此为第一义。次言创新。须知创新者，不是舍除其所本有，而向外移来人家的物事。移与创，分明不是一回事，故为全盘外化之说者，是太消灭自家创造力，自暴自弃之徒也。创新者，更不是从无生有，如魏、晋人误解老子哲学之所云也。创新必依据其所本有，否即空无不能创。吾于《新唯识论》中，曾言此理，如吾人生理，新陈代谢，是创新义也，新的血脉固不是陈的，然何尝不是依据陈的而变生得来耶？谈至此，则吾人对于固有哲学，宜研究抉择，以为"温故知新"之资。吾盖常留心于此，而谓晚周儒学即孔、孟哲学，实为今人所当参究。

何以言之？中国哲学，由两汉而上，可谓儒道二家对峙之局；由两汉而下，可谓儒道释三家混合之局，而儒家真精神实已式微。略陈其故，晚周思想，号为极复杂，然言其大别，不外儒道名法墨五家。墨家、名家皆早绝，法家虽自秦、汉以来犹若流行未息，如汉萧何、文帝、昭烈帝、诸葛，以及后之王荆公、张江陵等。但西汉以来之法家所讲者，只是行政方面一种综核与苛察等等的手段，唯萧何、文帝不为苛察，曹参守萧何之规，大抵何为治，是能综核名实，故当其转饷已能济军。已全失晚周法家意思，如《淮南》所述法生于众，及法籍所以禁人君使无擅断，韩非任法不尚贤，即反对儒家人治而主张法治等等根本思想，此皆晚周法家思想仅存者。西汉以后之法家，遂绝不注意及此。故吾谓晚周法家亡绝甚早，后之法家实不足称为法家也。据此，名墨法三家，在晚周已骤起而骤灭。秦之李斯，是后世张江陵一流人。不足为法家。故唯儒道二宗并行，所谓两汉而上，为儒道对峙之局者以此。魏、晋以后，道家玄学与印度佛家迎合。自此，儒家虽未至灭熄，而释道混合之思想，实特别占优势，即儒学亦大变其本来而杂于二氏矣。所谓两汉而下，为儒道释混合之局云云者以此。固有哲学的兴废，略如上述。吾今者何独有取于儒家？此又吾所不能不略言之者。

一、儒家的宇宙观、人生观，可谓离虚妄分别，而得到真实的了解。此意本非仓卒所能言，非用简单与直率的语句可以表出，非深究儒家群籍，而反之自心，得其会通者，亦虽与之谈斯义。然不得已而欲略言之，则其玄学，明示自我与宇宙非二，即生命与自然为一，哲学家向外觅本体，不悟谈到本体，岂容物我对峙，内外分别，此其为实义者一。本体是流行不息的，是恒时创新的，《易》曰："日新之谓盛德。"是至刚至健的，是其流行也有物有则，而即流行即主宰的，故如佛道之以虚寂言者，不悟虚寂舍不得动用，如西哲亦有言变动者，却又不能于流行识主宰，唯儒家所究为真实义者此其二。本体的性质，不是物质的，故唯物之论，此所不许；却亦不是精神的，然必于此心之不物于物处，而识本体之流行焉。故儒者不妨假就心以言体，但绝不同于西洋的唯心论者，此则不可无辩。本体是无内外可分，不可当作一个物事去推寻，所以非物非心之论，亦此所不许，西洋哲学本体论上，种种戏论，此皆绝无，此其为真实义者三。理解必待实践而证实，践履笃实处，即是理解真切处，实践不及，但是浮泛知解，无与于真理，此其为真实义者四。略陈四义，而儒家玄学上的价值已可窥见，其所以夷诸子而独尊者，岂偶然耶？

次则儒家规模大，其在一般的哲学方面，对于以前固有的学术，能容纳异派，而治之一炉，如孟子重法守，至言"瞽瞍杀人""舜为天子"，不得拒捕，只有"窃负而逃"，以全恩谊。桀、纣之诛，是诛独夫，不为弑君。此皆孟子融摄法家义也。

荀卿言礼治，亦近法治。又孟、荀并能辩义，有名家、墨家精神；至于《礼记》《周礼》，皆儒家巨典。《礼记》多融会道家，《大学》一篇言止定静安，是最著之例。《周礼》多融会法家，此尤易见。孔子只言敬，敬贯动静者也，及《礼记》始言静，《乐记》人生而静，《大学》知止而后定，定而后静，静而后安之说，此皆道家义，而儒家取焉。宋儒遂本之以援佛入儒，《周礼》之说，王安石稍采其一部分，至近世而始尊其价值。清末，孙仲容依之作政要，以与西洋法治国之政制相比附。当时亦多影响云，尝谓晚周各学派之亡绝，大抵老、庄学派的影响为多。老、庄思想根本反对知识，故名家，则庄子攻之；墨家，则庄子薄之。只许为才士，薄之之词也。法家尤为其所摧折。惟儒家容纳较宏。

三则儒家不反对知识，此等精神根本与科学相得。《论语》记"子入太庙，每事问"，足见其平时无在不存每事问的精神。吾以为科学成功，特别在此。事理本在目前，行而不著，习焉不察，则一切混沌过去，如壶水澎涨，苹果堕地，古今妇孺所恒见而不问者，至奈端[1]、瓦特诸公，乃始肯问焉而得有绝大发明。故尝谓科学成功，只是个"每事问"。孔子此等精神，即是科学精神，故其教学者以六艺，即礼、乐、射、御、书、数，即是当时简单的科学，虽逮后来新兴的宋儒，如程子、朱子，作《大学补传》，以即物穷理言格致，此其所以特异二氏之处。然儒家未及成功科学者，特以前有道家，后有释道合流，为之障碍耳。然晚周儒家于社会科学方面，自有许多发明，其见于群经者，要待整理而表出之。今西洋科学输入，将使儒家精神，从此昭苏，而可妄疑其相扞格[2]耶？

四、儒家言正德、利用、厚生，见于《书》者也；言制器利用，见于《易》者也；言人之所欲多者，其可用必多，见于《吕览》[3]者也。《吕览》虽难，但儒家的成分较多。《孟子》寡欲之说，寡其不正之欲耳，戒其纵欲以累心者耳，与释道主绝欲者迥殊。此等精神，与科学不相违戾，又不待言。

五、儒家言经济，《论语》则有"不患寡而患不均"之义。《大学》言理财，归之平天下。言伦理，孔子则由孝悌而推之为泛爱众。又曰："老者安之，少者怀之，朋友信之。"先儒谓是天地万物一体气象。视虚言平等博爱者何如？孟子

---

[1]　今译为"牛顿"。

[2]　扞格（hàn gé），互相抵触。

[3]　《吕氏春秋》的别称。

由亲亲而推之仁民爱物，又曰："老吾老，以及人之老，幼吾幼，以及人之幼。"是皆将封建社会的道德观念，扩而充之，至于全人类与万物，即于无形中消灭封建社会的思想，其化育之功神矣。此正为今后世界所要求者，而谓儒家精神非科学的，何其自绝于真理之甚耶？

综上五义，略明儒家思想。宜图复兴，以为新哲学创生之依据。精力短促，辞难达旨，唯欲引起贤达之注意，故不避不文与迂陋之讥，冀高明君子进而论之。不然，哲学年会一哄而散，即有人提出问题，事后亦如雨后烟云。学人尚如此偷废，则吾民族其危矣！尚何文化与哲学之可云？

哲学与史学（悼张荫麟先生）

吾国古之治哲学者，必精史学。宣圣开千古哲学之宗，而亦千古史家之大祖。司马谈父子，本史家，而《论六家旨要》，则又深于哲学矣。夫哲学者，究天人之故，穷造化之原，而以不忘经世者为是。印度佛家哲学思想，虽高深玄妙，而卒归于宗教，以出世为薪向。故印度人于历史特缺乏。民族式微，有以也。吾国先哲，于史学、哲学，尝兼治而赅备之。究玄而基于综事，穷理而可以致用，探微而察于群变，极玄而体之人伦，广大而不遗斯世。环球立国之古，族类之繁衍，文化之高尚，无逾于我皇汉者，学术之所系，岂不重欤？张荫麟先生，史学家也，亦哲学家也。其宏博之思，蕴诸中而尚未及阐发者，吾固无从深悉。然其为学，规模宏远，不守一家言，则时贤之所夙推而共誉也。荫麟方在盛年，神解卓特，胸怀冲旷，与人无城府，而一相见以心。使天假之年，纵其所至，则其融哲史两方面，而特辟一境地，恢前业而开方来，非荫麟其谁属乎？惜哉，其数遽止于此也。今之言哲学者，或忽视史学；业史者，或诋哲学以玄虚。二者皆病。昔明季诸子，无不兼精哲史两方面者。吾因荫麟先生之殁，而深有慨乎其规模或遂莫有继之者也。故略书吾意，以质诸当世。

略说中西文化（答某生）

文化的根柢在思想。思想原本性情。性情之熏陶不能不受影响于环境。中西学术思想之异，如宗教思想发达与否，哲学路向同否，科学思想发达与否，即此三大端，中西显然不同。此其不同之点，吾以为就知的方面说，西人勇于向外追求，而中人特重反求自得；就情的方面言，西人大概富于高度的坚执之情，而中人则务以调节情感以归于中和。不独儒者如此，道家更务克治其情以归恬淡。西人由知的勇追与情之坚执，其在宗教上追求全知全能的大神之超越感特别强盛，稍易其向，便由自我之发见而放弃神的观念，既可以坚持自己知识即权力，而有征服自然，建立天国于人间之企图。西人宗教与科学，形式虽异，而其根本精神未尝不一也。中国人非无宗教思想，庶民有五祀与祖先，即多神教。上层人物亦有天帝之观念，即一神教。但因其知力不甚喜向外追逐，而情感又戒其坚执，故天帝之观念，渐以无形转化，而成为内在的自本自根之本体或主宰，无复有客观的大神。即在下层社会，祭五祀与祖先，亦渐变为行其心之所安的报恩主义，而不必真有多神存在；故"祭如在"之说，实中国上下一致之心理也。中国人唯反求诸己，而透悟自家生命与宇宙元来不二。孔子赞《易》，明乾元统天，乾元，仁也。仁者，本心也。即吾人与万物同具之生生不息的本体。无量诸天，皆此仁体之显现，故曰统天。夫天且为其所统，而况物之细者乎，是乃体物而不遗也。孟子本之以言："万物皆备于我。"，参考《新唯识论》语体本《明心章》。庄生本之以言："独与天地精神往来。"灼然物我同体之实，此所以不成宗教。而哲学上会物归己，用僧肇语，陆子静言："宇宙不外吾心。"亦深透。于己自识，即大本立。此中己字非小己之谓，识得真己即是大本，岂待外求宇宙之原哉？此已超越知识境界，而臻实证。远离一切戏论，是梵方与远西言宗教及哲学者所不容忽视也。《新唯识论》须参考。中国哲学归极证会，证会则知不外驰。外驰即妄计有客观独存的物事，何能自证。情无僻执。僻执即起见倒，支离滋甚，无由反己。要须涵养积渐而至。此与西人用力不必同，而所成就亦各异。

　　科学思想，中国人非贫乏也。天算、音律与药物诸学，皆远在五帝之世；指南针自周公，必物理知识已有相当基础，而后有此重大发明，未可视为偶然也；工程学在六国时，已有秦之李冰，其神巧所臻，今人犹莫能阶也，非斯学讲之有素，岂可一蹴而几乎？张衡侯地震仪在东汉初，可知古代算学已精，汉人犹未失坠。余以为周世诸子百家之书必多富于科学思想，秦以后渐失其传。即以儒家六籍论，所存几何？孔门三千七十，《论语》所记，亦无多语。况百家之言，经秦人摧毁与六国衰亡之散佚，又秦以后大一统之局，人民习守固陋，其亡失殆尽，无足怪者。余不承认中国古代无科学思想。但以之与希腊比较，则中国古代科学知识，或仅为少数天才之事，而非一般人所共尚。此虽出于臆测，而由儒道诸籍尚有仅存，百家之言绝无授受，两相对照，则知古代科学知识非普遍流行，故其亡绝，易于儒道诸子。此可谓近乎事实之猜度，不必果为无稽之谈也。中国古代一般人嗜好科学知识不必如希腊人之烈。古代儒家反己之学自孔子集二帝三王之大成以来，素为中国学术思想界之正统派，道家思想复与儒术并行。由此以观，正可见中国人知不外驰，情无僻执，乃是中国文化从晚周发原便与希腊异趣之故。希腊人爱好知识，向外追求，其勇往无前的气概与活泼泼的生趣，固为科学思想所由发展之根本条件，而其情感上之坚执不舍，复是其用力追求之所以欲罢不能者。此知与情之两种特点如何养成？吾以为环境之关系最大。希腊人海洋生活，其智力以习于活动而自易活跃，其情感则饱历波涛汹涌而无所震慑，故养成坚执不移之操。中国乃大陆之国，神州浩博，绿野青天，浑沦无间，生息其间者上下与天地同流，神妙万物，无知而无不知。妙万物者，谓其智周万物而实不滞于物也。不琐碎以逐物求知，故曰无知；洞彻万物之原，故曰无不知。彼且超越知识境界，而何事夗遵外求，佟小知以自丧其浑全哉？儒者不反知而毕竟超知，道家直反知亦有以也。夫与天地同流者，情冥至真而无情，即荡然亡执矣。执者，情存乎封畛也，会真则知亡，有知，则知与真为二，非会真也。而情亦丧。妄情不起曰丧。故无执也。知亡情丧，超知之境，至人之诣也。儒道上哲均极乎此。其次，虽未能至，而向往在是也。

就文学言，希腊人多悲剧。悲剧者，出于情之坚执，坚执则不能已于悲也。中国文学以《三百篇》与《骚经》为宗。《三百篇》首二《南》，二《南》皆于人生日用中见和乐之趣，无所执、无所悲也。《骚经》怀亡国昏主，托于美人芳草，是已移其哀愤之情聊作消遣。昔人美《离骚》不怨君，其实亡国之怨如执而不舍，乃人间之悲剧，即天地之劲气也。后世小说写悲境必以喜剧结，亦由情无所执耳。使其有坚执之情，则于缺憾处，必永为不可弥缝之长恨，将引起人对于命运或神道与自然及社会各方面提出问题，而有奋斗与改造之愿望。若于缺憾而虚构团圆，正见其情感易消逝而无所固执，在己无力量，于人无感发。后之小说家承屈子之流而益下，未足尚也。要之中国人鲜坚执之情，此可于多方面征述，兹不暇详。

就哲学上超知之旨言，非知不外驰、情无僻执，无由臻此甚深微妙境界。然在一般人，并不能达哲学上最高之境，而不肯努力向外追求以扩其知，又无坚执之情，则其社会未有不趋于委靡，而其文化，终不无病菌之存在。中国人诚宜融摄西洋以自广，但吾先哲长处，毕竟不可舍失。

或问曰：西方文化无病菌乎？答曰：西洋人如终不由中哲反己一路，即终不得实证天地万物一体之真，终不识自性，外驰而不反，只向外求知，而不务反求诸己。知识愈多，而于人生本性日益茫然。长沦于有取，以丧其真。有取一词，借用佛典。取者，追求义。如知识方面之追求，则以理为外在，而努力向外穷索，如猎者之疲于奔逐，而其神明恒无超脱之一境，卒不得默识本原，是有取之害也。欲望方面之追求，则凡名利权力种种，皆其所贪得无厌而盲目以追逐之者，甚至为一己之野心与偏见，及为一国家一民族之私利而追求不已，构成滔天大祸，卒以毁人者自毁，此又有取之巨害也。是焉得无病菌乎！中西文化宜互相融和，以反己之学立本，则努力求知乃依自性而起大用，无逐末之患也。并心外驰，知见纷杂，而不见本原，无有归宿，则其害有不可胜言者矣。中西学术，合之两美，离则两伤。

中国哲学与西洋科学

余以固陋，承孙颖川社长之约，忝主哲学研究部讲席。不惟引为荣幸，而实深寄无穷之希望。黄海社本以研究化学工业之学理及其应用为宗旨。自范旭东先生创办，迄今将三十年。颖川社长始终主持社务，与诸同志艰难共济。先后在社担任研究工作之诸学者，潜心探索，多所发明。其于吾国化学工业之启导，厥功甚伟。国内私立科学研究机关最艰辛而最有成绩者，无如黄海，此世所共知也。颖川社长更于社内附设哲学研究部，征得本社群公同意，始以讲席下询于余。余曰："公等胡为有事于不急之务哉？"颖川曰："当今之务孰有急于此者，先生其正言若反乎？不佞于哲学虽无得，而深知且深信，开发人类思想，振扬人类精神，实以哲学为至要。哲学有国民性。中国哲学更不可忽视。今吾国人唯以向外移植科学为急务，而不思科学若无根于中国，如何移植得来？且中西融会之议唱之有素，而于中西底蕴及其得失，顾莫肯探究。悠忽度日，奚其可哉？"余闻颖川之言，深惬素怀，遂允来社，承乏讲席。今兹开讲，余惟本颖川社长之意，略为敷演，以明宗趣。其一曰：移植科学，须阐明中国哲学，培固根荄。夫科学思想，源出哲学。西洋科学之有今日，实由希腊时代哲学家，惊奇于宇宙之伟大与自然律之微妙，而富于求知欲。其后，哲人更由自我权能之自觉与自信，而得超越宇宙之表，以征服自然与利用自然，有如吾孙卿"制天"之论。科学发达，哲学为其根荄，此稍留心西洋文化者所共知，无需赘言。颖川尝谓余曰："昔留学远西，常自思维，中国古代已有罗盘针与木鸢之发明，天算音律等学及药物学、炼丹炼金术、工程技术及机械之巧，皆创发甚早。地震仪器，作于汉世，先西洋甚远。地圆之论，发于曾子。小一即元子之说，倡自惠施。略征古代佚文，已多可惊之创见。中华民族科学思想，非后于西洋也。然自秦之一统以迄于今二千余年，而中国竟不能成功科学者，此其故安在。"

余曰：此一大问题，盖思之累年而不敢遽作解答，其后怵然有悟，古代学术思想所由废绝，非偶然也。秦以后大一统之环境，固有以致是。参考吾著《读经示要》。而此环境中之大不幸，即儒家哲学思想实失其传。大《易》刚健、创进、日新之宇宙观、人生观，横渠云："易道进进也。"《系传》云："日新之谓盛德。"经儒考据之业，已莫之省。易道亡而吾欲延之。详见《新唯识论》。《新论》通天人而一以贯之曰辟而已矣。辟者，刚健也，进进也，新新也。故《新论》演《易》也，援佛以入儒也。而老、庄及佛氏虚寂之旨，使人流于颓废、虚伪，乃深中其毒于社会。故"智周万物"与"裁成天地""辅相万物""备物致用""立成器以为天下利"之大义，后儒但识文句而已，不求其义。孙卿《天论》出于《易》，其书仅存，卒无讲明其学者。以上参考《读经示要》。道家反知，崇神而不求备物，其流之弊，贫于物者，亦弗能伸其神。释氏精解析，清末以来好佛法者，群谓其有科学，而不悟其多遗悬空之辨析，或不根理要。因明之学原为说教护符。其不能产生科学，良非偶然。《示要》中评佛，皆精粹之言，学者宜留意。然则中国二三千年间，科学无从发达，其与秦以后儒学亡失相关，显然可见。惩前毖后，今欲移植西洋科学于中国，必于中国固有哲学，若儒家正统思想及晚周诸子、宋明诸子乃至西洋哲学、印度哲学，参稽互究，舍短融长。将使儒家正统思想有吸纳众流与温故知新之盛美，乃可为中国科学思想植其根荄。天下之物，未有根荄不具而枝叶能茂者也。有中国古代之儒家哲学，而后科学思想与之并兴。秦以后，儒家之易学失其真，汉易皆术数之流耳。而科学之萌芽遂绝。此中消息，历史具有明征，今人奈何不复注意。自清末废科学，设学校之倡议，迄至今日，四五十年间，国人只知歆慕科学万能，欲移而植之中国。乃唯恐固有哲学思想为之障碍，必取而尽绝之。学校首禁读经，大学理工二科生徒纵不暇读经，而文法二科实不可废经。而儒学在中国社会心理中，几全丧其信仰。至今各大学文科虽有中国哲学一课目，而教者所编讲义，大抵袭取外学若干新观念或新名词，今人于外学殊少精研其底蕴与体系者。而先以之为主。乃随意涉猎古书，以耳剽目窃之功，妄为拉杂附会，混乱一团。此岂其智之不及哉。古之学者于学术及理道，起殷重心，起尊严心。其求之切，故其用思不敢苟。先哲所云慎思、明辨、笃行是也。今掌教上庠者，于中国哲学以悠忽玩弄之心临之。学生亦复漠然，不感若何兴趣，不承认有何价值。大学之有中国哲学课目，仅为敷衍门面而设。凡有识之留意学风者，殆莫不有此感。

由今之道，无变今之俗，将欲中国哲学界能为国人开独立用思兴自由自得之风，而免于稗贩兴拉杂之大耻。行见千年长夜，永无复旦之期，岂不哀哉！佛法有言"依自不依他"，今人适得其反。生心害政，弥堪忧惧。夫哲学亡绝，既不足导发人类精神，以长养其智周万物、裁成天地、利用安身之强力大欲，智周万物、裁成天地、利用安身三语，皆大《易·系辞》传文。前已屡引，此复及之。利用安身一语，涵养深远。《读经示要》第一讲有云："崇神而备物。"盖本之《易》旨。若只逐物而无灵性生活，即丧其神，非利用之谓也。身字非就个人小己而言，众生皆吾一体。《中庸》所云"成己成物"，己与万物莫不安。正释大《易》安身之义。今列强之务侵略者，将使天下人不得安其身，而其小己之身顾可安乎？易道不明，而生人之祸益亟矣。句尾大欲之欲，非常途所云私欲，须深玩。而徒欲向外移来科学。不悟科学既无根荄于中国，如何移植得来？虽神州之大，族类之众，在此科学功能盛著之空气中，不无少数人能于某种科学有所见长，而此无源之水，终无淳蓄以成江河之可能，则不待著龟而已预卜。自清末兴学以至于今，四十余年来，朝野教育计划，始终以派送留洋为政策。而国内各大学一切空虚，不求改善，不务充实。即此可见，国人之于科学只是浮慕，无根故浮。只是虚伪宣传，而科学根本精神，中国毕竟无从盗得。夫知识技能可从他学者也，精神自是吾人从无始来，内在固有，岂可袭取于外？中国固有儒家大《易》为哲学界穷高极深之旨。中国科学精神实见于此。中国人若敬慎服膺而善发挥之，自有以维系身心，充实生活。而前之所谓强力大欲，自油然生，畅然遂，乌有沦为虚伪无实、空洞无物、卑劣无耻、奄奄无生气如今之中国人乎？夫无强力

大欲，科学不来舍，_{理智或量智，《新论》所谓性智之发用也。如有杂染，即}
_{失其本明。若复舍染，炯然大明，则能破一切迷暗。由其本身即是强力故。此强力一词，}
_{义至广远。《易》之乾也，健也，《新论》之辟也。大欲者，求真之欲，孟子云善欲}
_{也。}中国人今日之大忧，无过于此。吾是以欲振扬儒家哲学，
即大《易》之道，以为吾人生命资粮。资粮充实，而生命力
强，科学乃得栽根于中国。世或以大《易》为古代术数家言，
此实不究孔子修定之义。孔子为儒家大祖，其道之大，具存
于《易》。《易》道含宏万有，诚不可执一端以求。即以其
关于科学者言之，全书名数为经，质力为纬，科学上最高之
原理，固已无所不包通。如其以乾阳表能力，以坤阴表物质，
而坤承乾之变化以凝，即坤元犹是乾元。易言之，即质原于力，
非离力外别有实质、与力对待成二也。然则充盈大宇者，唯
能力而已矣。_{《新论》谓辟亦摄此义。}今物理学所发明与此不必相悖。
《易》之爻变，以阴阳之布列不同，显物性由变合不同而成异，
并非物各由特殊原质构成。此于化学足资参较。符号推理及
辩证法首见于易，尤足珍惜。《系传》载羲皇运思之妙曰："仰
观于天，俯察于地""近取诸身，远取诸物"。古今大哲人、
大科学家运用理智以探造化之秘奥者，其注意力无所不在，
活泼泼地，皆同此一副本领。汉以后经师死守章句，宋明理
家偏重反求，_{反求吃紧，但偏重便有弊。}皆失却羲皇为学精神。科学
不发达，职此之由。民国八九年间，胡君适之提倡科学方法，
用意固善。然学者尚不知涵养敏锐之观察力，不知理道无穷，
随在触悟，惟恃吾人活泼无碍之灵感。则虽与之谈科学方法，
又恶能运用此方法乎？吾国人早失灵感，急宜有哲学修养以

苏复之。哲学之深于灵感者，无过大易。易者象也，其所观万化、通万理者，一由乎取象。取象者，灵感之妙也。随感所触，至理跃如呈现。六通四辟，大小精粗，其运无乎不在。易道"范围天地之化而不过，曲成万物而不遗"者，唯其本之灵感故也。学者玩《易》而自涵养其灵感，斯不至顽钝如木石，而可与言格物穷理之事矣。中国古代哲人，其为学也，非徒以习书册、治理论、玩文辞为务，要在自养其神明，以与天地万物相流通。灵思妙感，随处触发，无有闭碍而已。此非深于《易》者不能知。

余潜玩旧学，归本于《易》，乃知中国科学思想自有根荄在。奈何欲向外求科学，而竟自伐其根荄耶？科学不可无根生长，当于中国哲学觅其根荄。此固颖川平生信念所在，而亦余之素怀。故凡扬科学而遂弃哲学者，不独昧于哲学，实亦未了科学也。

上来言中国科学当以固有儒家哲学即大《易》之道，为其根荄而不可斩伐。

其次，西洋学术与文化，应有中国哲学救其偏弊。姑言其略。科学无论如何进步，而其研究所及，终限于宇宙之表层，即现象界。易言之，即研究一切事物互相关系间之法则。至于事物之根源或宇宙实相，实相犹云本体。终非科学所能过问。中国哲学以大《易》为宗，其书纲领在双阐不易、变易二义。不易而变易是即体成用，大用流行是名宇宙万象。用由体成，譬如由大海水成众沤。于变易见不易是即用识体。如于一一沤而知其各以大海水为体，不可于沤外别觅大海水。哲学家谈实体与现象者，往往说成二界，是大迷乱。《新论》

特救此失。科学只从变易方面设定为外在世界而研究之，而不易实体，不易实体四字作复词用，实体无变易故。则科学不可涉及。因科学方法以实测为基，必将研究之对象当作客观独存之物事。而所谓宇宙实相与吾人生命，实非可离为二，故不可作客观的物事去研究。科学岂惟不了不易，即其于变易而假定为外在物事，则其所可研究者只是大用流行中之粗迹而已，如《易》所谓穷神知化者，科学尚不堪语此。《论语》记"子在川上喟然叹曰：'逝者如斯夫！不舍昼夜。'"此中神趣无穷无尽，盖深达无生而生与生而不有之妙。科学何曾识得？近世数理化三大科学成绩伟大，最可惊叹，然究是表象的知识，语神化则障隔已甚矣。今日所需哲学之努力者尚无限。大《易》宝典幸存，何不钻研？

由科学之宇宙观而说人生，即宇宙为客观独存。吾人在宇宙中之地位，渺如沧海一粟。由中国哲学证会之境地而说宇宙，则天地万物本吾一体。孟子发大《易》之蕴曰："万物皆备于我。"曰："上下与天地同流。"程子曰："仁者浑然与物同体。"则基于日常实践中修养工夫深纯，达到人欲尽净，天理流行，直融天地万物为一己。无内外、无古今、无物我、无彼此，动静一原，体用不二，庄生所谓"游于无待，振于无竟"者，即此境地。在《易》则谓之大人。大人者，非与小人为对待之辞，以其体神居灵、冥应真极、独立无匹，则谓之大人而已矣。人生不有此旨，直无人生之意义与价值。西洋哲学家、文学家纵有说到吾人生命与大自然为浑一而不可分，要是思议所及，解说道理而已，与中哲证会境界，奚止判若天渊？证会之义极难言，非于此方儒、佛、老诸家修养工夫有深研者，未可与言证会也。

西洋人无证会之旨，故其智能无论若何精深，而智慧蔽塞，胸量毕竟不能广大，物我对峙是其生活中之极大缺憾。西洋人不能会万物为一己，颇欲伸张其自我于宇宙之上，常有宰制万物之思。不知者以此为西洋人之大处，而知者则谓无宁以此为西洋人之小处。以己胜物，终限于有对，何大之有？西洋人常富于种界划界之狭隘观念，以侵略为雄。其学术思想素误也。

西哲精于思辨，而中哲于此颇忽之，今宜取益西学。中哲归诸体认，即证会。而西哲于此亦所未喻，必须趣向中哲，方离戏论，而证实际理地。夫中哲不尚思辨，非无故也。上智超悟，无事于思辨也。且真理不可方物，此中真理一词最严格，盖指宇宙本体而目之。此理不可以实物比方之也。非思想所及，非辨辞可表。一涉乎思，一形诸辨，即有方所，便与真理不相应。惟冥会而无思，默契而忘辨者，其至矣乎！然真极之地，神用斯彰。无思而思海波腾，忘辨而辞锋峻利，固未可滞寂而废用也。通中西之邮，思辨而必归证会，证会而不废思辨。其庶几乎？

思辨功夫却是向外追求。明儒黄宗羲讥世儒向外求理。西哲确如此。证会则反己自识，当下即真体呈露，何须向外寻求？夫计执外在世界而自失真宰，此世学之误也。然自识真宰又不妨施设外在世界，冲寞无朕，万象森然已具。何得废思辨？

中哲谈本体，其根本大义曰体用不二。此义《新论》益阐明之。唯然，故《易》之乾卦曰"群龙无首"，义趣渊广无边，至堪玩索。万物皆天命之显，儒家天命一词即本体之名。无声臭可得而实涵万理，备众善，故谓之天。其流行不息，故谓之命。一切物莫非天命呈显，譬如众沤莫非大海水呈显也。于万物而知其体即天命，犹之于众沤而知其体即大海水。故一一物，各各本性具足，庄生言："泰山非大，秋毫非小。"夫克就物言，泰山秋毫大小之殊甚明。若即物而识其体，则秋毫得天命之全，是本性具足；泰山得天命之全，亦是本性具足。两皆具足，何小大可分乎？亦复相望，互为主属。如甲物全具天命，即甲目为主，而视乙物及一切物皆属同体。乙物亦全具天命，即乙目为主，而视甲物及一切物亦皆属同体。万物互相望，皆如是。参考《新论·功能·成物》二章。故物莫不互相属，而无孤立之一物。然实各自为主，别无有首出乎一切物之上，得以总主万物而独尊者。如一微尘，自主自在。一切物皆然，是为"群龙无首"。龙，神灵之物也，故以象万物各各本性具足而无一不神也。

本体亦云宇宙之心。但所谓宇宙之心，实即众人或万物各具之心。譬如众沤各具之水即是大海水。非离万物各具之心外别有独在之神可名为心也。此心含万理，备众善。其在人伦日用中随感而显发者，莫非心也。如《论语》"居处恭，执事敬，与人忠"云云。解者或以为此吾人自律之德目，若从外制之者。其实，恭之德即吾心在居处时不放逸，不昏乱；敬之德即吾心在执事时不杂私欲，不肯轻肆失误；忠之德即吾心在与人交时不敢有一毫虚伪。

据此而言，恭、敬、忠皆心之显也，非吾无主于中而徒从外铄也。吃紧。居处有不恭，执事有不敬，与人有不忠，其时，吾之主人公未尝不在也，心为身之主宰，故禅宗谓心为主人公。今借用之。但私欲起而障之，则主人公失其权能，乃若不在耳。私欲如何而有？参考《新论》。然私欲炽盛之际，陷于不恭、不敬、不忠之大恶，吾人未尝不内自愧耻。足征吾之主人公犹监督于隐微之地，不稍疏懈，否则愧耻无从生也。推此而言，人类一切道德行为皆发于吾人内在固有之真源。此真源即所谓本体。但以其主乎吾身而言，则名之曰心；以之别于私欲，则曰本心。《易》之乾卦则谓之仁，亦谓之知；孟子、阳明谓之良知；宋儒谓之天理；《新论》谓之性智。道德律之异乎法律，即法律纯依人与人之关系而制定，是从外而立之约束。道德律即纯由自我最高无上之抉择力，随其所感通而应之自然有则。道德律恒不受个体生存的条件之限制，如杀身成仁之类。由其发自真源，见前。自超脱小己之私也。于此可识生命本来清净，此中生命一词与世俗习用者异义，此即目本体。孟子性善之论亦清净义。不受染污，不肯坠退。是故明体而后识道德之广崇。广大崇高。西人谈道德不澈心源，此心即是宇宙真源，故曰心源。向与朱智平君谈此，彼亦云尔。知能虽多，而人欲日益猖獗，天性日益沦丧。不亦悲乎！

心理学研究心作用，首从神经系统征测，即本生理的观点出发，而不究心体。易言之，只是丢下源头不讲。今人只知行为派将心理作物理来说，其实任何心理学派都不能完全避免此失。心理学是科学，其言心不能不以生理为基础。只从缘形而发、感物而动的现象上来说心，何得不成为物理的看法？故以心理学的见地，而略闻中哲之本体论，直是无法了解，甚至顽钝无趣，抵死不承认。总之，如何是本心？又如何道在吾之本心，即是宇宙实体？此须返己作修养工夫，切实体究才得。

上来略谈中哲本体论。吾固知今人决不愿闻，然吾终不以今人之不愿闻也而遂无言。形而上学深穷万化根源，毕竟是众理之所汇通，群学之所归宿。严又陵先生颇识此意。太史公曰："《易》本隐之显，《春秋》推显至隐。"此二语含义极广大无边。严又陵以之附会内籀外籀二术，非无似处，然非其本旨也。容别谈。形上学本隐之显之学也。学不通隐，万化无源，群学无根，此岂人间小失？西洋虽有形上学，而从思辨上着力，只是意想之境，实无当于本隐之显，则谓之无形上学可也。形上学非证会不足言，舍大《易》将何求？西洋学术推显则有之，犹未能推显以至隐也。彼无本隐之显之学，则其不能推显至隐，无足怪者。然今后科学日进，推显至极终不明其所以然者，或不求隐而不得。隐可喻如大海水，显可喻如众沤。不可将隐显判作二重世界。中国自昔有本隐之显之学，得西学而观其会通，将来可发明者何限？是在吾人努力而已。

西洋知识论之兴，本以古今谈本体者纷无定论，于是转为知识之探讨。乃复自画于此，又置本体论而弗究。此非学术界之安于肤浅而自绝于真理之门乎？

理智或知识终不堪得到本体。然则求证本体，必别有工夫在。谈知识论者何曾注意及斯？儒家修养工夫，从人伦日用中涵养察识，上达于穷神知化，可谓至矣。涵养与察识二词义至深广，须于六经四子及宋明儒书中详究。二氏佛、老。功修均密，佛法视老氏更精微，然必折衷于儒术，庶不致趣寂而流于反人生。此则阳明所常从事，惜其门下未克承之。孤怀耿耿，不能无望于后之人矣。西洋人距此事太远。天运推移，或有会心之日。

哲学要在体现真理，非可以著书持说为能事。《论语》记孔子之辞曰："予欲无言。"又曰："天何言哉？四时行焉，百物生焉。天何言哉？"此数语含蓄无尽，广大无边，非实备天德、同天化者，难与语此。圣人即天也，学必以圣人为师而后为实学。宋明诸儒犹承矩范。象山自谓稍一提撕，便与天地相似。此等实践精神，倘亦驰骋思辨者宜资观感欤！

西洋人承希腊哲人之精神，努力向外追求，如猎者强力奔逐，不有所猎获不止。其精神常猛厉辟发，如炸弹爆裂，其威势甚大。于其所及之处，固有洞穿堡垒之效。西洋科学精神实在此。吾人今日固宜戒委靡而急起直追。然西洋人虽有洞穿大自然堡垒之伟绩，而其全副精神外驰，不务反己收敛以体认天道不言而时行物生之妙，不言者，虚寂之至。《中庸》以无声无臭形容之。声臭且无，岂复有意为猛厉哉？然至虚至寂而四时行、百物生，则天下之猛厉未有可以方者也。《新论》中卷融会空寂与生化之妙，知此意者可与论天道。又此中空字、虚字，非空无之谓，乃言其至有而无形象，至实而无作意，至净而无染污也。寂者澄寂，无昏扰，无滞碍，非枯寂也。**不能超越形限而直与造物者游，**不能二字一气贯下。形限者，形谓躯体，此为有限之物。吾人若只沦溺现实世界，即精神坠堕，不得超越形限之表。造物者非谓神帝，乃用为天道或本体之形容词。游字亦况喻词，言其备天道于己也。**其生命毕竟有物化之伤。**物化者，言其生命坠退，而直成为一物，不得复其所禀于天道之本然。西洋人固自演悲剧而犹不悟也。孔子大《易》之道，强于智周万物，备物致用，而必归于继善成性，人禀天道以生，即天道在人而说为人之性。天道本至善。然人之生也，形气限之，每有物化之惧，故须继续天道之善而完成吾性之本然。如此则即人而天矣。**反本立极，**《易》道反诸大本而立太极。太极者，宇宙本体之名，即天道之殊称也。继善成性，即与极为一。周子申其义，而曰立人极。人之极即太极也。**辨小而究于物则，**《易·系传》曰："复小而辨于物。"此语不容忽。科学研穷事物之公则，其实测之方法，全要在微小处辨析极精，否则不能无误。孔子于复卦明此，颇符近世科学方法。**默说而全其天性，**《易·系传》曰："默而成之，不言而信，存乎德行。"默者，无作意，不起虚妄分别也。成者，成就，谓证解成就也。

夫默然冥证，不起想象与推求等，此时确非如木石然，却是自明自了。故云证解成就。佛家真现量，亦云证解，义与此通。中文简要，学者如更究佛典便易了。不言而信者，不言犹佛氏内证难言。内证即自明自了之谓。凡起心思议即是言说相。今至人证解之境，直冥然与太极为一，炯然自知而实离言说相。此时正是真体现前，故云而信。信者真实义。此境必经修养而后得。故云存乎德行。科学知能与哲学智慧之修养二者并进，本末兼赅，源流共贯。此《易》道之所以大中至正而无弊也。

　　智慧为本为源，知能为流为末。溯流而不可亡其源，穷末而不可遗其本。此中智慧一词极严格。非洞澈真体，证见自性，不足言智慧也。前云默成之境为自明自了者，正是其真体呈露时之自明自了。不可虚泛作解。《易》云："大人与天合德。"孟子言："上下与天地同流。"此非知识推度，确是证解境地。学未至证解，不可言智慧。但求智慧不可反理智，不可废知识。须知智慧即是本体，本体是无知而无不知。无知者，非预储有辨析一切事物之知能故。无不知者，是为一切知能之源。征验于一切事物而自然会知。求知是本体自然之大用，如何遏绝得？老、庄反知，此是其病。佛氏虽用其理智，毕竟是宗教，其归趣在度脱生死海。虽观想所至特有精妙，然究与大《易》智周万物意义不同。要在于物观空，以归诸度脱而已。研佛法者，于其宗教思想不妨存而不论，而于观想精微处留意研寻，其可与儒术融通者究不少。

　　哲学不当反知，而当超知。反知则有返于浑噩无知之病，是逆本体流行之妙用也。超知者谓超越知识的境界而达于智慧之域，直得本体，游于无待，体神居灵，其用不匮也。

西洋哲学毕竟不离知识窠臼，超知境界恐非西人所逮闻也。或谓神秘派即是超知之旨，<small>神秘，无锡华生德明译为密思。</small>然以此牵合超知境界，要是相似法。<small>相似言其似之而实非也。借用佛典语。</small>西学从无中哲涵养本原、荡尽情识工夫，<small>情识一词，《新论》曾有解译。</small>神秘派亦然，何可言证会？

西洋哲学大概与科学同一向外求理，其精神常向外发展，不曾反己收敛以涵养本原，<small>在中国哲学上说，收敛一词之意义极深远，此工夫甚有次第。平常所云收敛精神，只是稍定得一时昏浮之气，未堪立大本。即不足言收敛也。孔子云："仁者乐山。"非收敛工夫极深，何得如山之厚凝镇定？佛之定，老之静，皆收敛工夫。其修为之层次严密，不及详。此等名词未可浅近作解。本原即谓吾人与万物同具之本体，以其主乎吾身而言，则云本心；以其为吾所以生之理而言，是吾自性，亦得说为吾之生命也。学者如收敛工夫太少，而心思唯是向外追逐，则有孟子所云"物交物"之患，而失掉自家生命。</small>则吾自性中大生、广生，官天地府万物之富有日新，<small>大生、广生云云，皆吾自性德用。官天地云云者，天地之主宰不在吾性外，万物亦皆吾性分中物也。</small>与夫尸居而龙见、渊默而雷声之神用，<small>尸居云云，借用庄子语。尸居形容其静之至也。龙者神物，飞而见于天上，则变动不可测也。此言本体至静而变也神。渊者，深寂之极也。雷声，动之猛也。此言本体至寂而动也盛。二语义近，特复言之。善言天道者，无如此二语。庄子此处，深得于《易》。非收敛工夫深者，不能证会及此。</small>皆其所不能自喻。而唯恃强力思考，以向外探寻理道，往往探寻愈深，意见滋惑。虽复探寻所资，必以某种科学之正确知识为依据，然每一科学中之原理，皆不能视为形而上学中最普遍之原理。即综合各科学之原理，仍不相干，此可断言。故凡依据一种科学或一部分之知识以推论万化之真源者，<small>即谓宇宙本体。</small>纵其持之有故，言之成理，只可许为一家言。若谓其有得于真理，则稍有识者亦未敢遽云然也。吾非谓谈哲学者，可不依据科学知识，亦非谓思考可废，但须知穷理到极处，非反己收敛以达到证会之境，则盲人摸象之讥决无可免。西哲之学终须更进，而会吾大《易》忘象忘言之旨。即二氏于此之所获，其足为西学对治锢蔽者，正不浅耳。道家之一意收敛，佛氏空教之扫荡一切，高矣美矣。逞思辨者不可不悟此。

西学精神唯在向外追求，其人生态度即如此。论其功效，如在物质宇宙之开辟与社会政治之各种改造，所获实多。然其受病之深，似达过其所获之利。由向外追求，而其生命完全殉没于财富与权力之中。国内则剥削贫民，国外则侵略弱小，狼贪虎噬犹不足喻其残酷，使人兴天地不仁之感。受压迫者一旦反抗，则其报之亦有加无已。昔人有言："煮豆燃豆萁，豆在釜中泣。本是同根生，相煎何太急？"使西洋人能留意中哲之学，反本穷原，而复其天地万物一体之量，将有去贪残兴仁让之几，而世界大同可期矣。夫财富不私于小己，小己者，如资本家对劳动阶级言，固名小己；侵略主义之国家对所侵略之弱小言，亦名小己。则财富为大生之资，大生者，吾人与万物同一生命。实非可分割为各个之生也。而非可恶也。权力不私于独夫，近世独裁者，古之所谓独夫也。则权力本公团之具，人类不能无共同生活之组织，如此则公团自有权力。但此权力属于公团之各分子，原非任何私人所得独操。亦非所患也。要在去私而已。去私必由于学。非反本穷源，灼然见天地万物同根之实，则恻怛不容已之几，无自而生，乌可言去私哉！

晚世科学猛进，技术益精。杀人利器供侵略者之用，大有人类自毁之忧。论者或不满科学，其实科学不任过也。科学自身元是知能的。而运用此知能者，必须有更高之一种学术。此更高之学术似非求之儒家大《易》不可。略言其故。大《易》双阐变易不易二义。自变易言，宇宙万有皆变动不居，科学所究者固在此方面。自不易言，则太极为变易之实体。变易之万有譬如起灭不住之众沤；不易的太极譬如大海水。变易以不易为体，譬如众沤以大海水为体。体用不二之义极难言，唯大海水与众沤喻，令人易晓。然须知，取譬是不得已。若刻求相肖，便成大过。而吾夫子于《乾》卦，即用显体，直令人反求自得者，曰仁而已矣。参考《新论》及《读经示要》。仁，本心也。其视天地万物，皆吾一体。故《系传》曰："吉凶与民同患。"《论语》曰："泛爱众。"此仁体自然不容已之几也。横渠《西铭》、言民胞物与。程子《识仁篇》、阳明子《大学问》，皆有见于仁体。而阳明子直就人心恻隐之端上指示，使人当下识得万物同体真几，尤为亲切。仁便是不易之常道。尽管物理人事变化万端，日出不穷，而人与人或物之间，总有自然不容已之爱存在。犬不以穷主人之不足豢养而改适他家，世多能言其事。畜生之笃于爱若此，而况于人乎？爱者，仁体之流行，非有所为而为之也。生天生地生人生物，同此爱种。爱种谓仁体。如何遏绝得？人之不仁者，非其本性然也，本性即仁体，焉得有恶？恶染深而障其性，故成乎不仁也。恶染本无源，而能障性，譬如浮云能障日，浮云岂有源乎？或问：恶染虽无源，毕竟如何起？答曰：是义宜详《新论》。《新论》下卷《明心章》谈根处最切要。中卷《功能章》谈染习，亦可与此处参看。若简言之，则阳明子随顺躯壳起念一语，实已道破。何须更问恶染如何起？本心发现时，却是万物同体，如见他人痛痒，自身便感不快是也。此时确没有从一己的躯壳上起念。试自反省之，便识得此是仁体。然而人之生也，形气限之。即此形气有时牵制心灵，古所云"心为形役"者是也，当心为形役时，便纯在一己之利害得失上打算，即阳明所云"随顺躯壳起念"，是名恶染。小之见于饮食男女或日用取予之间习为不义；大之纵其欲壑，诱惑群众以从事侵略，夺国土，劫资源，谋殖民地。种种滔天大恶，皆从随顺躯壳起念而来。实则此等恶染，虽云顺躯壳起，但不可谓其自有源头。深切反省之自见。如谓恶染有源头，便与仁体相对，而成善恶二元之论。此大错误。**吾人必须识得仁体，好自保任此真源，不使见役于形气。** 或问：形气岂非恶之源？答曰：汝大误。形气非离仁体而别有本，亦是从仁体显现。但仁体之流行必以形气为资具，便有时反为资具所役。大凡用资具者，往往有被用于资具的危险。试思之，极有味。**易言之，吾人日常生活能自超脱于小己躯壳之拘碍，而使吾之性分得以通畅，** 性分即谓仁体。**自然与天下群生同其忧乐，生心动念，举手下足，总不离天地万物一体之爱。人类必到此境地，而后能运用科学知能以增进群生福利，不至向自毁之途妄造业也。夫求仁之学，源出大《易》。《论语》全部，苟得其意，不外言仁。** 世儒但知《论语》有明言仁之若干条，不知无一字非言仁也。宋明诸师犹承此心传。老持慈宝，老子曰："我有三宝，一曰慈。"佛蓄大悲。**真理所在，千圣同归，非独儒家以此为学也。今后生谈哲学者，崇西洋而贱其所固有，苟以稗贩知识资玩弄，至将学问与生活分离，仁学绝而人道灭矣。吾方欲进西人于仁学，而族间犹自难为。悲夫悲夫！吾谁与归？**

西洋自科学发达以来，社会与政治上之各种组织日益严密。此其福之所在，亦见祸之相乘。夫人类自当扩大集体生活，云何可无组织。然组织不可过分严密，至流于机械化，使个人在社会中思想与言论等一切无自由分。然组织三字至此为句。个人失其思想等自由，即个人全被毁坏。此于社会亦至不利。个人之在社会，如四肢之在全身。四肢有一部失其活动力而全身不利。个人不得自由发展，而社会又何利之有？尤复当知，集团之组织如过分严密，则将有枭桀之富于野心者出于其间，且利用此等组织，视群众如机械而唯其所驱动。将以侵略之雄图扰乱天下，毁灭人类，而不虑自身与族类亦必与之俱殉。若希特勒之所为是其征也。故人类必须扩大集体生活，但必以个人之尊严为基础。而集团中之一切公共规律与各种机构，必不可妨害各个人之自由。将使各个人皆得以自由发舒之精神，而遵互相协和之正轨，使社会成为有机体之发展，不至机械化。则野心家不得刍狗万物，而人类之幸福可期矣。

大《易》之社会政治理想，依据其玄学上"群龙无首"之宇宙观，必以辅赞各个人之自主、自治为主旨，而成立共同生活之结构。如《礼运》之大同规画，即依据此义。_{参考《读经示要》。}其中最要者，如"不独亲其亲，不独子其子"与"货不必藏于己，力不必为己"诸条，皆所以导扬其协和精神，去个人自营之私，以适宜于集体生活。然于思想及言论等，均无有纳于一轨、冶于一炉之规定。此所以辅赞个人自主自治之权能，而成天下为公之盛治也。《中庸》申大《易》之旨曰："万物并育而不相害。"_{并育不相害，此义甚妙。若有逞侵略野心而妨害并育者，此则万物之公敌也。}"道并行而不相悖。"_{并行而不悖者，如诸子百家各持一端之见，似相乖悖，然大道本无定形，复无穷尽。吾人求道，不能}

体会其全，每各得于一端。若会而通之，则知大道不滞于一方也。故可并行不悖。但并行必皆是道。如有以宰割万物为务者，此极无道，必不可与有道并行。从古迄今，未有无道而不覆亡者。此为太平自由之极则。西洋之治，去此远甚。有谓民主之治颇合于"群龙无首"义者，此说未允。今之民主国家，劳资尚未跻于平等，对外亦难言放弃宰割也。

　　以上略谈儒家大《易》思想，对于西洋颇有补偏救弊之处。故时俗宣传科学而遂轻弃哲学，吾所不敢苟同。夫哲学之研究自当不限于中国，然研究必不可如乞丐沿门持钵，必不可无宗主。西洋、印度，博采旁收，自不待论。惟儒家哲学之在中国，元为正统派。儒道广大悉备，其根本在《易》。汉人谓《易》为五经之原，甚有根据。自秦失传，秦人以《易》为卜筮之书。汉师承之，徒以术数释经。后世遂不究孔子之旨。今更废绝。故须特为标揭以立宗主。此非墨守也。木有其根，绝其根而枝叶茂者，未之有也。水有其源，塞其源而流盛者，未之有也。室有其基，倾其基而室不败者，未之有也。夫《易》道广矣大矣，诚非寡陋如余者所及涉其津涯。然略综纲要，如双阐变易、不易二义，则万理包通于是，群学会归于是。科学穷其变易；哲学探永恒之理，是不易也。思辨证会双修，而不容偏废。辩证法与符号推理，皆《易》首先发明。《复》卦明复小而辨于物，颇有实验逻辑意义。《系传》言辨物、正言、断辞。《易》之尚思辨，可谓至矣。然毕竟归于证会。《系传》言体天地之撰，言何思何虑，言默而成之，皆是也。然则今之言哲学者专尚理智，未为得。而反理智亦非也。学至证会则即人而天。人乃得离形限，而复其生命之本然。学不至乎是，如蚕作茧自缚，何可云学？是以君子贵玩《易》也。佛老非不证实相，实相犹云本体。然偏得其虚寂。老见到虚无，佛见到寂静。虽或有浅深，而所得大致相近也。唯《易》明刚健创新，生生不息，似异二氏，而实相通。非虚寂不健，非虚寂不生，故相通也。参考《新论》。虚寂者，宇宙真体，无形无象，无有作意，无有滞碍。故其生生化化之力，至健而新新不住也。庄生云"渊默而雷声"亦此旨。斯理深微，须深心体之。然不着于虚寂，而深体健动生化之妙，此则《易》道所以为大中至正，而立人极也。佛法有反人生之倾向。老氏之流至于颓废。中国二千余年来，吾人极缺乏健动之力。《易》无妄卦有健以动云云。佛老之流弊中于社会者甚深也。有谓清末以来可谓健动，而未见其利何耶？曰：子未了健义也。《易》乾卦明健义曰："刚健中正，纯粹精也。"孟子言性善，深得此旨。夫健则无恶也，无迷乱也。健以动则亨通而利贞矣，焉有不利者乎？吾国人清末以来之动，迫于外来之变而动。其动不由自力，非健动也。健动者，自性之动也。动而无不善，无不利也。被迫而动，动必颠倒。云何可利？岂惟中国，西洋人强力宰物，虽胜于夏族今日之昏庸，然未闻大道，非健动也。终亦自毁而已。非以《易》道拯群生，乾坤其息欤？近见辛树帜君足与论此。或曰：先生尊《易》，以为科学之根，而取其"裁成天地"云云，此与西人征服自然意思将勿同？《易》道与欧化竟无别耶？答曰：否！否！不然。西人未识本原，即不曾证得本体。物我对峙，徒以强力宰物而已。《易》不如是。《系传》不云乎，天道"鼓万物而不与圣人同忧"。此云天道者，谓本体显为大用也。大用之行，其势猛疾。鼓之为言动也。猛动之势，凝而成物。《易》之坤，《新论》之翕是也。此其刚健之神用，不能不有所藉以自表现。故须成物也。然既成物，即形气日益为碍。万物繁然，莫不承天道之鼓动，以成殊形异质。既成而昧其所得于天道之本然，吃紧。乃以互相峙而互感其不足。物各执其蕞尔之形以为己，而不知其本体即天道也。执形自不足。形则有对，有对便不足。夫天道无作意，作意犹言起意。犹人有意为何种造作也。天无作意。虽鼓万物而实任物之自尔。物之有情无情，非天定之，物自然也。有情谓众生有情识也。无情谓无机物。无机物实非无情也，然从其情识不显而尝，则可云无情。无情物对于有情，作生、依、立、持、养五因。生因者，无情物成就，有情物始得生故。试设想无机物未有时，彼有机物即有情者如何得生？依因者，谓诸有情依据无情物界，即无机世界，亦云自然界。方乃得生，故舍无情界无别处住。依者依住。立因者，即随转因。谓若无情界变异，有情亦随变异故。生物必适应环境。故无情界其变异时，有情界随之变异。如关中古称肥沃，唐以后变为瘠土。人生其间亦必改造土壤，以便种植而维生活。持因者，谓由无情界成就，而有情之根身相似相续生。众生根身从受胎始至未死前，只是相似相续而生，非有固定之体。赖无情界持之不绝故。设未有无情界持此根身，则根身不能相续生。养因者，谓由无情界养彼有情身命，令增长故。如上所说，无情于彼有情而为五因。是事诚然。五因说，本之佛家法相宗。然若谓此为天道之所安排布置，则又大谬。天道有心而无作意。心者，神明之称。作意则如人之立意造作。天道非迷暗，故有心。但不可以拟人之观念言天，故不可说有作意。参考《新论》。其德盛化神，而动于不容已。《诗》曰："惟天之命，于穆不已。"命者，流行之谓。此不已义，深微至极。天道流行，只是个不容已，更无可致诘。万物承鼓动而各有其生，则天道在物，而物莫非天道之显也。天道非父，万物非子。天道成万物，如大海水成众沤，非可二之。但当其鼓物时，既本无作意，未尝曰"吾当成此物，吾者，设为天道之自谓。不当成为彼物也"。于彼于此，天道无择焉耳。此与彼，元无所谓美恶。惟自有情言之，则有美恶耳。夫惟天道鼓万物而无所择也，及物既成，各为个体，形气所限，不能如其所受于天道之本然。吃紧。彼有情物者，厥号含识，众生皆含有情识。怀知而善感。一堕世间，缺憾万端。而有情物之忧患，遂与生俱来，将无可自拔矣。前云无情物对有情物为五因，似于有情甚厚。然天无意也，作意，省云意。本不为有情生无情。则虽云无情对有情作五因，而事实上无情之厚于有情者极有限。确尔，无情之威势，其逼害有情者，乃不可称举。非称说可尽，非举数所及。寒燠异气，旱灾水潦，壤判肥硗，谷杂莠稗，河山阻绝，雾瘴毒深，长空高旷，大地辽远，雷电怒发，风雨不时，其足致有情于困顿、病痛、死亡者，几无时无地而不蹈其几。至于有情与有情，互相交涉，各怀三毒。贪瞋痴，佛家谓之三毒。以相同遇，恩怨翻于俄顷，笑谈挟以干戈，贪欲无厌，得陇更思望蜀，侵略所至，必令死灰复燃。变诈出以万端，阴谋藏若深壑，大宇为众恶稠林，人世只忧悲苦恼。清晨永夜，翘首遐思，吾不知天道鼓万物而成其如是者，果何谓耶？熊子曰：天道本无所为而为也，法尔如是，法尔，用中译佛典语，犹云自然。但译音而不径译自然者，其义深故。如是二字宜深玩。恶可以有情好恶相测度耶？夫物之限于形而易违其所受于天道之本然者，势也。物之可以复其本然而宰乎形者，理也。势不顺理，圣人则忧之。理本可以持势而使之不能过。然有情或不知从理而卒随乎颓势，圣人更忧之。圣人之忧，固出于体大道之诚而不得不然。但天道不息其鼓物之功，则物乃常有顺其颓势而不肯从理之过。圣人之忧终不释。天道亦不以圣人之不释其忧也而息鼓物之功。故曰"天道鼓万物而不与圣人同忧"。天之神功，圣人之忧，相与无穷无尽。天人之故只此而已。夫圣人以天化之不齐而不容已于忧也，于是有裁成天地，辅相万物之思。裁成辅相云云，皆《易·系传》文。裁成者，如大地之化或过，则裁制之，使得其宜，如雷电可殛人，今使供人用。风雨寒燠，可为衣服宫室以御之，皆是也。天地之产犹朴，朴者，谓未经制造。今以之创成新物，则为益极丰。此等新事物，固日出不穷也。老氏守朴，便无裁辅之功。辅相亦兼有情物言。于无情物而加制造是辅相义。于有情物顺其天性而扶勉之，使有以自达、自立、自底于善，亦辅相义。舜明于庶物，自然科学由此兴。察于人伦，社会科学由此兴。皆为裁成、辅相，而不得不有明物察伦之学。孔子作《易》，盖祖述大舜。孟子学孔，犹能言其事。舜之明物察伦，孟子记之。夫裁成天地，辅相万物，本于圣人之忧也。圣人明知天行之不与己同忧，而终不舍其忧，天行谓鼓物之功。圣人之健也。忧与厌截然不同。佛氏对世间起厌离想，《阿含经》可见。后来大乘终不脱此。吾儒了然于世间之不能无险阻而有忧思，此忧发于万物同体之仁，而实于物无厌。故不忘忧者，恒奋发健进，而乐亦在其中。孟子言："君子有终身之忧，亦有终身之乐。"忧乐交存于中，圣人怀抱正如此。忧由于健，此意甚深。今人中国人贪淫苟偷，或忘己依人而不知忧，全失健德故也。健而有忧，故有裁辅之思。大《易》科学思想之根荄，实在乎是。此与西人征服自然，绝不同一动机。裁辅本乎天道一体之仁而出，非有意宰物也。征服由于物我对峙，伸己以宰物，不知有仁也。裁辅之强力自性生也，征服之强力从欲发也。然则今日科学家发明杀人利器，为侵略者役，非无故也，其源不清也。西洋人不识仁，未有本隐之显之学，此可悲也。去岁原子弹发现，说者皆惊其惨酷。颇闻人言，科学似不当向人类自毁之方向努力，此意甚善。然如何转移方向，则非识仁不可，孔言求仁，程子言识仁，其旨一也。非通隐不可。本隐之显之学，要在通隐。通隐即知仁。今后世界学术当本《易》学之隐，以融西学推显之长，而益发挥本隐之显之妙。依西学之显，以求《易》学本隐之蕴，而益尽其推显至隐之功，庶几形下之学科学。不滞于粗迹。科学研究所及者，皆化迹也。形上之学不遗于器理。《易》曰："形而下者谓之器。"器有理则，故云器理。若穷形上者，唯言真如、无为，则与器世间截然为二矣，佛氏之敝也。溺虚静而反知者，亦将遗器理，老氏之敝也。上下交符，大道不伤于破碎，宇宙乃复浑全。人生始得所依归。甚盛哉！吾人当竟此奇功，而未可以无所堪任自馁也。无所堪任者，言无所堪能、无所任受。此亦本佛典。众生可悲在此。中西学术，离之两伤，通之两美。通字与合字异。不辨异而言合，是混乱也。知其异而求通，自有会合处也。余与颖川先生平生之志，惟此一大事。抗战八年间，余尝筹设中国哲学研究所，而世方忽视此事，经费无可募集。今颖川与同社诸公纪念范旭东先生，有哲学部之创举，不鄙固陋，猥约主讲。余颇冀偿夙愿。虽学款亦甚枯窘，然陆续增益，将使十人或二十人之团体可以支持永久，百世无替。余虽衰暮，犹愿与颖川及诸君子戮力此间，庶几培得二三善种子贻之来世，旭东先生之精神其有所托矣。千里聚粮，始于跬步，可不勖哉！

中国哲学之"体"（与张君）

前见某文，言中国哲学以一字，或本根、本原等词，为本体之代语。此皆有据。但于此等字，似尚欠训释。一者绝对义，显无分别相。本根等者，则克就现象而推原其实相之词。此等处，大是困于言说，却须善会。若错解时，便将现象本体打成二片，便成死症。从来哲学家谈本体者，都于"体"字，不求正解，而与原因意义相混。须知言因，则以彼为此因；言体，则斥指此物之体，无所谓彼也。故体非原因之谓，即是现象之本体，固非立于现象背后，而为其原因也。自来谈本体者，多与原因意义混淆，此寔[1]足使人迷惑也。中国儒道诸书极难读，须会通其整个的意思乃得之。又向、郭是无体论，亦不容如此断定。彼所谓"独化"，特遮遣造物主耳，非遂谓无体也。无体即无用，何化之云。物各独化于玄冥，有味哉斯语也。用则万殊，故谓物各独化也。玄冥者，无物也。无物而非空无，只是不同于情见所执为实物之有耳。物各独化于玄冥，不是无中生有，寔乃大用流行。历然众象，

---

[1]　寔（shí），同"实"。下同。

而实泊尔皆寂，故谓玄冥也。若果无体，如何杜撰得有来。魏晋人言老庄，大抵主从无肇有，此是根本错误。原彼所谓无，亦不谓本体空无。大概计宇宙元始有个万物都无的时候，故谓之无。其后万象滋生，乃谓之有。此等见解，佛家都不许。以其根本执着现实界，故有这般推论。若真见体者，现前万象，都不作万象看。般若所谓照见五蕴皆空是也。即此现前万象，泊尔皆寂。于此，有无两种边见，都不可着。说有说无，只是戏论。而况可云从无肇有乎？但如在科学上说，则假定宇宙万象为实有，而寻其发生，如由无生物以至生物，似亦可逆而推求，最初有一个无物时，即无生物亦未形成之时，而可谓之无矣。然科学上可作此量度，玄学家却要超过这般见地。未知吾贤以为如何？

略论西洋哲学与思想（答徐复观）

来函谓时人疑余谈及西洋思想，辄以武断之态度而轻有所抑，此乃于吾书不求甚解之故。西洋思想来源，一为希腊思想，一为希伯来宗教思想。其来自希腊者在哲学方面，为理智之向外追求；其来自宗教者，为情感上有超越万有之神之信仰。余平生之学，参稽二氏_{佛与道}。而卒归吾儒，体用不二之旨，实融天人而一之。_{须深究吾《新论》。}此与宗教固截然殊途，以视西洋哲学专从思辨入手者，又迥乎不同。恃思辨者，以逻辑谨严胜，而不知穷理入深处，须休止思辨而默然体认，直至心与理为一，则非逻辑所施也。恃思辨者，总构成许多概念，而体认之极诣，则所思与能思俱泯，炯然大明，荡然无相，则概念涤除已尽也。_{概念即有相。}余之学，以思辨始，以体认终。学不极于体认，毕竟与真理隔绝；学不证真而持论，总未免戏论。纯凭知解构画，何可与真理相应？凡哲学家著述是否为证真之言，唯明者能辨之，难与不知者论。时贤于先圣贤之意根本不求解，更无望其能解，而况于吾书？妄相訾议，置之可耳。夫不真知天人不二、神质不二、_{神者，谓上帝与心灵或精神。但此云上帝，与宗教家意义不同。质者，谓肉体及物质宇宙。}体相不二，<small>体，谓本体；相，谓现象界。</small>上文"不真知"三字，一气贯至此。及不了思辨与体认之诣有殊者，而欲其与于知言之选，何可得乎？夫谓中西哲学所有之问题不必同，吾何尝有是言？但学人所至之境不必同耳。论学固须观同，要须辨异而后求同，乃无病，此余一向所持也。

哲学之极诣（与林宰平）

　　前日哲学会，弟最后言推理之事，皆先有一全之观测，次乃致察于分，终必遍察众分，皆足以证实其全，而后其最初之观测乃得成立；否则必舍弃之，又别设臆，但此时设臆，仍是先观其全而后致察于分也。兄疑全之一字或可以言哲学，而于科学方法似不可通，此则由弟当时言词简略，致兄有此疑耳。弟所谓全之意义，本有简别，就科学言，则某种公则或原理对于其所统驭之许多散殊事物自可说名为全，而散殊事物则其分也。因明三支比量与三段论式排列不必同，而意义则一，兹举因明比量五分法。为例：

　　声是无常宗

　　所作性故因

　　凡所作者皆是无常同喻体如瓶等同喻依

　　凡非所作皆是其常异喻体如虚空异喻依

　　声是所作故声无常合

　　如上比量，当其设臆声是无常时，实已有统驭一切所作法之一公则，即凡所作者皆是无常之公则在，此即吾之所谓全。以此公则对于其所统驭之一切所作法而言，可名为全故。

次则求同、求异，而见夫同品定有，如瓶等是所作，定是无常。异品遍无，如虚空非所作，皆是其常，而无无常。因以断定声是所作，故声无常。据此比量，虽似先测众分而后归纳于一公则之下始得其全，实则设臆声是无常时，已有一凡所作者皆是无常之全理，即公则。方据之以实测众分。及其汇同简异、一一不爽，而同类事物中之全理乃的然昭著无疑耳。弟谓推理先观全而后察于分，科学方法实亦不外是者，意只如此。倘设臆时无全理为据，则于一一事物不取共相，如闻声只知是声，见瓶等只知是瓶等，而心上不作凡所作者皆是无常的全理的观测，即无有所据以分测瓶等一一所作法，而声是所作、故声无常之断案，又如何得立？此中有甚多意思，兹不及详。

弟所云全，自科学言则全者对曲而得名，曲谓散殊。即依许多散殊事物之公则或原理而名之为全，亦云全理，似无不妥。若就哲学言，此云哲学，实即形而上学。则全者乃无对之称，所谓万化之真源、万物之本体是也。此言万物，而人在其中可知。前在会中，东荪兄似曾言人生有一根本要求，即我人与宇宙不可分离而实打成一片，因此而小己之生死见自然泯绝云云。东荪在国难中，不以生死易节，其得力盖在此。孟实继起发问：哲学发端，如果是因有个总的要求，此总的是什么？余因举《易》之观卦曰：观我生，于此反己理会，自然一针见血。大凡哲学家如只任理智或知识去推求宇宙第一因，则层层推求终不可得最后之因，《大智度》所谓"推求愈深，眩惑滋甚"。《般若经》扫荡一切知见，寄意深远，惜乎古今少人会得！惟超悟人，初亦未尝不任理智推求，但迷途知返，于是不肯过分信任理智，乃返而观我生。观之为言，神明离染，湛然睿照。生者，《易》所谓生生不息之元也，天地万物统资始乎此一元。故观我生则知天地万物与我同体，无内外可分，无彼此之间，子玄所云"称性玄同"是也。东荪云"打成一片"，犹是强为之词，本来一片，何待打成？孟实问总的是什么？反己自识而已矣。但此境界非理智推求所及，唯放舍推求而默然内证乃得之。宋人小词云："众里寻他千百度，蓦然回首，那人却在，灯火阑珊处。"正谓此也。_{回首云}云，喻反己自识；灯火云云，喻推求不起，默然内证时，正是本体呈露也。

玄学求见本体，本体自是全的，是不可剖分的，此唯证相应，非可以推度而得，故哲学之极诣是超理智的。

然则哲学必反理智软？曰：否否！言超理智，非反理智之谓也。哲学求见本体，初未尝不任理智推度，庄生《齐物》曰："若有真宰，而特不得其朕耳。"玩此语气，似亦自述当初推度之情。及其悟到自本自根与"朝彻而后见独"之云，_{独谓本体。}则已超理智而归诸证会矣。从来哲学家由理智推度而达于超理智的证会境地者，自不乏人，但庄子进于超知之境而遂至反知，则吾所不许。此中有无限意思，兹不暇论。

观与证有分，此意难言，证之诣极矣。观者，智慧初启也；证则智慧盛显矣。

知识富者，不必有智慧，以其未离杂染故也。智慧盛者，知识皆转为智慧，不可曰求智慧者无事于知识也。

刻急理行装，心绪纷乱，又时有客至，写此不能达意。

此民三十六年，吾父返北平，及冬初回汉时，与宰翁书。今于故纸中检出，存之于此。

次女仲光记。

哲学之辩（与张东荪）

　　前答书，承布之《晨报》思辨，弟已见过，稍错落几字，亦无关宏旨。顷奉惠书，敬悉尊意亦复印可。昨宰平过此，谓西人"哲学"一词本为知识的，而弟以中国学问为哲学，却主张知识与修养一致，此恐为治西洋哲学者所不许，何若不用哲学之名词为得云云。弟以此问题要详细讨论便极麻烦，若扼要而谈，亦自易易。数年前，吾兄似尝言，于宗教哲学外宜有一种东西，非宗教，非哲学，而亦兼此二者之性质。弟当时曾佩服兄之此说，以为东方学问当属此类。然最后卒不赞同，盖以为学术只宜分科哲两途。孔德谓哲学兴而宗教便成过去，此说欠妥。至谓科学兴而哲学便成过去，尤为无理。关于本体之参究，当属诸学问，而无可属诸宗教，此意他日当另详。本体论即是学问的，非宗教的，而科学确不能夺取此一片领土，则哲学终当与科学对立，此又不待烦言而解。弟坚决主张划分科哲领域。科学假定外界独存，故理在外物，而穷理必用纯客观的方法，故是知识的学问。哲学通宇宙、生命、真理、知能，而为一，"知能"解见前答兄信。本无内外，故道在反躬，《记》曰："不能反躬，天理灭矣。"此义深严。非实践无由证见，故是修养的学问。如此说来，则不必于哲学外，另立一种非宗教非哲学的名目。分类贵简而能赅，毋取过为烦琐。宰平谓西人形而上学，亦是知识的，与中国人修养的学问毕竟不类，如何可通称哲学？弟以为哲学之领域既经划定，即以本体论为其领域。而中西人对于本体的参究，其方法与工夫，各因境习而有不同。<small>境者环境，习者习染。</small>因之，其成就亦各不同。此足征夫一致而百虑，终无碍于殊途同归。驰求知识者，反己自修，必豁然有悟，"众里寻他千百度，蓦然回首，那人却在，灯火阑珊处。"<small>喻意，寻思熄处，冥证真理。</small>专事修养者，大本即立，毋须"绝圣弃智"，<small>老云圣智，即谓知识。</small>将见一切知识皆是称体起用，所谓左右逢源是也。严又陵云：行履五洲，学穷千古，亦将但见其会通而统于一而已矣。又陵尚有此识量，不审今人何故自狭自小乃尔？又今人知识在枝节处似有进步，但绝无宏通深远之虑，日趋浮浅，此甚可忧。若辈动诮人开倒车，实则若辈所倡导者，在今日西洋人视之，又何一不是倒车？又弟尝以为哲学上凡能自成其为一家言者，必有确实见到处，亦必有许多错误处。真理之旁，隐有错误；错误之中，伏有真理。吾人不能如今日青年一般见解，以为过去的哲学思想都应打倒。须知真理无古今，而一切错误又恒为真理之伴侣，真理常繁复的不绝的在错误之中发现。故古人错误处，由今观之，皆有可贵。而古人确实见到处，则其理万劫常新，而无可易也。安得谓过去悉可舍弃，而唯时尚是崇耶？今人对旧学观念，除唾弃不顾外，只有玩古董之心理，此所以无"温故知新"之效，虽读吾先哲古书，究与躬行无与。如此士习，未知他日有转机否？暑热脑闷，语无伦次，唯兄教之。

孔子之理想（与沈生）

　　孔家经籍研究的程序，在哲学或元学思想方面，大《易》为根本巨典。诚不宜忽。《论语》、三《礼》《诗》《书》《孟子》，《学》《庸》仍属《礼记》。俱当参互以求。老庄则《易》之别派，并宜搜讨。至于社会政治伦理等等思想方面，《春秋》为根本巨典。《论语》《易》、三《礼》《诗》《书》《孟子》，均当参互以求。《庄子》《荀卿》，皆《春秋》之支流，亦须并观。传《春秋》者，《左》《国》《公》《谷》，乃至董、何，不治《左》《国》，不明其事；不治《公》《谷》、董、何，不明其义。下逮汉以后诸家，如唐、啖、陆、宋、孙、胡等，皆有所明。文成数万，其指数千，洋洋乎大哉，叹观止矣！《春秋》本素王改制之书，汉儒犹能绍述，宋儒程伊川亦言之，至近人康有为而益张。然有为虽扬三世义，但虚张条例。张孟劬先生讥其浮浅，诚然。故学者于康氏书可以涉猎，然必习群经、诸子并三传及诸儒著述。总之，孔学广大精微，学者不易研寻。汉儒虽略存古义，要是守文之徒。宋明诸大师于义理方面，孔子哲学方面。虽有创获，然因浸染佛家，已失却孔氏广大与活泼的意思。故乃有体而无用，于物理、人事少所发明，于社会政治唯诵说古昔。今欲董理孔氏之学，谈何容易！后生可畏，唯拭目俟之尔。又今人每诋儒家为封建思想，此不通《春秋》故也。《春秋》有三世义，与《礼运》小康大同说，《易》革、鼎二卦革故取新说，皆相互发明，谁谓其限于封建思想耶？以经济言，则《论语》曰："不患寡而患不均。"《大学》言理财，归之平天下；以伦理言，则孔子由孝悌而扩之泛爱众，孟子由亲亲而扩之仁民爱物："老吾老，以及人之老；幼吾幼，以及人之幼。"至《论语》言："自古皆有死，民无信不立。"尤为千古言治者之金科玉律。人而无信，则终古无太平大同之希望。观方今五洲事变，益征圣言高远，其可忽耶？孔子之理想，在太平大同，然不可骤及，故于《易》特著随时之义。时犹未至，则卫国宁人，而足食足兵，不为敌侮。此尤为吾国今日所宜自觉也。

第四章

凡有志根本学术者，当有孤往精神

读览与思索（与李生）

　　吾子劝于读览，习于思索，颇以为慰。然此等工夫，只合以无怠无荒、不急不迫八字行之，若操之过急，不唯无益，而且害生，不可不慎也。

　　学问之要，儒曰立志，佛曰发心，今人视此为闲言语，学之所由绝、道之所由丧也。吾已衰年，自计少时亦是狂妄度日，三十后渐有真忏悔，自是迄于衰境，犹是知及之、仁不能守之域，吾不敢欺天也。世之知我者，见吾一生未轻表襮[1]，未谋名利，未涉官场，以为吾亦庶几不愧古人。其实，此但以迹论耳，若夫洗心藏密之地，出王游衍之中，《诗》："昊天曰明，及尔出王；昊天曰旦，及尔游衍。"中有主而不昧，外肆应而无穷，吾间有之而实不能常也。颜子之三月，吾实不敢自许；程、朱、陆、王诸老先生之诚切谨严，吾有愧多矣，可自欺乎？所堪自慰者，一生不敢作伪，以自欺欺人天耳。夫吾为学至老而自叹尚如此，汝曹锢于时俗，但以闻见与思索为务，尚不知有立志与发心之事，汝必自谓已志学矣，而非吾所谓志也。此吾所深惧也。

---

　　[1]　表襮（bó），自炫、表露。

夫心定不真诚，即私欲与惑染日益增长；私欲与惑染增长，即神智蔽塞，而欲悟至理与大道，此实不可得也。理道与神智非二也，吃紧。佛家唯识言真如是所证、正智为能证，此戏论也，正智、真如，不可分能所也。详玩《新论》，当自得之。若就妄识分上言，则分能所诚然，理见极时，是名证会，则非以能行于所、非以此知彼也。学至私尽惑断，即真理显现，自家身心浑是真理呈露，由其自明自了，谓之神智，实则非真理别为一境，神智又别为一物也。嗟夫！此学难言，于今尤甚，汝若悟及此，当知为学于见闻思索外，更大有致力处也。若只是各以知解构画组成一套理论，所谓言之成理、持之有故者，古今中外，实繁有徒，彼乃学其所学，非吾所谓学也。

论事功（答郦君）

　　昨答任君语，请勿忽视。专道学而轻一时之事功，宋学所以未宏，民族所以不可振也。事功固是一时，学问思想其随时变迁者，又不知凡几也，岂独事功是一时乎？夫不变者，则大道耳。宇宙本身具常德故，为万物所由之而成，故名以大道。董子曰："天不变，道亦不变。"其言道不变是也。道者，本体之名，本体具常德云不变。天不变一语却非。所以者何？孔孟言天，每用为道之异语，如《论语》"天道"合用为复词，孟云"知性知天"，此天字，即目道体也。今仲舒别天于道之外，则所谓天者，乃目彼苍之天，易言之，即太空诸星体也，诸天体毕竟非恒存者，何云不变？诸天体运行之轨则亦不得言不变，如其彼此相互间之关系一旦有变，则今之太阳东出西落者，异时安知不西出东落耶？又如诸天体消散时，亦无运行规则可言，遑言天不变乎？唯大道真不变耳！事功虽属一时，而万世固一时之积也，尧舜在上古一时之事业，即中国乃至大地文化之所根据以完成也，汉武、唐太、明祖之事业，永远为中国人所资藉以兴起也。王阳明安集西南夷，其绩之不朽亦然。若轻视一时事功，将使有识者皆高坐而谈道，置四海困穷、大地陆沉而不问，此是道否？宋学之迂拘在此，而当今之世，忍更扬其波耶？

通常事功一词，本指国家政治上之建树而言，实则师儒以道得民亦是事功，但此非有事功之念而为之，故不以事功名耳。师儒无军政等事功，非轻之而不为也，其才不长于此耳。

孔子内圣外王之学

　　孔子之学，庄周称为内圣外王。内圣之学是如何？外王之学是如何？庄周却未加以申说。六经、四子，广大悉备，天道、人事、物理，无不赅括其中。宋代永嘉派之学者，叶水心氏，常谓平生博涉六经，苦不得其旨要。叶氏此种感想，恐是从来留心圣学的人所同有者，并不止他一人。司马谈是西汉的一位大学者，他就说儒者劳而无功，博而寡要。可见汉世经师虽多，却还没有得着孔子的要领。吾老矣，就平生甘苦所尝，欲本守约之道，以提出我对于孔子的要领之体认所到。我相信孔子内圣之学，只是一个仁字为根本；外王之学，只是一个均字为根本。什么叫做仁，用俗话来说，仁就是良心。吾人日常起心动念，不容有一毫私意私欲，如有一毫邪念，便自愧耻，不敢对人说出。而自尊自爱的人，更要把邪念克伏[1]他，不肯见之行事。这时的心，就是良心，就是仁。反乎此者，便谓之没有良心，便是不仁。吾人内自省察，良心上，是视人犹己的。自己有饭吃，见人无饭吃，却不忍；

---

　　[1]　同"克服"，制服、战胜。

自己有衣服，见人无衣，却不忍。这种不忍的心，便是良心，便是仁。所以程子说："仁者浑然与物同体。"王阳明先生说："仁者以天地万物为一体。"良心上确是如此。可惜一般人不能把他的良心扩充去，而常以私意私欲，来阻碍他的良心，以至成乎禽兽，全无人生的意义与价值，此真是可痛心的事。愿大家细玩《论语》，要了解求仁之旨。

均者均平。孔子外王之学，用时下的名词来说，就是他对于政治的社会的理想。须知，自有人类以来，政治和社会的问题，纠纷复杂，祸患无穷，总是与日俱增，随时演变。吾人欲求得邃古以来，政治社会各方面无穷的困难问题所由发生，总不外三字——"不均平"而已。人类从有生以来，没有一天尝过均平的生活，所以随时随地总在发生问题。孔子有见于此，便以均平一大原则，来随时解决政治社会上的一切纠纷问题。《论语》说："不患寡而患不均。"一部《周礼》，其规划，大无不包，细无不入，却是根据均平的原则。《大学》言理财，归之平天下，而复示以絜矩之道。理财必归之平天下者，因为经济问题，是要全世人类共守均平的原则来解决，而后全人类有幸福。否则此一国家，要行侵略政策，而以彼一国家为鱼肉，其结果，必至兵连祸结，互相残毁而后已。所以，经济，必通天下即全世界而计其盈虚有无，以互求其均平，而不容一国独行侵略。圣心深远，为万世苍生计，如此其切也。絜矩者，恕道；恕者，推己及人；我所不欲，勿施于人，是之谓恕。今世列强，若能本吾夫子之恕道而行之，则世界经济，自无不均之患，而人类自毁之祸，可以弭息。至于国内之政，官吏守恕以养廉，人民本恕以济国，则区区倭寇，何足为吾忧。是在吾上下皆能实行夫子之道而已矣。

论汉学

向者梁任公祷颂清儒董理之绩，拟诸欧洲"文艺复兴"，余意未足相拟。欧人文艺复兴时代，自有一段真精神。申言之，即其接受前哲思想，确能以之激发其内在之生活力，而有沛然不能御，与欣欣向荣之机。否则，能有善道乎？清儒为学之动机，无非言名言利，乐受豢养而已。江藩《汉学师承记》，首列无耻之阎若璩，若璩以康熙元年游燕京，投降臣龚鼎孳，为之延誉，后雍正甚宠之，一代衣钵之传，实在乎是。龚自珍辈，稍能见及当时社会情形。然自珍本浮华名士，虽不无聪明，而学甚肤浅，以荒淫自了，绝无立己之道，无与民同患之诚，岂能改造宇宙乎？清末维新人士，喜标榜自珍，所以有今日之局也，哀哉。汉儒严守信条，如孝悌方田等。躬行朴实。清儒自戴震昌言崇欲，以天理为桎梏，其说至今弥盛，而贪污淫侈，自私自利，诈奸猜险，委靡卑贱之风，弥漫全国，人不成人，其效亦可哀矣。清儒流毒最甚者，莫如排击高深学问一事。夫天理广大，无所不赅，而言其根极，必归之心性。生之源，化之本也。自汉以后，此意久绝，宋学确能续此血脉，何忍轻毁？心性之学，所以明天人之故，究造化之源，彰道德之广崇，而治乱之条贯者也。此种高深学术，云何可毁？人生如果完全缺乏此等学术之涵养，则其生活无有根源，而一切向外追求之私，芒然纷然，莫知所止，人生永无合理的生活。不亦悲乎？清儒反对高深学术，而徒以考据之琐碎知识是尚，将何以维系其身心，何以充实其生活？民质不良，至清世而已极。士习于浮浅，无深远之虑；逞于侥幸，无坚卓之志；安于自私，无公正之抱；偷取浮名，无久大之业；苟图嚣动，无建树之计；轻易流转，无固执之操。苏联革命，二十年而已大强，吾国自清末以来，只见腐败势力之逐层崩溃，而实难言"革命"。人才衰敝，竟至如斯！盖士之所学，唯是琐碎无用之考据，人皆终其生而无玩心高明之志，学则卑琐，志则卑琐，人则卑琐，习于是者，且三百年，其不足以应付现代潮流而措置裕如，固其势也。此等风会，于今犹烈。国内各大学之学院，及文科研究所，本当为高深思想之发生地，而今则大都以无聊之考据为事。士之狃于俗尚，而无独立创辟之智与勇，非三百年来汉学积习锢之者深欤？夫汉学家大多数与朝贵为缘，内而王公达官，外而督抚大吏，皆汉学家之所依附，宋、明在野讲学之风，至清而绝矣。故思想不得开拓，而以无用取容。儒学精神，至此剥丧殆尽，而可与欧洲"文艺复兴"时代相比拟耶？凡考古之学，在学术界中，本应有一种人为之，然万不可谓此种工作，便是学术，且掊击一切高深学术，而欲率天下后世聪明才智之士，共趋于此一途，锢生人之智慧，陷族类于衰微，三百年汉学之毒，罪浮于吕政，而至今犹不悟，岂不痛哉？呜呼！学绝道废，人心死，人气尽，人理亡，国以不振，族类式微，皆清代汉学家之罪也。

附识：清初阎若璩、胡渭之徒，首被宠眷。士人无耻者，知清廷意向所在，始相率俯首就范，不敢运其耳目心思之力于所当用之地，久之习非成是，则且以其业为时主之所奖，王公疆帅牧令之所共尚，乃忘其为一技之长，竟以学术自负，而上托汉氏，标帜汉学，天下之蔽聪塞明，百同出于此一途者三百年。今当吸收西洋科学之际，而固有哲学思想，正须研讨发挥，以识古人之大体，见中外之异同，求当世之急务，勉言行之相愿，示人生以归趣，学者之所应致力者何限？而上庠文科，教者学者，乃多以琐碎而无关大义之考据为务，岂不惜哉？今之大学教育，科学方面，成绩究如何，吾不敢知，若文科，除考据工夫而外，其未曾注意研实学，养真才，则众目共睹，非余敢妄诬也。清代汉学之污习不除，而欲实学兴，真才出，断无是事，此余之所忧也。

论关老之学书（答士林）

昨来，吾早睡，甚歉。早起，得阅叶华君驳沫若《宋钘尹文遗著考》，只匆匆浏览，未及细核。吾姑略言己意：《天下篇》以关、老合叙，其撮述老旨，与今本《老子》适合，<small>详吾《读经示要》</small>。其述关氏，与老诚相近，而境地似比老为高，"在己无居"，居者藏义，无居谓无藏，空一切障也，<small>障字义深，须究佛氏学</small>。是体乎真空也；<small>真实而空曰真空，此空非空无之空，乃以无形无象，无作意，无惑染等义说为空</small>。"形物自著"，真空而妙有也。<small>真空故成妙有，不空即是对碍，焉得肇群有，著形物乎？对碍一词，借用佛典语</small>。"其动若水，其静若镜"，二语不可分析去理会。动静一原，若判而二之，则非其旨矣。宋、明理学家，其学多缘于道，而稍参以禅。往往求所谓静若镜，而失其所谓动若水，此其流弊甚大，而实未闻关学也。老言"上善若水，水善利万物而不争"则就应物处说，与关氏"动若水而静若镜"绝不同义。关氏则就心德言。心之体，元是动若水而静若镜的，吾人不能保任与涵养之，则蔽于物欲而失其动静合一之本体，是孟子所谓"放心"，庄生所哀夫"心死"者也。夫心，动用不息者也，故言若水，是生生活跃之极也。然实常动而常寂，非昏扰之动也，故又言其"静若镜"。老氏言"致虚极，守静笃"，则偏于求静之意为多，而于关学尚隔一层。"上善若水"云云，则从其在本体论上偏于虚静之领会，与修行方面偏于求静之主张，而本之以因应事变，但取如水之顺流而无所争，此虽不能谓之全无是处，<small>此处须严辨，兹不暇。</small>而无大《易》健以动与开物成务之本领，则中国人之有今日，中老氏之毒已深也。余今此非欲阐明《管子》书中道家言之必出于关氏，但触及素怀而略言关尚有不必同乎老者，故随笔之，以达于足下而告之叶君。宋尹决非《管》书《心术》诸篇之学，当俟另谈。为学勿徒作考据工夫，尤所切盼。

论玄学方法（答幼伟）

承寄《思想与时代》第十三期。评《新论》一文，其后有疑问三点，复承函嘱答复。吾大病初痊，老来不易恢复康健，意兴萧索，略酬明问，不能畅所怀也。第一，先生认为吾之玄学方法，非纯恃性智或体认，实亦兼恃量智，此见甚是。但若疑吾有轻量智之嫌，则或于吾书有未仔细看也。又《量论》未作，则吾之意思，隐而不彰者实多。又向未有接谈之机会，宜先生不尽悉素怀也。此一问题，实在太广大。每以为东西学术之根本异处，当于此中注意。先生第二疑点，实与此中密切相关。吾三十年来，含蓄许多意思，欲俟量论畅发。而以神经衰弱，为漏髓病所苦。一旦凝思搆[1]文，此病立发，便不可支。此苦非旁人可喻。又谈理之文字，不可稍涉苟且。宋玉之赋美人，谓增之一分则太长，减之一分则太短，施朱则太赤，傅粉则太白。审美如是，论文亦似之。哲学文字，其于义理分际，谨严盖亦如此。朱子为《四书集注》，自云：

---

[1]　搆（gòu），同"构"，在此意为"构思""写作"。

字字皆经秤量。此非深于理者，无从知此意也。佛家以幽赞玄义之文辞，归之工巧心。工巧二字，勿作世俗的意义会去。有昧哉！世俗可与语此耶。每见相识，怪吾著书之难。曰：何不坐而言，令从游纪述。吾闻之，俯首而叹，此辈以为天下无不可明白说出的道理，说出即录下，便成著述。如此见解，滔滔者天下皆是也。吾虽与言，又凡喻之于心者，出诸口便困。口头有时勉强道得者，形之文字，又觉无限艰难。逻辑律令其难犹次，深入其阻，而显出之。遍历其广博，而如量以达，无有漏义，则难中又难。且文章之事，纯是精神气力之表现。精气亏乏，虽胸罗万里，无可倾囊而出。偶为语录式之笔语，则在今日似不适应群机。今欲昌明一种学术，总以系统的论著为宜。吾少孤苦，极人世难堪之境。中年困学，加以病患，初犹不敢轻为著作。年将半百，始有意乎斯文，而精气已不堪用矣。今迫六十，更复何言。《新论》语体文本，若以文学眼光观之，自是短阙。若仅作谈理文字看去，则每下一义，每置一字，皆经周察审虑，无有丝毫苟且，期于字字见吾之心肝脏腑而已。有一语不可按实，则老夫所不敢如此自欺者。至于寄托高远，及夫经营组织之宏整，要自颇费苦心。若其辞义往复，百变不离其宗，期于反覆曲畅。孔子曰："书之重，辞之复，鸣呼不可不察也，其中必有美者焉《春秋繁露》。"非精义入神，诚难知制作之不易。量论所以难写出者，自度精气只如此。欲本不苟之心作去，乃大未易耳。然此书不作，则于《新论》之了解，要不无阂碍。不卜将有作者起而弥吾缺憾否耶。上来许多枝蔓谈，病中感触，聊为贤者倾吐，此后将正酬来难。

东方学术，无论此土儒道，及印度释宗，要归见体，此无疑义。但其从入之途，则有顿超直悟者，乃上根利器也。亦有婉转迂回，久历艰辛，而后忽遇明珠者。明珠喻性智，前所谓顿超直悟，亦即于此超悟而已。至此，则迂回者与顿悟人合辙。所谓殊途同归也。是根器较钝者所必经之困难也。性智是本体之异名，亦即是本心之异名。见体云者，非别以一心来见此本心，乃即本心之自觉自证，说名见体。此义确定，不可倾摇。玄学究极在此，如何说不纯恃性智或体认耶？纯恃二字，吃紧。此处容得着丝毫疑情耶？此非量智安足处所，宁待深言。顿超直悟人，当下睹体承当，不由官觉，不经推理，不循阶级。宗门大德，皆此境界。颜子、蒙庄、僧肇、辅嗣、明道、象山、阳明诸先生，虽所造有浅深，要同一路向也。根器钝者，难免迂回，其触处致力，全凭量智作用。探索不厌支离，征测尤期破碎。以此综事辨物，功必由斯。以此求道，道谓本体。岂不远而？但使心诚求之，久而无得，终必悟其所凭之具，谓量智。为不适用。一旦废然，反之即是。反之即得性智。宋人小词："众里寻他千百度，蓦然回首，那人却在，灯火阑珊处。"正谓此也。故玄学见体，唯是性智，不兼量智，是义决定，不应狐疑。会六艺之要归，孔门标六艺。通三玄之最旨，魏、晋人标三玄，约四子之精微，宋、明诸师标四子。极空有之了义，佛家大小乘，不外空有两轮。以吾说证之，未见其有一焉或偶相戾者也。斯乃千圣同符，百王共轨；非有意为合，乃神悟之玄符耳。

然玄学要不可遮拨量智者。见体以后，大有事在。若谓直透本原，便已千了百当。以此为学，终是沦空滞寂，隳废[1]大用，毕竟与本体不相应。譬之游断航绝港，而蕲至于海，何其谬耶？大人之学，由修养以几于见道，_{见道即见体之谓。}唯保任固有性智，而无以染习障之，无以私意乱之，使真宰恒时昭然于中，不昏不昧。只此是万化根源，通物我为一。阳明咏良知诗，无声无臭独知时，此是乾坤万有基，真了义语也。此种境地，岂可由量智入手得来？然到此境地，却又不可废量智。须知，量智云者，一切行乎日用，辨物析理，极思察推征之能里，而不容废绝者也。但有万不可忽者，若性智障蔽不显，则所有量智，唯是迷妄逐物。纵或偶有一隙之明，要不足恃。人生唯沦溺于现实生活中，丧其神明，以成乎顽然之一物，是可哀可惨之极也。若修养不懈，性智显发，_{此即见体时。}则日用间一任性智流行于万物交错，万感纷纶之际，而无遗物以耽空，屏事以溺寂，至静之中，神思渊然，于物无遗，而于物无滞，是所谓性智流行者，亦即是量智。但此云量智，乃性智之发用，与前云性智障蔽不显时之量智，绝非同物。从上圣哲，为一大事因缘出世，竞竞于明体立极之学，岂无故哉？得此学者，方成乎人，方善其生，否则丧其生而不人矣。然若谓见体，便游乎绝待，可以发绝量智，抑或看轻量智，以格物致知之学为俗学，无与于大道，此则前贤所常蹈其弊，而吾侪不可复以之自误而误人也。

[1] 隳（huī）废，毁坏、毁弃。

抗战前，张东荪先生常欲与吾讨论中西文化，以为二者诚异，而苦于不可得一融通之道。吾时默而不言。因量论未作，此话无从说起。实则，中学以发明心地为一大事，借用宗门语，心地谓性智。西学唯是量智的发展。如使两方互相了解，而以涵养性智，立天下之大本，则量智皆成性智之妙用。研究科学，经纶事业，岂非本体之流行而不容已者耶？孰谓量智可废耶？

佛经，说佛号遍知。其徒或以为成佛则自然无所不知也。不知，遍知云者，就真谛言，谓其证见真如，真如即本体之名。已知万物之本，万法之原，故说为遍知耳。若克就俗谛言，一切事物之理，虽成佛见体，果能不待量智推征，而自然无所不知耶？

《新论》，主于显体，立言自有分际。量论意思，此中固多有不便涉及者。

大文第二点云，著者一口抹煞，谓西洋哲学无体认，此亦未免武断。实则，吾未尝武断也。若肯承认吾前文所说之不谬，即中学归极见体，易言之，唯任性智，从修养而入，则西学是否同此蹊径，似不待申辩而知其判然矣。夫体认之境，至难言也。由修养深纯，涤除情识，而得到之体认。此天人合一之境，实则即人即天，合一犹是赘词。中土哲人所为至卓绝也。西学一向尚思维，其所任之量智，非必为性智显发而后起之量智也。

何者？反求本心，吾似未闻西哲有以此为学者也。夫思想之用，推至其极，不眩则穷。穷与眩异者，眩则思之多端，杂乱而成惑。穷者，思能循律而极明利，然终止乎其所不可思，故穷也。思至于穷，则休乎无思，而若于理道有遇焉。此任量智之学者，所以为体认之候也。西哲所有者，当不外此。而格以吾先哲之体认，则似之而非也。非从修养入手，则情识未净。乘思之穷，而瞥尔似有默遇焉，非果与真理为一也。要之，此事难言。必其从事于儒道佛诸氏之学，而非但以见闻知解或考核为务者，有以真知前哲之用心，然后知西哲自有不得同乎此者。昨腊，吾应南庠讲演之请，方东美、何兆清诸先生，亦断断致辨谓吾薄西学不见体为未是。及讲后燕谈，东美先生畅论西哲工夫，不外努力向外追求。吾笑谓之曰：本体是向外追求可得者耶？公毋乃为我张目乎。今纵退一步言之，如先生所说，西哲自昔即有言体认者，然此必非西洋哲学界中主要潮流。犹如晚周名家，似亦偏尚量智。然在中土哲学界，终不生影响，可以存而不论。凡辨章同异，只约大端，别异处较论而已。人与动物，同处岂少也哉？而撮举大端，则二者不止天渊之判矣。

大文第三点关于生灭义，前函已具，此不复赘。

昨函写就后，复有余意未尽者。大文有云：著者体用不二之说，西洋哲学，亦非绝无所见。如柏烈得来[1]《现象与实在》一书，实尝言之。如曰："现象无实在不可能；因如

---

[1]　今译为布拉德雷。

是，则谁为能现。而实在无现象，将为空无，因在现象外，必无物也。"是柏氏亦非外现象而求实在。即怀黑德[1]教授《历程与实在》一书，亦明此义。吾不能读西籍，向者张东荪尝谓《新论》意思，与怀黑德氏有不谋而合处，未知果然否。先生所述柏氏语，似与《新论》有融通之点。然骨子里，恐不必相近也。西洋学者所谓本体，毕竟由思维所搆画，而视为外在的。《新论》则直指本心，通物我，内外浑然为一，正以孟氏所谓反身而诚者得之，非是思维之境。柏氏是否同兹真髓，吾不能无疑也。昨函答先生西哲自昔亦有体认之说，吾谓其似之而非者，盖东方哲人一向用功于内，涤尽杂染，发挥自性力用，其所谓体认，是真积力久，至脱然离系，本体呈露时，乃自明自见，谓之体认。庄子云："明者非谓其明彼也，自明而已。见者非谓其见彼也，自见而已。"故此义极为严格。西洋学者，从来以向外找东西的态度，探索而已。如猎者强烈追求，期有所掳获然。故其所见之体，正是其思维中所搆画的一种境界，非果亲证实在而直与之为一也。西洋诸哲学家，其未能的然了解实在与现象为不二者，固是错误。即如柏氏辈观想入微，似有当于吾所谓体用不二之旨，然彼之入手工夫，恐终是西洋路数，唯向外探索为务。则彼所见之体，要非如实证见。若尔，则彼之体用不二观，虽与吾有其相近，而骨子里究判若天渊。此不容不辨也。体理之意义，吾已略说如前。

---

[1]　今译为怀特海。

不独西洋学者功力不同，未必果有此诣。即在宋、明人语录中，其于体认一词，亦有宽泛的说法。或以寻思义理，反覆含玩，使印解益加深切，谓之体认。或则推寻至竟，瞥然有省，恍悟至理，毕竟不可思议，于是旷然若有默喻。以上二种意义，皆与吾前所谓自明自见者，绝不相侔[1]。其后之一种，由推寻至竟，而返诸默喻。其所谓默喻，犹是最极微细的观想，非即本体呈露也。本体必离系而始显，以探索为功者，始终有所系也。故彼之体认，非吾所谓体认也。真见体用不二者，说一真湛寂也得，说大用流行也得。说一真湛寂，即是大用流行；说大用流行，元是一真湛寂，均无不得。此中具无上直深微妙义，恐柏氏思解所至，未许入实际理也。

又大文云：著者认心物皆无自体，同为一个整体不同之两方面，此其说，最近西洋哲学同见及之。如罗素，如杜威，如怀黑德，无不同声否认心物各有自体。心物二元论已成过去。先生此段说从大端趋势上说，固无不可。然各家持论的内容，与其根本观念，又当莫不互异。《新论》，依本体流行，假说翕辟，复依翕辟，假各心物。顺俗谛，则不怀世间相；_{心物皆许有故。}入真谛，则即于世间相，而荡然离相。乃见一切皆真，诸家果臻斯诣否？

又大文云：著者自认与西洋哲学不同之点，在于本体之认识，恃性智而不恃量智。此不唯与柏格森之直觉说有相似

---

[1] 侔（móu），相等、齐。

处，即柏烈得来亦见及之。柏氏谓思想仅能运行于有对，而不能运行于无对。思想如与实在一致，即为思想之自杀。是柏氏亦感觉量智不可恃。先生所引柏氏语，甚有意思。不悉中文有翻本否？先生当精于柏氏之学，何不迻[1]译得来。唯云与柏格森直觉说有相似处，则期期以为不可。忆昔阅张译《创化论》柏格森之直觉，似与本能并为一谈。本能相当《新论》所谓习气。其发现也，则名习心。习必趣境，固不待推想。然正是妄想，不得真实。此与吾所谓本体之认识及性智云者，截然不可相蒙。

病痢初痊，辞不达意。义理不厌求详，非必欲诤一己之是也。

---

[1] 迻（yí），同"移"。

与人谈《易》

　　吾少误革命，未尝学问。三十左右，感世变益剧，哀思人类，乃复深穷万化之原，默识生人之性，究观万物之变，盖常博考华、梵先哲玄文而一归于己之所实参冥会，虽复学无常师，而大旨卒与儒家为近。平生学在《新论》，推原大《易》，陶甄百氏，所以挽耽空溺寂之颓流者，用意尤深也。儒学有六经，而《易》为其原，_{汉儒相传如此。}窃玩《易》之蕴，盖深于数理，夫数立于虚而相待相含以成变。《易》每卦三爻，由初而二而三，然则初于何而著？其有始乎、无始乎？曰初所由始，不可致诘，其冲虚无朕，而《易》之所谓太极者乎？_{言冲虚，则与空虚异。空虚即无有，冲虚非无有也，但以无形无相而名冲虚耳。}太极本无定在，_{无在而无不在。}然群爻皆太极之显，即群爻统体一太极，一爻各具一太极也。

　　盖太极冲虚而含万有，_{此中含者，言其潜具种种可能。}则初于此始，故曰数立于虚。有初则有二，有二即有三，自斯以往而万有不齐之数，不可胜穷，要皆不越奇偶二数之变。《易》以乾、坤为万变之基数。乾阳，奇数也；坤阴，偶数也。三百八十四爻，皆奇偶二数之变动为之。故《系传》曰"乾、坤，《易》

之门",言其为万物之所从出。奇偶二数相待而亦互相含,举奇数即有偶数,举偶数即有奇数,故是互相含,非可截然离异。由奇偶演为众多数,悉循相待互含之则,故曰相待相含以成变也。大哉互含义!一微尘摄三千大千世界,三千大千世界入一微尘,此乃实理,非故作玄谈,以是观物而众妙之门可睹矣。互含故无尽,数之演至于零,极于无穷小,明无尽也,六十四卦终于"未济"以此,使《易》以"既济"终,则大化有止境,是尽也。推此义也,衰者盛之胎,相含故。死者生之始。自大化言,无死即无生。庄生云"方生方死,方死方生",是彻了语。吾侪丁衰世,哀而不伤可也。《易》道广大悉备,其于数理尤深。吾平生不通数学,深以为憾。今年力就衰,无复可言;唯于大《易》潜玩数理,虽少所获,而已有深味。向者国人盛称英儒罗素氏数理哲学,余览时贤译述及从人询其概略,似不外解析关系,其于万化大原盖全不涉及。《易》之数理,上穷化源而下详物理人事,其以爻变明事物由互相关联而有,亦复变动不居,精诣绝伦!惜乎今之学子以其为吾数千年前旧物,莫有措意!上哲证真之言,无时空之限,学者宜知。吾国数学发达最早,其所造当不浅。秦政一统,民各锢于穷乡僻壤,无向时列国交通与竞争之益,百家之学日以废绝,数学典籍高深者,想秦汉之际已无人传习,而散亡殆尽矣。古代数学重大发明,究有几许?今日已不可详。昔人有言,八卦与《九章》相表里,故治《易》者须通数。然精数学者又不必长于搜玄以穷性命之蕴也。

论事物之理与天理（答徐见心）

来函问事物之理与天理分开，此说谛否？吾于诸公文字尚少见，但就来函度之，似未妥。天理岂与事物对立者乎？前儒言天理，谓本心_{本心，省言心。}也，此主乎吾身之心，即是万物之本体，非可截成二界也。阳明讲《大学》诚意处，谈好恶确误。吾《示要》已辨之，然只不应以此解《大学》诚意传文，其义亦自有适当处。吾人自省，好恶性得其正时，即是本心呈露；好恶失其正时，却是私情私欲或意见用事，而其本心早放失也。本心发用，无有私好，无有私恶，此时之心，应事接物，无往不是天理流行。心物本非二界对立。《新论》谈此义甚明。心是天理流行，即物是天理流行。故孟子云"形色即天性"，禅师家说"一叶一如来"，深远矣哉！惜凡夫不悟耳！彼或滞于常识，以为科学上事物之理与天理不相涉。殊不知，天理周行而不殆。就其主乎吾身而言，则心即理也；就其显为万事万物而言，则物即理也。《新论》卷中后记，有释理一段文字，宜细玩。如心物果为对立而不相融之二界，则物之理何可以心知之乎？唯心物不二，故心是万理皆备之心，即物是万理皆备之物。就理上言，元无心物或内外等分别，人生溺于实际生活中，妄见有分，以为内心研穷于外物而得其理。不悟心物成二、内外隔绝，吾心云何可得物理？又如阳明云"心在物为理"亦未安。此理之退藏于密者，名心；其显为众形者，名物。物不离心外在，阳明所知也。然心、物，究是浑然一体流行不息之二方面，不可只许有心之一方面，而否认物之方面。则阳明似未注意及此也。若如我义，理固即心，而亦即物，是以心知之行于物也，而见斯理之澈内外、通心物，而无间焉。离心而言物，则此心何可寻物则耶？否认物而偏言理即心，则但冥心于无用之地，而万物之理不待推征而自著，是阳明后学所以见恶于晚明诸子也。知识论上理性经验二派，要皆佛氏所呵为边见。二十年前，吾授《新论》于北大，关于理之问题，已略有所说。惜学者罕肯深究。余欲俟《量论》详斯义。世乱，而年力日衰，惮耗心力。颇思依黄艮庸，度残年于南海，理乱不关，修短随化，以海上风光消人天隐憾耳。昨答朱君笺云：园吏逍遥，庶几肆志；宣圣坦荡，乐以忘忧。微斯人，无以发予之狂言。

又有须提及者。阳明常言存天理，去人欲。其于天理下一存字，则天理非虚字眼可知也。孔子之仁，程、朱之天理，象山之本心，阳明之良知，实是一物而异其名耳，《新论》之性智，亦此物也。此个根荄，千圣同寻到，但不无见仁见智、见浅见深之殊，则由各人入手工夫不同，此中有千言万语说不尽者，只可与知者共会，难为不知者谈也。阳明言天理，本即良知异名，说向深处，则万化之原、万物之本，吾生之真只是此个，无有多元、无有二本。阳明诗云："无声无臭独知时，此是乾坤万有基。"通中外古今哲学家，于此乾坤万有基，各任知解去抟量构书，戏论纷纷。阳明却反己，指出一个独知，教人当下亲体承当，何等易简！何等亲切！独知之体是汝自身天君。今乃亡失自己而以好恶为天理，庄子哀心死，正为此辈。夫好恶者情也，好恶之情，未便是善是正。好恶之得其正而善者，固是天理发用；好恶之失正而不善者，则是顺躯壳起念之私情私欲。而其天理之心即所谓独知者，早已剥丧无余矣。<small>天理本不可剥丧，但蔽于后起之私而不得显发，便谓之剥丧。</small>好恶如何得正而善？则须自反诸独知之地。阳明向初学点指良知面目，总曰"知是知非是良知"，或"知善知恶是良知"。今乃不肯反求此知，而但欲于好恶上认取天理，则其好恶之发于不正不善者，将不复反诸独知之地，而悍然自欺以为天理。滔天罪恶，无出拔期，可不怖畏哉！天理正须反己求之，切忌弄文墨当做一番话说。误己误人，深可哀痛。

事物之理如何可离开天理？天理者本心也，本心之发用，其显于人与人之交者而有伦理，其显于人与物之交者而有物则。伦理不容紊者固是天理，物则不可乱者其得曰非天理乎？

以伦理言，孝之节文与慈之节文，皆理也。而此理，一方应云即心，如事父时，一念之孝起，即此是理，即此是心。一方应云即物，父子物也。试设想，无父而有孝之节文可言乎？无子而有慈之节文可言乎？故理亦即物。

又以物则言，如云太阳东出西没，此东西方分与出没规律是物则也，而亦名为理。吾人应知此理即物。所以者何？若离东西方分与出没规律，实无太阳可指目。而此方分，与规律通名为理。则太阳其物者实即是理，何容否认！又复应知，此理即心，所以者何？东与西、出与没，要依心上分别显现。<small>此分别二字义宽。</small>此分别显现者是理，亦即心。<small>当念分别显现的是心，即此当念分别显现的便是理，虚怀体之自见。</small>亦无可否认。

是故心物同于理，不可以心物为二，不可说事物之理外于天理而别有在。宇宙人生元是浑全，不容分割，学究其原，思造其微，理见其极，而后戏论息。此等道理宜详究《新论》语体本。

与人论执中

　　吾近正写一关于读经之文字，非短期可结局。老来精力无多，殊少暇趣。吾以为，中和、中庸，本一义而异其名耳。大文有云：尧授舜，允执其中。舜亦以命禹、汤执中。盖圣人南面而治天下，一出于中正，而无所偏倚焉尔。原其初义，第言其宅心至公，无所偏私。详大文之意似有当，而或未究其真也。夫云宅心至公，此公，为即心耶？为在物耶？此公若在物，则是向事物两端之间求之也。向外找中，将以何为标准？如所云燕、越之中，可以尺度求也。而一切事物多属无形，不必如燕、越之有地段也。无形之事物，亦不能用有形之尺度，以计其距离也。然则凭何尺度以求中欤？故和外找中，不通之论也。若所云公者，即此心耶？则吾平生主张明体之学，固远有端绪。非吾之私见，而尧、舜以来传授心法固如是也。心体自是至公，自无偏私。其于事物之至，自不会持一端之见，如俗所云，知其一不知其二，或厚于己而薄于人也。人我两端也，彼此两端也，同异两端也，是非两端也。凡失其本心者，于两端之中，尝执其一而遗其一。知有我而不知有人，则执我而遗人矣。拘于此则不见彼，是执此而遗彼也。党同而伐异，是执同而遗异也。是其所是，非其所非，则执是而遗非也。天下皆两端也，而人则恒执其一端而莫或执两，此人情之通患也。《中庸》称舜"执其两端，用其中于民"，此舜之所以为舜也。天下皆两端而吾双执之，则吾不堕两端之中，而游于两端之外矣。游于两端之外，则至公之心体，恒超然遍照，是之谓中和。无偏端之碍，故云和。无所偏倚，故云中。中即和也，和亦中也，有二事乎？《中庸》之中，即中和之中，其以庸言之者，庸常也。不随物迁，故言常。此义深远。或以庸训用，作用中解者，失其旨矣。中庸、中和，俱是形容一事，元无别体。中也者，本心也，本心无待也。无待，故无所不复载。天下皆两端，私意起，则执一端，而有对碍，未能无待而无不复载也。克治私意，执两而超于其外，故无待之体显，而能用其大中以覆载天下之民也。用之云者，取诸己所固有而用之也。《中庸》曰："执其两端，用其中于民。"盖显执两，则能自用其中。不执两，则私意为碍而中体已放失，不得而用也。细玩文义，此中明明不在事物两端之间，而吾子引此文，乃曰："孔子之后，儒者言中道，必有以为在事物两端之中者，已与舜、汤之执中异趣；此乃误解经义，又多为前儒恍惚之谈所误。"此义迷离千载，非独吾子今日也。夫向事物两端之间求中，事物不必如燕、越地上之有形也。有形之尺度，又不得而量之也。当知事物之中，实即吾内在之中，用于事事物物，而今事事物物莫不得其中也。天地闭，日月食，万物皆暗。私意守其一端，本心丧，内在之中亡，则万事万物皆失其体，非训诂可释，此义非空洞理论可持，反身实体之，而后可得也。《中庸》言诚，从天命之体性上立脚。荀子以气质为性，^{详《新唯识论》}_{附录。}其言养心荒訾于诚。《不苟》篇则其所谓伪者是也，由外铄也。此与《中庸》言诚，奚止异以天渊？而吾不子谓《中庸》有取于荀卿，是以紫乱朱，郑声乱雅乐，恶莠乱嘉禾也。余义不获一一详论，唯贤者察之。

易、道、佛（答申府兄）

　　胡氏煦之《易》，吾无暇疏剔。昔闻朱谦之言及此书之名。兹因谢石麟由北大借出，乃匆匆一读。_{日来又未能看。}其人确是哲学家头脑，而其立说，则毛病极多，无从说起。此由当时环境所限，固难过责。若在今日，_{最好生西洋。}其成功必卓有可观。渠主象数，而根本反对王辅嗣。实则王氏之得言忘象，是乃深于《易》者也。二千年来无人识得此意。今人章太炎虽尊辅嗣，只是耳食，今无所解，后生尤难苦言古学，无实为先哲悼惜。时贤一意以考据自高贤，更无人可与讲义理。民命既绝，而先哲之绪亦斩矣。幽居隐痛，非吾兄与季同，又孰可与发斯闷气者耶？胡《易》宗邵氏先天图，而更以己意补伏羲图，可谓荒谬已极。自汉以来，除辅嗣外，言象数者多曲意穿凿，劳苦而无功，繁琐而无理。吾意《易》之兴，本缘占卜。及《周易》出，玩其卦辞、爻辞，则已不复为占卜之用，而于人事物理，多所甄验。孔氏《十翼》继作，则纯为哲学思想之实。自是永为吾民族玄文鸿宾矣。今之言《易》者，但据《周易》，即辞以究义，无须推到未有八卦以前之图，更不须臆测当时画卦是如何意思才行画出。画卦本出上古，实由占卦与神道思想而兴。首画八卦，与重为六十四者，今皆难得考定为何人。其首画者与重卦者，想是当时随机触感，便自画出。数千年后之人又何苦苦臆测？《周易》辞义，虽因卦爻而立，想文王、孔子诸圣，_{姑假定为文、孔。}亦不过移托古代秘文，以发抒其神解已耳。其辞义既已著明，故即辞以究义可也。又尝思及，文、孔托卦爻以见义，实因卦爻尽有可托之处。六十四卦以类万物之情，以尽万化之故。其基本原理则以阴阳对待，相反相成也。孔子川上之叹，其会心于变化之道甚神也。微独孔子，即老氏一生二、二生三之说，亦本于卦，每卦皆以三爻明变，老氏即申述此指也。庄子遵孔而述老，其学渊源于《易》，又不待言。魏、晋人推本《周易》《老》《庄》，谓之三玄，可谓能得其旨。唐孔颖达犹知宗主辅嗣，而后式微，迄于宋之邵尧夫遂援方士之图，济以术数小道，而侈言《易》。濂溪先生湛默好学，根极理要，犹不能不假于方士。太极图，陆氏所为不取也。唯《通书》辞简而理博，文近而旨远，庶几纯儒之书。然规模犹自欠宏。世人言中国学术，自东汉以来，尝谓为儒释道三教混合的思想。吾意魏、晋道家与西汉以上道学，已不一致。五代迄两宋道家与魏、晋道家又不一致。盖道家至五代两宋遂降为方士，其影响及朱子而止耳。朱子尊《太术图说》，与注《参同契》同一意思。后此于儒家甚无影响。王阳明虽尝涉足道家，止取其修养术耳。至其学说思想内容绝不杂入丝毫方士意思也。今欲究古学，道家之渊变，殊少人注意。甚愿季同，努力于斯。胡氏《易》专主图象，不悟其图象实本之方士也。

此有何价值耶？若根据晚周道家如老庄以衍《易》理者，吾馨香求之。邵氏一派之《易》，吾不愿闻也。又清末以来谈佛学者虽盈天下，据吾平生师友，其站在考籍整理的立场，确宁古义而不移者，则唯有宜黄欧阳大师与丹阳吕君秋逸，唐以下未尝有董理如此其精审者也。汤锡予、林宰平治古义，皆守总墨，不为浮滥，亦未易得。若乃践履纯实，理解圆澈，则马一浮湛翁一人而已。颖悟高而有其独到，梁漱溟不可薄也。读书不求甚解，清言时见善悟，李证刚是其选也。此外，吾弗敢知，今人论著，大抵混乱无可评议。不独佛氏门庭中有此现象，盖无往不是此等。民命将殄，宜其乃尔！以此思忧，贾生痛哭，岂堪释哉！……

易—佛—儒（答薛生）

《易注》：王辅嗣善玄言，伊川切于践履，王船山颇有神解。清人胡煦《函书》，推原图象，极言穿凿能事，然不无创见可喜者。此外，自汉人达于近世，谈《易》者不知多少，虽不能谓绝无所当，然大抵以意穿凿，罕当于理，置之可也。程《传》有可议者，其大半在征明当国者举措得失及士夫进退之义，颇多杂碎政论。焦里堂亦清儒之佼佼者，汝欲治其《易》学，未始不佳。

唯识书，料子未堪自究。不治法相而研三论，亦是无益。就治佛学次第言：未通小乘，不可治三论。三论者，大空也。大空从小有小空而来。升堂循阶，登梯历级焉容躐[1]等？然在今日，学问知识如此其纷繁也。守一家言，所得已陋，况所谓一家者，犹是数千年前古学？然则吾子纵精通三藏，由小入大，计其精力，复余几何？即以此博得一佛学家之名，亦只是数千年前陈人而已。吾非谓古书可不读，是在汝自定为学趋向。若于佛学方面欲成功一考据家，则非博览三藏而强识之，不足以穷原委，辨流别，析名相也。故于佛典，必

---

[1]　躐（liè），超越、踩踏。

专力终身。若有一籍未窥，一部未睹，便是大缺陷也。如其平日对于宇宙人生诸大问题，苦心参究，因此，泛观百氏，藉资证明，为吾偏蔽，博考之余，忽觉佛家义趣，特有契合，遂于佛典，寄怀深玩，自解资佛典而益开，佛典赖自解而可晓。此语吃紧，自家见地未到，读书决不通晓。迨其学成之后，虽复精多物宏，超然自得，不囿一家，然以其熏染于佛家者深，其精神特有歆契，终为佛家派下人。如此之流，方其披寻佛典，志在领会佛家真义。故其读佛书，不必如考据家之博览强识，要在访求根本巨典，潜心体玩。粗之则识其旨归，辨其脉络，得其系统，穷其枝流；精之，则冥极于所谓语言道断心行路绝之地。

或问：此言识旨归，辨脉络，得系统，穷枝流，与前言考据家须穷源委，辨流别，析名相者，又何所异耶？曰：此二之判，不止天壤。非真知学者，难与言此。考据家所穷之源委，所辨之流别，所析之名相，只依文训释，依文甄述而已。取材博而能审，释词有据而不臆说，叙述有条贯而能断，能事尽于此矣。若夫为自得之学者，其精研古学，凡所以识旨归，辨脉络，得系统，穷枝流者，虽复即文字以妙会古人之意理，而其意理所由形著，实不可以守文而得。易言之，即通古人之意理者，必非徒在文字上着功，要自有所致力于文字之外者。唯其平日仰观俯察、近取远观之余，反己以浚其源，即事而致其知。

既已洞见本原，明察物理。是故读古人文字，能以审照而迎取古人意理。审照，故无主观之敌。古人真解实践处，吾可通会其所以。若其出于意计之私，而陷于偏陋浮妄者，吾亦得推其错误之由来，而以吾之经验正之。以故，于古人之意理无不尽也。此其所以识旨归，辨脉络，得系统，穷枝流者，与考据家本领绝异，功用全殊。但此由发味难言。期人共喻，直是困煞，吾子果真志乎此学，则率由之途，不能不辨。子于佛学，如志不在考据，则佛家根本纪典，必不可不读者，得略举下方。先治四《阿含》，此为元始思想。余如本生、本事、因缘、譬喻、四分中共有经百余部，可与《阿含》参看。或不必尽读，但深玩四《阿含》亦得。小宗派别，元有二十部，实则统为空有二派，略见《异部宗轮论》。二十部之分，系佛灭后四百余年间事。尔后流变，又必不限于二十部，然终不外空有两轮。小轮东来者，多属谈有一派。如毗婆沙、顺正理、六足、发智、舍利弗毗昙、成实、分别功德等，并宜浏览。若乃小径略涉，便入大空。大空本经，唯《大般若》，群经之王，诸佛之母，此士什奘，同其所归。大空论籍，四部居宗，曰《大智度》，曰《中论》，曰《百论》，曰《十二门》。义海深而无涯，玄岭峻而无极。大有宗经，旧推六部：《华严》《深密》《功德庄严》《阿毗达摩》《楞伽》《厚严》。论则一本十支，羽翼六经。《瑜伽师地》，是称一本。《显扬》《庄严》《集量》《摄论》《十地》《分别瑜伽》《观所缘缘》《二十唯识》《辨中边》《集论》等，是谓十支。《五蕴》《百法》等等，亦十支摄。《成唯识论》糅集十师。此论之作，虽云以上述六经十一论为依据，一本十支，名十一论。但其组织，可谓精严。观厥旨归，殊乖了义。斯固有宗之别派，抑乃释氏之末流。然其规模恢扩，结构严整，要是一大学派。至于大经，有《涅槃》《宝积》等等，尤堪玩味。论有肇公《物不迁》，乃此土杰作。因明译籍，入论大疏，以及理门，详其法式，讲论可读。应知佛学问津，因明攸始。未了因明，难治诸论，如《中论》等，纯以形式逻辑，凭空建立，因明未习，此何可通？又有声明，吕君有略。学虽毋滞，初学攸资。至于佛史，中土记载，近有汤君。采撮殊精，堪饷来学。综前所述，必读而不可不读诸佛书，已揭其目。若求了解，凝神静虑，二三年功，应可豁然。若言深造自得，则如朱子之于《四书》，终身由之而不能尽其蕴。此非朱子故示谦怀，体究这理，确尔如是。譬如《百法》，开端一语，曰一切法无我。语其平易，则随人理解，浅深广狭，各有所会。语其幽远，识有智人，终身学问，毕竟于斯义趣，领会无有穷会尽。今人读书，能速为贤。遍翻三藏，自矜易事。轻心读过，何殊未读？读书要在深心体玩。深心二字，煞是难言，神凝气聚，洞然无己。唯其无己，方乃有己。明鉴当空，无幽不烛，书册所言，吾以虚明，沉思其义，假彼真是，吾必得其来历。彼有谬误，吾亦察其因由。其是其非，从不轻断。由其是而深求之，而义理亦日出不穷矣。由其非而深求之，而义理亦日出不穷矣。彼以浅尝论解，轻断是非者，恶在其能析体穷理耶？夫学之难讲，佛学为尤，聪明之士，辄喜撷拾玄言，而不肯留心经论，求其实解。昔人如苏轼之于禅，今人如章太炎之于法相，皆是也。愚钝之人，莫名其妙而信仰。非不治经非不习论，然其无知自封，混乱拉杂，不堪救药。吾十余年来，教书经验，深感青年头脑，少有宜于治佛学者。忆十一二年间，选课最多，及阅试卷，仅有某生文辞，稍为简适，亦无当于题旨。自昔迄今，从未得一可与共学者。吾总觉教书之无趣。每对人言，为吃饭故，方作是事。若不尔者，吾不教书，虽属愤词，亦是事实。大抵治佛书者，最低限度，须具两种条件。一必其抽象的作用高而强，二必其分析的作用精而锐。佛学，理境极高，先儒以穷大失居护之，实则佛学能穷其大。谈理到至大无外处，即其理无在而无不在。谓不可以定居求之，固也；谓之失居，便非。因其不可以定居求，故短于抽象作用者，当若不可捉摸，而眩惑起矣。又凡玄学所表者，只是概念与概念之关系，而佛学尤为玄学之极诣。故短于分析作用者，于各个概念间相互的关系，即义理分划之不可淆混者，乃常不能明辨，而陷于混沌状态矣。昔者屡与林宰平先生言，佛学所以超绝古今者，以其大处深处，令人钻仰无从耳。西洋哲学，随科学之进步，经验日富，根据日强，理论日精，其始乎微实，而终乎游玄，岂不小极堪宝贵？然而彻万化之大原，发人生之内蕴，高而莫究其极，深而不测其底，则未有如佛氏者也。世之言哲学者，孰不可曰研穷宇宙人生诸大问题？然试究其所发明者，则于宇宙之体原，或恣为种种戏论，或复置而不求。其于人生之体察，尤为肤浅。虽复极其理智之能事，于日常经验的宇宙，多所发明。而返诸吾人真理的要求，则哲学家所纷纷其说者，实不足以餍吾人之望。宇宙果无真理耶？人之生也，固若是茫耶？自吾有知，恒困于无量无边之疑问，而不得一解。然吾终因佛学而启一隙之明焉。

汝诚有志于此，吾岂不思得一同调，以寄余之孤怀？然汝求学之心，则诚矣。汝之煦明，果宜于此学否，吾又不能遽断也。吾更有须言者，子诚嗜佛学，则于未研小乘以前且准备科学常识。而西洋哲学，亦必有相当素养。纵厄于家境，不能入学校，然关于科学常识，未始不可自力求之也。西洋哲学，访购稍好之哲学大纲，及哲学草论一类译本，细心循玩。哲学所研究之对象为何？是否与科学同其范围？其中之大问题有几？古今哲人对于哲学上诸大问题之解释，总有几派？哲学的方法，究应如何？此皆必须经过甚深之苦心焦虑，而不容疏略过去者。至于某一学派，某一名家之专著，坊间亦多译本。无论好坏，总须购阅。舜好问而好察迩言。即令译本甚坏，总有原著几分意思。从而察之，讵不足比于迩言耶？观汝前后来书，其于佛学，盖亦笃于宗教方面之信仰，而慨然系念乎生死之故。信仰极可贵，但汝既有信仰，吾则不必与汝谈信仰，却须为汝进知识。汝且留意求知的方法，先立定不惑的基础，而后可为大胆的玄想。将来深察大乘经论，谈空说有，一任纵横，庶几远于迷谬矣。

又汝深信佛学，却未知中国儒家哲学尤可贵也。往尝与林宰平先生言，当今学哲学，应准备三方面。始于西洋哲学，实测之术，分析之方，正其基矣。但彼陷于知识窠臼，未能泯相，终不与真理相应。是故次学印度佛学，剥落一切所知，荡然无相，无超意计，方是真机。然真非离俗，本即俗而见真。大乘虽不舍众生，以众生未度故，而起大悲，过真向俗。要其愿力，毕竟主于脱度。吾故谓佛家人生态度，别是一般，即究竟出世是也。故乃应学中国儒家哲学，形色即天性，日用皆是真理之流行。此所谓居安资深，左右逢源，而真理元不待外求，更不是知识所推测的境界。至矣尽矣。佛家大处深处，不能外是，其智之过，而求出离，以逆本体之流行，吾儒既免之矣。天可崩，地可裂，吾儒之道，范围天地之化而不过，是无可崩裂者也。学哲学，而不蕲至乎是，是安于小知间间，暴弃而无可救药者也。吾又何言！阳明子所以言知行合一，其哀思人类也深哉！

　　吾年来极苦教书乏趣，而支生无术，只好靦颜其间。虽然，亦有一说。学无可讲，固也。但存此科目，亦是告朔饩羊之意。又此学更非登讲台作演说式，可以讲得。吾欲商于主者，授之私室。倘得半个有心之士，可与言谈，即此理在天地间亦有所寄。而不相干之学子，亦不愿其与于斯课，是则吾近来教学之意也。人之所贵者诚也。一诚而天地以之立，万事以之成。吾于子之信，而见子之远于虚浮矣。伏暑无聊，不得看书，不得作想。濡毫伸纸，答子之信。感尔绸缪，触吾诚论。不觉道出心事如此之多。子其三思，反是不思，亦已焉哉！

第五章

人必有真实志愿，
方能把握其身心

要在根本处注意（答适之）

前为不抵抗之论写一信与先生，计可收到。力之所以向先生一言者，诚深切感觉中国民族有为朝鲜、安南等等之续。只此便算灭种，因统治者从文化、政治、经济各方面，用种种毒恶手段，完全消灭其民族意志，而使其生产力完全变为牛马式，供彼侵略与统治者之服役，直使之万劫不复，如此民族不谓之已灭，得乎？吾民族之所以至今日，原因固复杂，若概括说来，或因其文化发展太早，今已入衰老时期，难得振作。然复须知，人固有老当益壮者，民族又何莫不然？力总有一种感想，以为民族复兴的责任，全在领袖的自觉方能担负。不必深谈理论，简单举一个例，如元人被明祖驱逐塞外，是时元人势力方在鼎盛，并未衰微，若吾族无明祖其人者能领导吾民，开一太平之局，则元人终必能恢复其在中夏之势力，而汉民族将长期为彼之臣妾，此可断言也。明祖固多苛刻处，其晚年失德亦不少，然所谓道德纯全之圣贤，亦只是古人理想中之高尚人格，立此为的而勉赴之耳。古书中所称颂之大圣哲，设与吾侪并时同处，无谓其如何好，吾人终必有其不满意于彼之处。盖虽圣哲与天合德，而总不能离"人"而别为一个天人也。人则陷于形气界种种，而总不能丝毫无短处也。况彼创业之帝王，徒恃天资，素少学养的机会，及其饱经忧患，脑力过伤，虑事衡人，益易差失，防微备患，反成大错，其不能完美也固然。后人读史，因留心其短，而不暇究其长，故谓汉、唐、宋、明诸祖都如袁世凯辈以流氓盗贼禽兽混合之身，卑劣奸狡，欺骗残忍，自私猜忌，种种不可名状之恶德，而以此得有成功。此真愚妄之见，不可与论古今天下事者也。须知袁世凯一流人，无论在今日不能成功，即与汉、唐、宋、明诸祖易时易地而处，吾敢断言袁世凯定不能有汉、唐、宋、明诸祖之成功，充其量亦不过为朱温，尚不得为曹瞒也。

此话要说便长，姑止于此，想先生或能赞同斯言。力所以说此一段话者，则以吾国今日之惨祸，万不得不课其责于领袖。试平情定气而思，党军统一全国而后，无量会议，无量标语，有一言一字见之施行而不为欺骗人民者乎？政府之成绩表见，只有贪污淫侈黑暗欺骗残酷等等污风迷漫大宇，除此以外，实找不出什么好处。其时国人皆敢怒而不敢言，先生乃有"知难行亦不易"之忠告，此则力所最为心佩者。然而党政当局犹纷纷责言，实则此亦何背于中山先生之旨？此事久成过去，今勿多谈。顾今日祸变之严重如此，而举国上下熙熙如游春台。各领袖无论乘势与失势者，方且互相钩心斗角，互相打算，而心目中始终不见敌人。此等情形，樵夫牧竖皆感觉得到，道说得出。各领袖如无自鉴之良知，则亦已耳，如若不然，则应洗心涤虑，改造方向，天下事才好商量。否则只有亡国灭种一途，别无话说也。

今日知识分子，如死心烂肝则已，否则根本应提正气，主持正论，对当局领袖，宜痛陈其失，绝不客气。老子曰："言有宗，事有君。"今日须在大根本处痛切抉发，浮浮泛泛的议论在今日有何用处？今日要唤起有力的舆论，以此有力的舆论形成国民参政实力，再不可任这般领袖胡闹下去。此则全望知识分子之自觉。先生夙富资望，切盼能在根本处注意也。如先生近来言论，力所于报纸中偶见者，私怀颇不谓然。力愿先生虚怀以审事理。如热省奉送之后，用不着说失陷；失陷者，守之不得，须知吾人本无心守之也。先生有一文，首以无科学设备为言。此适令当局好避咎耳。土耳其有几多科学设备，而苦战抗敌矣。十九军在沪，一月之中，亦令倭人四易主帅，卒以无援而退，非倭人能败之也。十九军有几多科学设备耶？就令说要科学设备，而政府当局果能清白乃心，大官诚廉，小官自然守法，证以十六七年张难先在鄂府掌财之事，皎然不诬。又当局诚能不用金钱政策，唯以奉公道行实政取信于民，则财用自足。财用足矣，而军事上之科学设备又何难之有耶？先生只说无科学设备，而不究其所以无科学设备之故，如何而可？力决非以不肖之心度君子之腹，谓先生避咎而不敢言。昔者当局严威之下，先生犹能直言，况在今日？然而先生乃如此云云者，则以就事论事，而未从根本处着想故也。

又昨见先生谈农村与无为政治一文，一方面极佩苦心卓识，一方面仍觉不中当局之弊。今日必须与民休息，此乃事实上之需要，故曰苦心卓识，而谓不中当局之弊何耶？今日当局只是在都市上修马路做洋房，种种装饰，谓之建设已耳。

实则每因作一度装饰事业，而饱其私囊者无数。夫此装饰都市之事业，无论其藉此肥私与否，要其所为，毕竟无关建设，毕竟不得说名有为，此则有识所共知也。至如千番会议，无非欺骗，不名有为，又何待谈？力所谓不切当局之弊者此也。

又曾于报章见先生在某处讲演，其中似有谓国府统一全国以后，渐自尊大云云。不知忆错否，然似未尽忆错也。力以为吾国人哪能说到自尊自大耶？真能自尊自大者，必真富于自觉心之人，自不甘暴弃，自能知耻，故乃自强不息，此吾之所谓自尊自大也。吾国有如此领袖，何至有今日之祸？吾国人只是不知耻。犹忆党军北伐时，倭人在山东暴行，此是我国人如何痛心之事，幸张作霖自动出关，此在今日似少人做得到。马马糊糊，装点一个统一局面。此时当局若有知，应如何抱憾，如何惭愧，而敢自庆北伐成功耶？当局此时到北平，应十分沉痛，拒绝欢迎，才是道理。乃吾当局及各大军人，无一不志得意满，自居成功，先后都赴北平去"亮一亮"。湖北土语。最高领袖不知惭，又何怪其他军人？力时养疴杭州，念鲁案之惨，国人之无耻，而料祸至之无日，曾以上述意思，写数行，投沪上某报，竟莫敢登。人微言轻，故莫之理，夫复何说！今日引此一事者，明吾国人实不是自尊自大，只是无知无耻之志得意满而已。先生演讲又不切国人疾痛，此又力所不得不言者也。

倭人在鲁横行之惨案，吾当局若能知耻，若能思祸，若能移眼光于外，又何至有今日之事？然祸变之重，今方与日俱深，若今犹不翻然改心易虑，空以"长期抵抗""归政人民"

181

及"农村建设"种种虚文，欺骗国人，自鸣得意，行见吾国人有势与无势不久同归于尽，此则真可痛心也。力怵心危亡，尝有满肚皮话，不能说出，亦知说来无人肯听，写出无人肯看，因此欲说愈说不出。亡国失地，本寻常事，成毁荣枯，乃宇宙自然之理，吾岂不知？独念万有本乎一诚，诚者何？所谓生生不息真机是也。王船山先生《易传》发明生义，谓人当死之顷，犹拳拳后嗣，嘱托百年，以此知虽死而实不死，乃至生人之哭逝者，哀其逝，正所以延生机于不息，于此见生理之至真至诚，而绝不容一息间断也。故宋、元之亡，吾先正激昂慷慨犹存生理于几希。今之人乃皆行尸走肉，亡国灭种之祸已至，而漠然无所动于心。士子既莫有深思祸本，人民益复昏昏沉沉，而首都之地歌舞淫乐，尤为太平时代所未有。当局诚知耻知惧，又何至有此怪现象哉？宇宙生生之诚，殆乎熄矣！乾坤毁则无以见《易》，此其时矣。稍有寸心未死者，其如之何不哀耶？亡国失地本寻常，而如此绝不知耻绝不知哀之亡国失地，则确不是寻常事，而是天地间一大变也。

吾欲说而无从说起，亦无多精力向下说，今且略谈数事于后：

一者，吾国人应根本自觉自计，不可专存倚赖外人之念。十六年春，吾南下过宁，党政中人或洋洋语余曰，中国者世界之一员，今无可关门打主意，唯有随属世界的关系而与为步趋。余曰，如车轮众齿，互相关联，而成其动，必此众齿各各自能坚实。有一腐败，即此分子便成缺憾，不得随他分子而动。若腐败太多，全轮便坏，无复动理。吾国欲勉为世界之一员，且冀协助世界全体的动展，安得不并全力在本身上求坚实耶？而徒妄想依他耶？夫自欧战结局之后，欧洲人对远东防日本人之侵略中国，此自列强为其自身利害计，所不得不然，吾国人于此时外交上好似得着顺利，因此亦甘心永作列强之市场，而深幸东邻之莫能吞我。故北洋政府既倒，国民党起而代之，当局纯以空言骗人，装饰都会，满贴标语，奢侈空前，贪污因之空前。吾十九年过宁，病中人送一盒饼干，问价为五元。余曰："乃若是贵耶？"其人曰："汝真穷措大！他们官厅中，一盘洋点心，一双袜子，我若说出价来，你怕要骇得不省人事了！"余曰："官俸虽大，总有限度，他们如此用钱，钱从何来了？"其人曰："汝真书痴，汝不忆国民政府初定中原，建设廉洁政府的标语，满地皆是，而今贪污流行，空前绝后，他们嗜欲如此发达，侈奢如此其甚，他如何不贪污？他不贪污，有甚法子？"余曰："如此贪污下去，如此奢侈下去，而中国又不是有生产力的国家，向来专恃农民生产，今农村又为匪贼破坏，都市一切的东西，都是帝国主义者来行销于我以榨取我之精血，而我们的奢侈费完全献给外人，我们的贪污完全替外人作榨取的工具。如此，我们的政府，我们的政治，一言以蔽之，只是替他帝国主义者作榨取的工具，而沾其余惠，以填自己的欲壑。如此，有不亡国灭种者耶？我国当局为甚忍心如此？"其人曰："中国人讲甚么？西洋人不得用兵来吞我；日本小鬼子牵制于列强，也不得来吞我。前年济案闹得虽凶，结果还是退出。他们当局者以为可苟安无事，便享起乐来。中国人讲甚么？"此一段话，吾闻之谨记，迄今不忘。吾痛痛莫可如何。自前年东北奉送以来，吾国当局只乞怜国联，知识分子总是言外交，吾固知外交不可不讲，且亦不难讲，何则，倭人独占中国这个大市场，谁则甘心？即我不外交，列强其愿吾奉送倭人欤？外交自不能不讲，而实亦不难不讲。所可惜者，自己不自觉不自计，外交也无用处。限期令倭人退兵，议决不承认伪国，国联都做过，你看有效否？若想列强起来为我打仗，纵令果有这一天，果然打倒了倭人，中国也要成为共管，较之倭人独占，也不过五十步与百步。哀哉哀哉！何忍思哉！设若不是列强打倒倭人，而别是另一国，则中国成何境象，更不好说。所以，今日想倚赖外交，这副贱心肠，应该扫得干干净净，自觉自计，才是起死回生之道。这才是今日根本问题，何不提倡？

自觉自计，首先要从当局与知识分子以身作则，戒除奢侈贪污，用国货，莫用洋货。中山装可用，奚必洋服？友人石蘅青先生说，山东府绸，很可做中山装，应该设法改良，今闻以尽用外货故此业遂废，诚可痛也。士大夫常服宜用丝绸，亦最美观。今国人尽用外货，而江、浙丝业又废。畴昔财富之邦，今皆贫苦至极，又可痛也。而或者乃谓丝业之衰系外人不买所致，独不言本国人无肯买者，此一怪事！今日知识分子口口声声总是提倡科学，最恶人提到节俭等旧说，殊不知真要提倡科学，先要挽回这个亡国灭种的局面，政治务入轨道，社会恢复秩序，人得安居乐业，如此，才可整顿教育，才可研究科学。否则一切谈不上。国种且无，说甚科学？提倡科学的人不要在物质的享乐上提倡，应该根据吾先哲"先难后获"与"即物穷理"的精神去提倡。今人希望开发物质文明，而如此替帝国主义者作榨取工具，弄得亡国灭种，还说甚物质文明？

　　我最简单的意思，在物质贫乏时，希望物质文明，必须唯一注重中山先生所谓心理建设。心理建设，细说便烦，扼要而谈首在吃苦二字。真吃得苦过，必不损人利己，必不虚浮无实。担当事业，无论大小，必能敬事而信，必能如曾文正所谓"扎硬寨，打死仗"。张难先平生是一个能吃苦的人，所以在鄂掌财，便有可观。梁漱溟是能吃苦的人，所以能到邹平，实行他的主义，实践他的理想。我总觉得能吃苦的人，多是能牺牲的人。然而也有例外，世固有以节俭吃苦称，而别具野心，他亦要榨取民财，以供其收买之用。此等人真是太愚蠢，自谓诡计绝人，终至亡国及身，有何好处？所以于吃苦一条之外，定要加上"秉公"一条。有野心的人，只是不公，所以竭其聪明才力总向己私处用，这等人仰视天而不知天之高，俯视地而不知地之厚，虽觉如梦，虽视如盲。何以故？为其除一己以外绝无所知故。孟子说："安其危，利其菑，乐其所以亡者。"因其除一己以外，绝无所知，故乃自致其一己于危于菑于亡，而犹安之利之乐之，则以全失其知故也。己私之为害若是其可畏哉！吾人欲不亡失此心，欲不忍陷于无知之惨，则须反观此心，务必念念去私而秉公。有一念不公，当下克去，莫自宽容。公则明矣。不明只是有己私蔽之，故言公即已兼明，而一切处事自无差错，自无过分之私欲，自无作乱之种子，自不肯欺骗，自必一切尽诚尽敬，百事莫不毕举。故吃苦秉公，而心理建设完成，即是物质上的建设完成。若徒慕物质而忘却自心，则心之不存，物即无有；心失御能，即无车马；心成聋盲，即无声色；心若贪污，即国失财富而万事不成；心若浮散，即万物之理不著不察而无物无理。若之何其逐物而不求之心耶？孟子闵战国之乱，而曰"我亦欲正人心"。中山先生阅历既深，始注重心理建设。此真根本处，万不可忽略也。

写至此，精神已来不及，欲更说数条，已不能写。总之吾望大家在根本处注意，须是挽回风气，才有生机。莫徒作枝节议论也。

《独立评论》编者附记：熊十力先生现在北京大学讲授佛学，著有《新唯识论》等书，是今日国内最能苦学深思的一位学者。他读了我的《我的意见也不过如此》之后，曾有长函给我，颇怪我"谨慎太过"。他说："今日已举世无生人之气，何待以不抵抗教之耶？"我因为当时已有董时进先生的答辩了，熊先生的大旨与董先生相同，所以我不曾发表此信。

熊先生此次来信，长至五千字，殷殷教督我要在根本处注意，莫徒作枝节议论，他的情意最可感佩，所以我把全文发表在此。他的根本主张，我想另作较详细的讨论。我在此处只想答复一两点"枝节议论"。

一者，熊先生说："土耳其有几多科学设备？而苦战抗敌矣。"他前次来信，也有此语。此系熊先生不曾细考土耳其苦战的历史。凯末尔将军所抗之敌已不是一九一八年停战以前的协约国联军了，不过是那贪横的希腊军队。希腊的政治组织本不坚固，军队也不是劲敌，故新起的土耳其民族主义运动之下的军队居然能苦战退敌。其时意大利与法国都颇同情于土耳其，协约国的巨头也怕苏俄在新土耳其太占优势，况且全欧都不愿延长那一隅的战争了，所以一九二三年的洛山条约放弃了五年前停战时的条件，容许土耳其保留在欧洲仅存的一线土地。几个月之后，希腊革命起来，推翻那战败的政府，废去君主政体，改为共和国家。我们应知道新土耳其与希腊的战争与今日的中日战争是不能相提并论的。

第二，熊先生提及我在燕京大学的一次讲演，我在那讲演里并不曾说"国府统一全国以后渐自尊大"，恐是笔记者误记。我说的正是熊先生所谓"无知无耻之志得意满"。我说，近二十年来的国人心理全忘了自己的百般腐败，百般不如人，百般亡国灭种的危机，事事归咎于人，全不知反省，全不知责己，更不知自己努力拯救自己。自甲午至辛亥，尚有一点谴责自己愿学他人的大国风度，还可说是有一点兴国气象。民国二十一年中，尤其是欧战以来，正是熊先生说的"无知无耻的志得意满"，我所以说是"亡国气象"。

胡适

与柏特教授论哲学之综合书

昨承枉过，获悉尊意，愿将世界各派哲学及各宗教，观其会通，冶于一炉，此意甚善。拙著《新唯识论》本主张哲学贵融通，不可存门户私见，不可入主出奴。兹略言二义：一者，理无穷尽，一派或一门之学，可有窥于斯理之一方而未可得其全也，故必各除偏见，睽而观其通，如天上地下若睽隔矣，然实互相维系为一整体，非不通也。异而知其类，譬如动植诸物千差万别，异亦甚矣，然会之于生物一类。乃于分殊而睹大全，亦于大全而见分殊，然后知各执分殊者，无当于穷理也，譬如人各以管窥天，而各以为天乃如其所窥也，非迷谬之甚乎？

二者，昔人有言，人类之大苦有三：一、自然之苦，二、世人之苦，三、内心之苦。自科学发明，自然之苦可救治者固多，而后之二苦要非可仅恃科学，必须有哲学以救治之，此中有千言万语，兹不及详。世人相与之际不得无苦，内心常有众苦，推其所以，恒由所见者小而不闻大道，所持者狭而莫获旷观。是故狭小成乎心，则顽强、偏激、猜忌、嫉妒、恐怖、排斥，种种之恶，日积而不自知，驯至毒焰炽于五中，战祸弥乎大宇，故世人与内心二苦系从两方面言而实为一。

一事者，所见小、所持狭是也。哲学者，本所以对治小知而进之于大道，荡除狭执而扩之以旷观。世人与内心二苦将赖此得拔。若使各派哲学皆门户自封，胶固不化，是使人习狭小而终成乎恶，人类永无宁日也。

余主张哲学贵融通之意，略如上述。先生昨询及融通之方法，此事详谈，自非著专书不可，然遭时衰乱，实无斯兴趣。但就原则上言之，则孔子所谓"博学于文，约之以礼"二语，实学者所当奉为金科玉律。

云何"博学于文"？既曰融通，则凡治哲学者，必不可仅治一派一门之学，而必博治各派各门之学。虽云群书难尽读，而各大派之根本巨典，苟为力之所可及者，要不可不通及也。如中国人于其国内各派不可不究，倘能习外学，自须博求。若学之不博，则于异派思想全没了解，何以融通？夏虫不可语冰，井蛙不可语海，故博文至要。

云何"约之以礼"？此一语，从来注家或未得其旨。余以为不若求征于《礼》经。《礼》经明礼之大义，曰："毋不敬，俨若思。"毋不敬，言无时无地而不敬也。敬，即不轻肆、不昏怠，常使清明在躬、志气如神，绝非拘束之谓。俨若者，敬貌。俨若思，则敬以运思而不敢师其成心，成心，谓素所习成也，不肯师之者，执一成之心，以测无穷之理，鲜有不失也。不肯安于浅见，所贵乎浅者，入深必由乎浅，浅之未达，而求极乎深，鲜不虚妄也。然滞于浅而不肯极深，则暗于至理，无可救药。不妄逞夫曲说。曲说者，偏曲之说，足以障大道也。逞曲说、安浅见、师成心，皆不能敬以运思之故也。毋不敬、俨若思，则曲说、浅见、成心三者之患去，而可以博文矣。

故博文必须约礼。约者，言其所守者约，只是毋不敬而已。专一于敬而不纷，故云约也。

博文而能约礼，即是博治乎百氏之学，而一皆运之以敬慎之思。于彼于此，各求其真是真非，而后乃于彼此之是是非非，可任其各止一隅，而大通之道自见。是故博文必归约礼，而后可语融通之业，否则以轻心泛涉众学，欲免于耳剽目窃，杂乱比附，其可得乎？孔子在吾国古代，即融通群经之学，故孟子称其集大成。孔子之大，博而有约故也。余平生治学，奉博约为准绳，至欲语方法之详，则非区区一函所可及。吾国昔时大将岳武穆论用兵，曰"运用之妙，存乎一心"，为学又何独不然？

科学真理与玄学真理

来书云："毅觉徒谓玄学与科学，领域不同，方法不同，分工而治尚不能完全解决哲学之问题。盖玄学之真理与科学之真理，既同为真理，则人不能不问此种真理与彼种真理间如何流通。若玄学真理为究极的真理，则人不能不问科学之真理如何可汇归或依附于玄学真理。自此点而言，西洋哲学实有其独特之价值。以西洋哲学之主要问题，实即此问题。即如康德、黑格尔、柏格森、怀特海等，均系自分析科学中之概念、假设，以指其必汇归或依附于玄学真理者云云。"此等问题太大，殊难简单作答，若详言之，必须成若干册，至少亦一巨册。焉得有此气力。无已，仍本吾意略答。

玄学、科学，皆缘吾人设定有所谓宇宙，什么叫做宇宙，自是一种设定。而试行穷究其中真理，即由穷究故，不得不方便善巧，姑为玄学科学之区别。科学尚析观，析观亦云解析。得宇宙之分殊，而一切如量，即名其所得为科学之真理。于一切法，称实而知，是名如量。玄学尚证会，得宇宙之浑全，而一切如理，即名其所得为玄学之真理。于一切法，不取其相，冥证理体，而无虚妄分别，是名如理。实则就真理本身而言，元无所谓科学的与玄学的这般名字，唯依学者穷究之方便故，则学问不限一途，而或得其全，或得其分，由此假说有科学之真理与玄学之真理，于义无妨。

来函谓："科学之真理，如何可汇归或依附于玄学真理。"余以为就宇宙论言，善谈本体者，一方面须扫相以证体。相者谓现象界。若执取现象界为实在者，即不能见体，故非扫相不可。然另一方面却必须施设现象界。否则吾人所日常生活之宇宙，即经验界，不得成立。因之吾人知识无安足处所，即科学为不可能。佛家说五蕴皆空，五蕴谓现象界。似偏于扫相一方面。《新论》说本体之流行，即依翕辟与生灭故；翕辟、生灭皆谓流行。现象界得成立，亦复依翕辟与生灭故。说现象界无实自体，易言之，便于现象界而不取其相。即于此而见为真体之呈显，是即扫相证体。

由成立现象界之一方面而言，科学上之真理已有依据；由遮拨现象界之一方面而言，遮拨云云，即上所谓扫相证体。玄学上之真理即有依据。

设问：何故成立现象界？同时复遮拨现象界？答言：成即涵遮，否则成立之名不立；遮即涵成，否则遮拨之名亦不立。

谈至此，君毅必犹谓科玄两种真理虽各有依据，但科学上之真理如何可汇归或依附于玄学真理，仍未解答。吾复诘汝：汝道真理是个什么东西？他既不是呆板的东西，何须以此一种理汇归或依附于彼一种理？但学者探索真理，则有由科学之途析观宇宙，得其分殊，而竟昧其全者，似其所得之真理，犹不免支离破碎，而须要有所汇归或依附。若尔，则赖有玄学明示宇宙之为浑全的。其所以为浑全的者，乃于分殊相上不执取此分殊相。易言之，即于分殊相而见实相。实相即实体之异名。强以喻明：如于一一沤相不执取为一一沤相，而直于一一沤相皆见为大海水；此一一沤相虽复万殊，而一一沤相都无自性，其实体即是大海水故。故于众沤见大海水，即离分殊而得浑全，一味平等。前所云于分殊相而见实相者，义亦犹此。

如上所说，浑全不是离开一一分殊的而别为空洞之一境。又不是混合这些分殊而作成的一个总体。却是即此一一分殊的而直见其皆即实体之呈显。易言之，即于宇宙万象而不计著为物界，但冥证一极如如。一者，言其无待；极者，言其为理之极至；如如者，常如其性故。盖于分殊而识其本体，当下即是真常。其微妙如此。

总之，体则法尔浑全，用则繁然分殊。科学上所得之真理，未始非大用之灿然者也，即未始非本体之藏也。用者体之用，故《易》曰"藏诸用"。"藏"字义深，如本体是顽空的而没有用，即现象界不能成立，科学亦不可能，焉有所谓科学之真理？唯体必有用，所以科学有可能，而其所得之真理亦可说是依实体显现故有。所以从本体方面说，此理亦是他所内涵的，故谓之藏。如此，则玄学上究明体用。而科学上之真理已得所汇归或依附。余自视《新论》为一大事者，以此而已。君毅犹有疑焉何也？西洋哲学家何曾识得体用？其谈本体只是猜卜臆度，非明睿所照，故往往堕于戏论。

以上略明吾所主张，以下就来函疏误处稍事解析。

来函云："玄学之真理与科学之真理，既同为真理，则人不能不问此种真理与彼种真理间如何流通。"此段话，于科玄真理直下断定之词，未有说明，似觉不妥。吾于此将提出二问：一、玄学之真理，果以谁家所见为真理乎？二、科学上之真理，果与玄学真理同为真理乎？举此二问，仍自作答如下，聊以奉质。

答一问曰：玄学上之真理，果以谁家所见为真理？此自有哲学以来，截至现在，常为不得解决之问题。即由现在以趋未来，其永远不得解决，当一如今昔之状态，可知也。然则玄学上之真理果皆无据而不成为真理乎？非也，玄学家者，其根器利钝与熏修疏密，彼此相较，不止千差万别也。而玄学之对象又甚深微妙，非如日常经验界的事物可以质测也，故古今恒不乏少数之玄学家得到真理。而大多数不堪了达真理之学者，反与之为敌而不肯信，非独不信而已，又自以其迷谬之知见而为真理，于是朱紫淆而莫辨，雅郑乱而失鉴，此玄学上之真理，所以难有一致印许者也。此事如欲详谈，便如一部《二十五史》，从何处说起？吾亦唯有本吾个人见地而略言之。

吾确信玄学上之真理决不是知识的。即不是凭理智可以相应的。然虽如此，玄学决不可反对理智，而必由理智的走到超理智的境地。吾常求此而有契于佛家，佛家对于世间所谓宇宙万象，确曾做过很精密的解析工夫，决不是糊涂地漫然否认现前的世界。所以在稍闻佛法的人，都承认佛家是凭理智来解决他对于宇宙人生诸大问题，不仅靠情感上的信仰作安慰。一般人对佛家这种的看法似乎没有错。然或者只看到如此而止，则不同小小错误，却是根本不了解佛家。须知佛家唯一的归趣在证会。而其所以臻于证会之境地，在行的方面，有极严密的层级。如十信等等，乃至十地，许多专门名词，今略而不谈。在知的方面，则任理智而精解析。至其解析之术，精之又精，则将一向情识计著，不期而自然扫荡。于是不见有少法可取。犹云无有些少实物可得。友人张东荪先生尝言，今日新物理学的趋势，反不承认有物，吾谓此无足奇，科学上解析之术愈精故耳。然佛家若只是解析，则可以有科学之贡献，佛家诚然富有极精深的科学思想。或不必成功玄学。就令本解析之术建设一种玄学，亦不过分析概念，构成许多理论，以建立某种本体。某种者，如心或物及一元与多元等。虽复持之有故，言之成理，然其所成立的真理，毕竟是其脑筋中构画的一副图案，犹如一架机械，此与实际的真理决定不能相应，相应义深，能证入所证，冥合为一方得名相应。佛家所呵为戏论者，正谓此辈。故在佛家虽精解析，但以之为扫相之一种方便，扫相说见上文。将情识中所计著的实在的宇宙，一经解析，如剥芭蕉，一层一层地剥去，便不见有实物了。它不独对物界来解析，就是对内心的观察，亦用精严的解析术，所以它在心理学上很早就打破了神我或灵魂的观念。它更精于解析概念或观念，发现它是些虚妄分别或意计构画的东西。意计者，意识周遍计度曰意计。所以剥落这般僻执的知见。总之，佛家利用解析来破分别法执，佛家说执有二种，一俱生，二分别，凡日常思想见闻与学问上的思想及理解并主张等等，一切不依正智而生，只从妄识筹度而自坚执不舍者，总名分别法执，旧亦言我执。而此不及者，据实，我执亦法执摄，故但言法执可也。然分别执，尚粗，可以解析作相当对治。俱生执，便深细难断，恃解析而无修养，则不能断执。每有学问家终不透悟真理者，无养故也。**随顺入法空观。**

法执不空，无有见体，佛家"观"之一字，其意义幽奥难言，到了修法空观的时候，便超过了解析的工夫，这时理智作用便开始转化成正智，但未纯耳。观法亦可叫思维法，《解深密经》所谓"如理作意，无倒思维"是也。此不是常途所谓思维或思想，不可误会。又叫思现观，其功候浅深，极难言。为趣入证会境地之一种开导，但知行须合一并进。如果只务解析，而缺乏修行或涵养，决定无从达到证会的境地，所以证会是很不容易谈的。后来宗门喜言顿悟，不独大小乘空有二派罕言之，即就《阿含》考察释迦氏的思想，便可见他注重解析与修养的工夫，哪可轻言顿悟？如果要说顿，除非一顿以前，经过许多渐悟。譬如春雷，轰然一声，阳气之积以渐故也。佛家确是由理智的而走到一个超理智的境地，即所谓证会。到了证会时，便是理智或理性转成正智，离一切虚妄分别相，直接与实体冥为一如。所谓正智缘如，此时即智即如，非有能所。后来唯识师说正智以真如为相分，便非了义。通内外、物我、动静、古今浑然为一，湛寂圆明，这个才是真理显现，才是得到大菩提。佛家学问，除其出世主义为吾人所不必赞同外，而其在玄学上本其证会的真实见地而说法，因破尽一切迷执，确给予人类以无限光明，无论如何不容否认。

其次儒家的孔子，尤为吾所归心。孔子固不排斥理智与知识，而亦不尚解析，此其异于印度佛家之点，然归趣证会，则大概与佛家同。孔子自谓"默而识之"，默即止，而识即观也。观的工夫到极深时，便是证会境地。《论语》记子曰："天何言哉？四时行焉，百物生焉。天何言哉？"非证见实相，

何能说得如此微妙？实相即实体异名，亦即真理之异名。孔佛同一证体，
然亦有不似处。佛氏专以寂静言体，至于四时行百物生的意
义，彼似不作此理会，缘他出世主义，所以不免差失。本体
是寂静的，孔子若不亲证到此，便不会有"天何言哉"之叹。
唯其湛寂，无为无作，故以无言形容之。然大用流行，德健
化神，四时行而百物生，以此见天理之不容逆，夫子其至矣
乎！然孔子下手工夫与佛家又各有不同，当别为论。

《新论》发明实相，见前。融会华、梵，斯于玄津，实作
指南，所冀仁贤，降心加察。

答二问云：利学真理，果与玄学真理同为真理与否？此
在主张科学万能者与哲学上之唯物论者，必绝对的肯定科学
上之真理，而唾弃玄学或哲学不值一钱，以为玄学上之真理
只是幻想。今欲审核科玄两造之真理，必先将两造所谓"真理"
一词其涵义各为何等加以刊定，然后科学真理与玄学真理，
为同与否，不辩自明。

"真理"一词，在玄学上大概有如下之意义：一是遍为
万法实体。故云宇宙本体。二是其为物也，真理非物也，而此云物者，不
得已而强为指目之解，如老子云："道之为物。"法尔本然，法尔，佛书中名词，
犹言自然，而不译自然者，意义深故，然谓如此，本来如此，曰本然，不能更问理由。
不由想立，哲学家多任思想构画以安立本体，不悟此理周遍圆满，默而存之。炤
然现前，岂假想立？一涉乎想，便构成一件物事，所谓捏目生华，早自绝于真理矣。
不依诠显。此理不可以言诠显。言者所以表物故，《易》曰：默而成之，不言而
信。三是唯证相应。智与体冥，无有内外、物我等等对待之相，
离分别故，离戏论故。具此三义，方名玄学上之真理。《易》

曰："易简而天下之理得。"即谓此也。

"真理"一词在科学上意义如何？姑且略说如下：一、必设定有客观的存在之事物，即所谓日常实际生活的宇宙，或经验界。此理_{科学上之真理}。方有安足处所。程子说"在物为理"，此理诚是在物的，不是由心所造的。易言之，即是纯客观的。二、此理之发现必依据感官经验，得有证据。虽各科学上许多真理之发明常由玄想，然玄想与空想及幻想等不同，必其经验甚多，而神智开豁，不拘一隅，纵心于虚，妙窥幽奥。及其发现之后，又可于经验界得其佐证。三、如上所说，则此理之获得，必由纯客观的方法，又能为一般人所公认。四、此理之自身，在其所以存在之条件下必有不变性，除非其条件因或种变故而更革而消失。则此理亦随之消失，

如现时各科学上之许多真理，虽依经验界的事实为据，但这些经验的事实以何为标准而测定其相互关系与法则。此在吾人总不外以其所在之地球为标准。设一旦地球粉碎或失其常轨，则不独地质学与生物学等等之真理，顿时丧失其真的性质与价值，即天文学上之真理亦起变革，即理化等等科学上之真理，将无一不随地球粉碎而与之俱碎。如今日所测定电子之性质，与振动速度，及其相互关系等等，在今日视之为真理，然或一旦值地球运行失轨时，则今日所测定电子之速度等等，或不能不起变异。如地球完全粉碎，则其时电子之波动为何状甚难设想，即令其时宇宙不能停止动力，而其动力仍将有形成电子之趋势，此或可以吾《新论》所谓形向者名之，然此形向之动势，不必与今日科学所测定于电子者相同，而今日所有关于电子之种种真理，尔时或不存在。

然如其条件不曾有更革或消失，则此理仍自有不变性。如设想将来世界，太阳系统之关系一如今日，则太阳从东方出之真理，一定如今日而不变。此为真理自身存在所不可缺之一

义。如其无此，则一切事物都是不可捉摸的，更有何真理可言。五、此理虽有不变性，而非绝对无变易性，非绝对故，即是分殊的。因此理托足于经验界。而经验界的事物都是对待的现象，都是无量无边各种互相关联的事情。此理非他，就是存在于无量无边各种互相关联的事情中之法则或规律。就理对事情说，便是理存在于事情之中；就事情对理说，便是事情具有此理。须知理不是空洞的形式，事情不是杂乱无章。事情与理实际上是分不开的，但言词上又不能不别说。

然复当知"事情"与"关联"两词只是言语上不能不分，实则关联非别为空架子，事情不是有如独之一支柱。除了事情，固找不着关联；除了关联，也寻不着事情。只好说事情就是互相关联的。这样看来，事情自然不是绝对的无变易性，事情既是无量无边各种互相关联的东西，所以存在于其中之理，是千条万绪而分殊的了。六、此理虽说是在物的，是纯客观的，实亦离不开主观的色彩。如物理学上之粒子说与波动说，毕竟不可征知世界的实相。而只是吾人主观上对于世界之一种图景。但科学总是力求避免主观的偏蔽与妄臆等等，而完全注重外在世界的事实的发见，所以说为纯客观的。举此六义，而科学上所谓"真理"一词，其意义已可了然。科玄两造所谓"真理"，既分别刊定如上，玄学上"真理"一词，乃为实体之代语，科学上"真理"一词，即谓事物间的法则。前者玄学真理为绝对的真实，后者科学真理之真实性，只限于经验界，此其不同可知。

又科学上之真理，上来略以六义刊定，然第一义中，设定有客观的存在之事物，即所谓经验界，以为其真理之安足处所，此即其根本义，自余诸义皆依此得成。据此而谈科学真理得所托足，实赖玄学给以稳固的基地。玄学唯以穷究实体为其本务。须知一言体便摄用，无用即是顽空，作用义不成故；一言用便摄体，无体即是顽空，作用义不成故。所以有体必有用，大用流行，幻现众相，幻义是活义，详见《新论》《转变章》。科学便把住流行的幻相，而设定为客观的存在之事物即经验界，科学真理才有安足处所；换句话说，即是吾人的知识有了安足处所。假使没有玄学真理，则诚有如来函所虑，科学真理将无所汇归或依附。《新论》发明体用，可谓诚谛，而学者多不了。《破破论》与《十力语要》，须参看。

科学真理虽依玄学真理为基地，然不得与玄学真理同为真理。他的本身，是站在一种设定之上的。或问：大用流行，有物有则，科学依此建立，如何说科学真理不得与玄学真理同其真实？答曰：从一方面言，宇宙万象，"至赜不可亚"，亚义，见前函。繁然万象，不可为之次第，正以其互相关联，而又向前扩张不已，所以说不可次第也。"至动不可乱"，繁然万象，实非静物，故次言至动，虽不可为之次第，而非无法则。佛家言增上缘法，所谓由此有故彼有，而互相关联与扩张不已之中，自有则而不可乱焉，则又未常不强为之次第也。《系传》此二语，其义相互发明，广博浩瀚。于此见大用流行，即于此知科学上之真理皆玄学真理的内涵。所谓一为无量，一谓玄学真理，无量谓科学真理，下准知。无量为一是也。但从另一方面言，科学把住流行的幻想，当做存在的物事去探寻，就因为吾人在日常实际生活方面一向享用实物的观念，不期然而然的要如此。虽说科学不断地进步，对于物理世界的观念，并不是如常识一般看作很固定的物事，然而无论如何，科学总要设定外界的独立存在，外界，亦云物理世界，亦云自然界，亦云日常生活的宇宙或经验界。始终脱不开看静物的方法，所以在科学上无法体会流行的真际。就令谈变动，总要做一件物理的现象来解释。而流行的真际除非证体时才可得到。马一浮先生《新论序》曰："穷变化之道者，其唯尽性之功乎。"此意从来几人会得。我常说，科学上安立了物，而玄学上虽一方面随顺科学，予他安立物界的基地。但其根本态度和方法却要把一切物层层剥落，乃至剥落净尽，才识得科学真理的基地之真相。谈至此，科学之真理，不得与玄学真理同为真理，当可豁如。

玄学所以要归诸证会，这个道理，儒家尽管去做工夫而不肯说。佛家却费尽千言万语，种种破执，无非欲引人入证会之路。佛家所谓执者何？就是一个计著有物的观念。《十力语要》卷一有一书，谈佛书中"法"字义，值得深玩。

科学不应反对玄学，哲学家更不宜置本体而不究，除去本体论，亦无哲学立足地。《新论》刊行之一部分只是谈体，但此书孤行，读者总多隔阂。诚如来函，须完成《量论》为佳。然衰世百艰，又且忽焉老至，精力实不堪用。此诚无可如何。

科学家或有轻视玄学与哲学家，或有菲薄本体论者，此无他故，大抵人情封于成见，则难与穷神，滞于有取，则无皆证真。玄学上之真理，体万物而非物，故不可以物相求；体万物者，谓此真理，遍为万物实体。肇群有而不有，故莫得以有形遇。有形者域于形，真理虽为群有所肇始，而真理不即是有，若执有之形貌以拟真理，则乖违已甚矣。虽复曰希曰夷，未脱视听；《老》云："视之不见名曰夷，听之不闻名曰希。"实则不可见闻之理，初未尝遗脱见闻之物而独存。故体玄者一闻一见，莫非希夷之存，岂常拘于闻见，取物而遗理哉？无声无臭，不离日用，准上可知。而有碍之心，终不达夫神旨；下士之智，恒自绝于天德。天德用为真理之形容词。按《中庸》云："苟不固聪明圣知达天德者，其孰能知之？"此玄学所以难言也。

写至此，吾已倦极，即当截止，唯有所附及者。前答张东荪先生谈宋明儒书，彼最后有一答函，布在《哲刊》，吾未作复。东荪先生常考虑中国学术思想如何能得今后治西洋学术者之了解，而使中西有融通或并存之益。此诚极大问题，吾虽有些意思，但犹待研讨，未欲发表。东荪先生最后答吾函，以本体论为西方哲学之特色。吾谓西洋学者探索本体之精神固可佩，但其本体论大概是戏论。又云：《易》经只讲宇宙论，而无本体论。此说殊不然。本体不可直揭，故就用上形容。若会《易》旨，即其中辞义，无非显体。"易有太极"与"一阴一阳之谓道"云云。《系传》固已分明指出，然玄奘法师亦谓《易》不谈体，奘师挟门户之见，本不能了解《易》义。不独东荪先生有此说。至谓佛家之修证在于得见，儒者之修证在于所行。揣其意，言见自不遮行，彼决不谓佛家是空洞的见解故；言行亦不遮见，彼决不谓儒者是冥行故。要之儒佛异同，暂可不问，自家寻着落，却是要紧。总望吾贤虚怀大受，不独私衷不幸，而此学、此理将有所寄。吾同郡老儒毕斗山先生云："中国学人二大劣性，不肯服善，不肯细心。"是可为戒。

从《论语》谈起（答李生）

前次谈话，谓《论语》好处只是记录孔子日常生活间事，不空谈道理。然吾恐记者见地，亦只合及此。子贡曰："夫子之言性与天道，不可得而闻也。"子贡且不得闻，况其他乎？但证以子贡之言，孔子也未尝不谈高深的道理，只是能闻者少耳。《论语》的记者当是很老实的人，只是他闻得着的，便为记录；他所不可得闻的，便不妄传。他于夫子的态度和语气，很能作切实的描写，似是不曾妄下一字的。吾人由《论语》的记录，亦可寻玩孔子哲学思想的根柢与体系。

杨仁山居士疑《论语》有后人掺加字句处，常举"厩焚，子退朝，曰：伤人乎？不问马"。以为"不问马"句，后人妄增，记者必不无端置此闲语。盖夫子入朝，必以马驾车，今方退朝，马不在厩可知，何须问马？记者置"不问马"一语有何意义？吾谓杨氏说未妥。此处正见记者记录必求详实，其于夫子一言一动，直是仔细留心，朴实描写。夫子不曾问马，他便据当时情态记录。然已于上文记"子退朝"，则所以"不问马"之故，自可见得，并非如朱注所谓"贵人贱畜"也。

易十翼与《礼记》《周礼》，自是孔子的大义微言，七十子后学转相传授。疑汉儒伪托，便非。此须别论。大抵晚周故籍，秦汉间人不免多所掺杂。

《大学》《中庸》为孔学总纲，盖七十子后学所述，汉儒亦有掺杂。二书言治理之部分，皆以太平大同为归趣，实《公羊》所本。来问，举凡有血气，莫不尊亲，疑尊亲为尊王，大误。盖谓大同之世，人莫不互相尊、互相亲也。此章首"唯天下至圣"云云，非谓太平大同时，犹有王者君临天下。儒者本以王道寓其至治之理想，必人人皆有王德，然后天下可言太平大同。

研穷孔学宜注重《易》《春秋》《周礼》三经（答芸樵）

承属为季刊作文，力一向极少在杂志发表文字，因精力短促，苦无此等余兴；然公宣扬圣学之苦心，则下怀所极感佩，而不容无一言。

曾闻西人某氏有云："最伟大的思想家，必是传统的思想。"吾觉此语极有义蕴，在说者的意思究是如何，吾不深悉，而吾之感触，则以为传统的思想，必有下列之各条件：

一、此等思想，必非限于某部门的知识，而是对于宇宙人生诸大问题，特有解悟，因此能启示人类以超脱尘凡，至高无上，圆满无缺的理想生活。亦云精神生活。

二、此等思想，必非限于一时一地，或对某种流弊为矫枉过正之倡导，而其所发明之道理，确是通古今中外而不可易的。儒者所谓中庸，老氏所云："常道。"庄予云："参万岁而一成纯。"佛说："万法皆如。"皆义蕴深广，非浅智所测也。

三、此等思想，有大思想家创之于前，亦必时有大思想家继之于后，前后互相印证，虽或不能无小出入，如见仁见智见浅见深之殊，但其根本精神，恒相一致。

如上略说三项，是传统的思想所由成立。

孔学在人类思想史中是传统的思想，此不待言。顾自欧化输入，国人方急于知识技能之摹仿，乃舍孔学而不求，于是己立立人、己达达人之学，日益沦丧，人将不成为人，虽有智识技能，而得相生相养以遂其信欤？！抗战以来，朝野渐注意孔学，此固剥复之几，独惜自清季以来，士大夫相习以空文呼号，而潜心深研学术者甚少，躬行实践，更无望矣！国难至今，吾人宜知自反也。

凡对于大学派之研究，必选择其重要典籍，奉为宗主。如佛家大乘，空宗则标举《大般若》经，及《中》《百》《大智度》等论为依据；有宗则以六经十一论为依据。其在吾儒，至宣圣以六籍授三千七十之徒；逮魏、晋玄家沟通儒道，始以大《易》《老》《庄》号曰三玄；有宋诸师承魏、晋以降玄佛合流之后，始提振儒风，特宗孔、孟，于是定四子书为依据。凡所崇依，各由其时代之提倡者，自为选定，亦各因其时代之需要，而有深意存焉。居今之时而言孔学，将绍宋、明诸师四子之遗规乎？抑通举六经乎？吾以为六经、四子并是根本，无一可忽，但所为选择者，示有宗旨，庶几治群经或群书皆归宿于是。易言之，皆不离此宗旨。吾平生所以自修而教学者，常以三经为本，曰大《易》，曰《春秋》，曰《周礼》。今略撮三经旨要，分述如后，明吾所以宗之之意。

（甲）大易

一曰《易》之为书，穷神知化，_{东方哲学皆谈本体，印度佛家阐}明空寂之一方面，甚深微妙，穷于赞扬；中国大《易》简明神化之一方面，甚深微妙，穷于赞场。拙著《新唯识论》融佛之空以入《易》之神，语本体较详明。明变易与不易之义，参看《新论》。要归万物，各正性命，详《易·渐》卦。尽天地古今谈哲学者不能外此。

二曰刚健不息，与变动不居之义，发挥宇宙人生之蕴，至矣尽矣。

三曰《易》言之者仁也，仁统万德生生不息之本体也，此不易者也。若只窥见变动而不悟仁体，则人类终古无所庇矣。

（乙）春秋

一曰六经以《易》《春秋》为要，孔子所亲制作也。庄生以内圣外王之学称孔子，《易》明内圣而外王赅焉，《春秋》明外王而内圣赅焉。二书制作极特别，皆义在于言外。

二曰《春秋》以元统天，与《易》云"大哉乾元乃统天"同旨，足证二书为孔氏一家之学。

三曰《春秋》本元以明始化，立三世义，明政制、经济乃至道德等等，皆随世演进。《易》立随卦，明随时之义，立鼎、革二卦，明随时革故取新之义。此与《春秋》相为表里。

四曰《春秋》内其国而外诸夏，以明国家思想；内诸夏而外夷狄，以明民族思想。终乃遣除国家民族之封畛而进至大同太平，其进以渐而不相抵触。《易》卦有家人与同人，亦皆此旨也。《易》又立比卦，伊川《传》曰："万物莫不互相比而生。"此互助论之始，异乎达尔文之言物竞矣，太平思想之根据，亦在是也。《春秋》罪强暴之侵略行为，故孟子曰："《春秋》无义战。"凡战皆斥为不义。而于弱小不能抗御强暴者，则罪之尤不稍宽：如书梁亡，罪梁人之自亡也；书郑弃其师，罪郑人不知整军经武也。略举二例，可概其余。夫弱小不奋发，则强暴无缘抑制，世界何由进于太平，此国家民族思想所由不与大同太平理想抵触也。

五曰《春秋》明世运，文质递变，而救文之弊，不可以过质，船山王子善发斯旨。

六曰《春秋》于世运未进及太平时，姑奖霸统。夫王道者，纯仁之道也，言仁即赅义礼等。非举世相率以仁，固无由太平。若霸者之所为，已不纯乎仁矣，而奖之何邪？霸不纯乎仁，而犹异乎强吞巨噬，残毁万物，绝无信义，悍然以横蛮为务，而毫无忌惮者也。吾战国时秦，及今之希特勒与倭奴，皆人而同化乎兽，乃霸者之所必诛，故五伯之迹息，而秦始逞。近者英人方欲敛其伯权以倾于保守，而希特勒乃横行，幸邱相起而振之，又得美人与苏联之助也。故霸者托乎正谊，犹以文明与人道相声张，其制驭弱小之术，虽非仁道，而较以兽道，犹有几分宽大意思。且弱小如有力图强，则其可得之自由亦较多，非若以兽道待人者，唯横噬之为快也。故《春秋》大桓、文之功而狄秦穆，其恶秦也深矣。《书》终《秦誓》，非夫子删定之旧，盖后来秦人所加也。夫霸者立约以与天下共守者有二焉：一曰不许灭国，如齐桓复邢；对卫，楚庄下宋而不取，皆其著者。终五伯之世，弱小依霸主以存，非甚无道或自处乏术者，固不至见灭于人也。霸统衰而后弱小悉并于强大，次强又并于最强矣；二曰列国交相利，墨子书中主张交相利，亦《春秋》之旨。如葵邱（丘）之会，无曲防，兴水利，筑堤防，不能以邻国为壑。毋遏耀，即是各国的经济，一以均平与互惠为主。霸者所以维持天下之大道，犹未背于仁术。但如朱子所谓不免有许多破绽处，故异乎太平之治耳，然去兽道已远矣。夫人之异于禽兽者几希，若有枭桀之材，挟其野心起而操纵群众，则争端开而人相食之祸剧矣。霸以力假仁，犹足以抑兽道，故未可过斥也。陈同父不肯抑霸，可谓知《春秋》者也。孟子能言《春秋》，而未免鄙霸，异乎通变之学，非吾夫子本旨也，宋以后儒者之迂阔思想，孟子启之也。吾国在今日莫急于图霸，霸且不能，欲勿为人鱼肉得乎！？

（丙）周礼

一曰《周礼》一书，以职官为经，事义为纬，其于治理，直是穷天极地，无所不包通；但有同于《易》《春秋》者，亦是义在言外。其表面只有若干条文，并不铺陈理论，而条文中却蕴藏无限的理论。

二曰《周礼》首言建国，其国家的意义，只欲其成为一文化团体；对内无阶级，对外不成国界，非如今世列强，直是以国家为其斗争的工具。至其所谓辨方正位，是斟酌地理与民性的关系，而为其团体生活之宜，以划分领域，故不容人侵略。

三曰《周礼》政治是多元主义，各种职掌或业务，无小无大，都平列起来，欲令平均发达，不是一种最高权力断制一切。

四曰《周礼》是主张治起于下，此义昔儒已多见到。

五曰《周礼》主张经济组织，一以平均为原则，与《论语》言患不均及《大学》以理财归之平天下同一意思。

六曰《周礼》主张德治与礼治，其余普遍的人民，都要训育以德与礼，非若西人偏讲法治。明儒方正学常欲本其意以见法行事，以为太平可期。

七曰《周礼》的思想，是为《春秋》由升平进太平的理想，故《周礼》与《春秋》相通。

八曰《周礼》颇有刘歆窜乱的地方，汉武所谓渎乱不经之言，时亦有之。方正学曾论及，但其大规模甚好，决非刘歆所能伪造。

吾表章三经，非谓他经可废。盖以三经为主，而群经及诸子皆可与之疏通证明，平生积此意久而未发，写此不获畅意，如今匆匆公布之季刊，世不乏宏达，将有匡我者，是所幸也。

论老庄（答王维诚）

昨灯下得来函，不便展阅，顷方开函。《老子》书作者，古鲜确征，然吾意即《庄子·天下》篇所称之老聃也。详此篇以老子与关尹同为古之博大真人，其师承在此可见。后人以老庄同列道家，自是定案。来函举嵇中散《卜疑》，以老聃清净、守玄抱一，庄周齐物变化、洞达放逸，明老庄不同。其说老尚合，其说庄则甚未妥。顺变化者存乎守玄，不得其玄，何能知变？物万不齐，任之而皆齐者，唯得一故。不贞于一，物云何齐？老子云："天得一以清，地得一以宁，神得一以灵，谷得一以盈，万物得一以生，侯王得一以为天下贞。"夫天也、地也、神也、谷也、万物也、侯王也，物之至不齐也。乃其以清、以宁、以灵、以盈、以贞者，同于得一，则不齐而齐矣。庄周《齐物论》从是出也，故乃"举莛与楹，厉与西施，恢诡谲怪，道通为一"。若使无见于一，而徒曰彼此之别、是非之竞，纵而任之，不齐斯齐，此成何义？夫老子言天地万物皆得一以清以宁乃至以贞者，即凡物各各皆得此一以成。然任物之各成乎清宁灵盈生贞等等者，要莫不皆一焉。故庄子本之，以泯小大之见，息封畛之患，玄同彼我，双遣是非，而休乎天钧。天钧者，一之谓也；一也者，非混同一一物以作一，乃即于一一物而皆见一。于屎见一，于尿见一，而香臭之情舍，故曰"道在屎尿"，否则其能谓屎尿为非屎尿乎？于泰山见一，于秋毫见一，而巨细之见亡，故曰"泰山非大，秋毫非小"，否则其能谓秋毫与泰山等量乎？理穷其至，现前皆一理平铺；事究其真，万有是一真显现，未有不能守一而可言齐物者，庄生其远矣，不达于一，猥言不齐故齐。清谈家无知之肤词，而章太炎犹拾之，其独吾子能勿妄信耶？总之，老子开宗，直下显体，庄子得老氏之旨而衍之，便从用上形容。《老》《庄》二书合而观之，始尽其妙，师资相承，源流不二，稽中散何能窥二氏底蕴？其所说特文人揣摩形似之词耳。老氏致虚守静，其言体但寡欲以返真。所谓"为道日损"，损只是寡欲，寡得尽，真体便显，其旨如此。儒家主张"成能"，<small>详《易系传》</small>。尽人之能，以实现其所固有之天真，欲皆理而人即天也，此老氏所不喻也。老氏谈体，遗却人能而言，故庄周言用，亦只形容个虚莽旷荡，全没有理会得"天行健"的意义，<small>儒道见地根本异处在此，然此中意义深微，昔儒罕见及此</small>。所以儒家说他不知人。其实庄子错处，都从老子来，皆不免滞虚之病。然老子清净，及其流，则以机用世；庄周逍遥，及其流，则入颓放一路。二氏影响又自不同，学老子之清净而无其真知实践，其深沉可以趋机智；学庄周之逍遥而无其真知实践，其不敬，必归于颓故。魏晋玄家皆学庄子而失之者也。庄子言治术，本之《春秋》太平义，而亦深合老氏无为之旨。盖主自由，尚平等，任物各自适，而归于无政府。来问疑其与老氏有异，非是。

杂谈儒墨玄学与生灭

儒家与墨法（与某杂志社）

大刊十三期《学术通讯》栏内载有翁君之论，颇触素怀。魏、晋以后，中国学术思想几被印度佛家排斥殆尽，有宋诸儒起而恢复儒家思想，于是中国人始认识自己。自典午之祸，北中国全沦于胡虏，唐太宗起而振之，未几而天宝之乱，浸淫成藩镇之局，藩帅又多胡人。自是迄五代与夫辽、金、夏之割据，中国之危亡也久矣。宋儒于衰绝之余，提倡孔、孟，躬行力践，拔人于鸟兽之中，试阅《南北史》及《五代史》，当时吾民族悉染胡风，人皆怀禽兽心矣。欲别为文论之，而无暇也。使民族精神团聚，外有强夷，内无叛变。间有小寇贼，然一起即灭，无能为大患者，以群众所不与故。其功不可谓不大。论者辄咎宋儒无救于国之弱，不知自典午以迄于五季，中国无生人之气也久矣。若夫元人崛起，如大飓风，扫荡欧、亚，无敢当者，此殆有气运，难为解释。而谓诸儒不能挽救中夏之危弱，何责之苛乎？然宋儒亦有二失：一曰：只定孔、孟为一尊，而排斥诸子过甚，则思想不宏放，即力量终欠活跃也。二曰：宋儒只言复仇，复仇者，复赵氏之仇耳，何足鼓舞群情？若能如郑所南、王船山、吕晚村、顾亭林诸先生盛倡民族思想，则两宋局面，或当不致如彼也。儒家祖述尧、舜，宪章文、武，其道之大，则"范围天地之化而不过，曲成万物而不遗"，所谓"致广大而尽精微，极高明而道中庸"。又诸子百家所自出，本为中华民族的中心思想，今诚宜发皇光大，但不可如宋儒之拘碍。道、墨、名、法，兼容并包，去短采长，即外化亦所不拒，吸取其优；思想不限于一途，而未尝无中心。譬如五官百体，各各发展无碍，而脑为中枢，若仅护头目而不顾四体，未有能生存者。吾嘉宋儒之功而病其碍，永怀当今，远资殷鉴。翁君所举墨法二家优点，吾均赞同。然墨子逻辑谨严，则大《易》正名定辞之学也；其精制造，即大《易》制器尚象之遗也；兼爱兼利，即《易》所谓"利者义之和"也；兼利之旨，又即《大学》以理财归之平天下，与夫絜矩之道也。人类欲免于自毁，舍此道无由。墨子言大同，《春秋》太平义也；其抗御侵略，则《春秋》无善战，及书梁亡之旨也；书梁之自亡，罪其不能自存也。其"摩顶放踵，以利天下"，与杀身成仁不异也。墨之通于儒者岂一端哉？此略言之耳。孟子曰："徒善不足以为政。"则已兼采法家思想。然又曰："徒法不能以自行。"则儒家主张毕竟有不可颠扑者。商君以法治，致秦于富强，唯其立法之初，躬自行之，是以其法有效。武侯尚法治也，而本之开诚心，布公道，故能以法治而开蜀汉之基。以儒术融法家而为治者，吾于武侯无间然矣。

谈生灭（与谢幼伟）

两函均到，前一函云：治新学者多迷信西说，以辞理之分析为能事，其结果分析虽精，而了无生气，此非卓识不能道也。然老迁所感，时人于辞理分析工夫，恐不无稍欠耳。学问之事，畛域分明，而后得以专精，以逻辑还逻辑，而勿轻移逻辑上之概念以结构哲学，或较妥当耶？逻辑无论有若何派别，要之不外为慎思明辨之术而已，是故哲学之所必资。然哲学者之所自得，毕竟由脱然超悟，神妙万物，初不由思辨之术，但如仅止于神悟，则恐务本而遗末，弊不胜言。中哲之失在此。故透悟矣，而犹必精研事物，穷散著以观会通，始证实其所超悟者，夫而后为本末赅备之学，方其精研事物，则慎思明辨之术不可以不精也。惟其有超悟立于先，则思辨不至流于纷碎与浮乱。辨之明、思之慎，则超悟益引发而无穷，至此则事事物物皆真也，一切知识皆智也，哲学所以为活泼有用者在此。承示生不容住，则生与灭等将不可言生，今已言生，则生当有住，如电光之一闪一闪，就此一闪言，必有前后可分，必有住之可言，否则此一闪即不能实现也云云。此一问题极紧要，看就何处说耳。《新论·转变》章是就本体流行上立言，明其生而不有则不容住者，乃实际理地也。使其有住，则是依本体而产生别一物事，仍与体对立矣。电之一闪，才闪便灭，何曾留住得刹那顷耶？其一闪一闪，自是电之实现，然就彼一闪一闪的本身言，根本无有物事留住，虽灼然妙有，而确尔空无。既亦有亦空，则时间观念于此本无安顿处，其以一闪一闪分前后者，乃吾人结习所为也。生灭之理，惟闪电一喻最切，吾子似疑才生便有住，实则造化微妙，生而无生，无生而生，竟是生不容住，此未可以日常缘物之习心去推测也。然虽说生不容在，并无碍于吾人所见有住之万物。自俗谛言，不妨依生灭灭生相续流，故假说有物，才说有物，即是物得住也。此意在上中两卷亦时说及，下卷《成物》章更加推阐。谈理到究极时，总不可说向一偏云，分明是矛盾，而又分明是同于大通；分明是可说，而又分明是不可说。住与不住，两可言而两不可言，默识焉可也。

吾书中所说生生化化意思，是就本体流行上说，易言之，即超脱物的观念而言。如以生物发展的观念而推衡吾所谓生化之义，自不能相应，望更详之。

论玄学方法（答谢幼伟）

十月十三日来函，收到即复。承示数点：第一，谓吾平生非孤恃性智而无事于量智者，此则诚然。第二，谓玄学纯恃性智，此"纯恃"二字危险极大云云，吾子用意甚善，但吾前信，仓促间少说一段话，故贤者有此虑耳。吾前信云：见体以后，必依性智而起量智，即昔儒所谓不废格物穷理之功是也。此但为耽虚溺寂者防其流弊，如阳明后学盛谈本体，而于综事辨物之知则忽焉而不求，此可戒也。夫量智者，缘物而起也，一切物皆本体之流行也。于流行或万象而推度其本，本谓体。终止于推度之域，非本体呈露也。夫见体云者，即本体呈露时自明自见而已，非以此见彼也。量智推度时，则以本体为所度之境，如度外在的物事然。故量智起时，本体不得呈露，而何有见体可言？前信云纯恃性智者，意正在此，此中义蕴渊微至极。孔子所云默识，从来注家均是肤解，虽朱子亦未得臻斯旨也。<small>寂默者，本体也。识者，即此本体之昭然自识也。</small>若于佛经有深澈了解，又必自己有一番静功，方可于此理有悟。不然，谈见体总不能无误会也。西哲毕竟不离知解窠臼，吾故不许其见体也。难言哉斯义也，但见体虽纯恃性智，而量智并非可屏而不用。万物既皆本体之流行，则即物穷理之功，又恶可已哉？所患者，逐物而亡其本耳。有智者，悟量智之效用有限，而反诸性智，以立大本，则智周万物而不为逐物，一皆性真流行，岂谓量智可屏弃哉！学问须本末兼赅。求本而遗末，不免蹈空之病，非吾所谓学也。自量论言之，"量论"一词，见《新论》上卷《绪言》中。见体之见，佛家谓之真现量，<small>言真者，简别五识等现量。</small>亦云证量。若于经验界或现象界求其理则，依据实测而为种种推度，证验毕具而后许为极成，佛家说之为比量。证量属性智，比量属量智，二者不可偏废。此中千言万语说不尽，冀有机缘，得与吾字面论。第三点，西哲见体与否？不妨且置。此等问题，非凭知见可以判决。须放下知见，别有一番工夫，才可辨其得失。

关于宋明理学之性质

（一）复张东荪先生

北大转到来教一封，系弟未抵平时所发，本日又得惠书，兹略答如左［下］：

一、前函谓宋、明儒实取佛家修养方法，而实行儒者入世之道，其内容为孔、孟，其方法则系印度云云，弟于此微有异议。果如来教，则宋、明儒学，乃两相搭合而成，如此拉杂，成何学术？为学方法与其学问内容，断无两相歧异之理。向来攻宋、明诸师者，皆谓其阳儒阴释，此真横议。吾兄不谓宋、明学全出释氏，但谓其方法有采于彼，是其持论，已较前人为公而达矣。然弟犹有异议者，何耶？则以孔、孟儒学之内容，必不能全用印度佛家方法故也。夫孔曰“求己”，曰“默识”；孟曰“反身”，曰“思诚”。宋、明儒方法，皆根据于是，虽于佛家禅宗有所参稽兼摄，要非于孔、孟无所本而全由葱岭带来也。朱子讥陆象山之学由葱岭带来，今借用其语。凡一学派之传衍，恒缘时代思潮，而使旧质料有所蜕变，新质料有所参加，此中外所莫不然。宋、明之世，佛家禅宗思想已盛行，诸儒不能不受其影响，亦何足怪？实则宋、明儒于孔、孟之形而上学方面确属深造自得，而有伟大之成绩，其思想皆自成体系，但散见语录，非深心体玩则莫之能知耳。至若甄验物理人事，足以利用，则晚周儒生之学所为广博，而不偏于玄学一途，宋、明儒则不免疏于实用，亦参融禅学之过也。陆、王之徒既反对程、朱《大学》格物之训，而程、朱以即物穷理言格物，又但有主张，而未尝详究方法。其平居体验人事物理，盖不外暗中摸索与凭颖悟所傥获，既无精核之方法，则虽明物察伦，亦往往冥会其通，而未尝解析部分、明征定保，以构成某一部门系统的知识，此科学所由不发达也。

兄疑其方法全采印度，或以此欤，然弟则以为宋、明儒本偏于玄学一途，其玄学方法仍承孔、孟，虽有所资于禅，要非纯取之印度，故于尊论微有异议也。夫孔门重"六艺"，礼、乐、射、御、书、数，即简单的科学。孟子精研政治与社会问题，特有发明，非但为鞭辟近里之功而已。及宋、明儒则一意反身默识，以充其德性之知，而于征事析物，即所谓闻见之知，则不免视为外驰，虽此言容稍过，至少亦有此倾向，是其视晚周儒家已变而狭矣。大抵东方哲学与西洋科学各有范围、各有方法，并行则不悖，相诋终陷一偏。科学以由感官所得经验为依据，非用客观的方法不可。哲学所穷了者为本体，而宇宙本体实即吾人所以生之理，斯非反求与内证不为功。故东方之学终非科学所能打倒。明知此论为时贤所不许，但不妨向吾兄一倾吐耳。

二、第二函谓英人怀特海之哲学，与弟之《新唯识论》

颇有相通之点，余生撰一文，以相比较。余生于怀特海既未知所得如何，其于《新论》至多不过粗通文句。文句有限也，而文句所诠之意义乃无限。余生目前尚未了解《新论》，又何从比较耶？今学子习于肤浅，吾侪从事论述，唯此孤心长悬天壤耳，若欲索解人于当世，恐为自苦。

三、前夕尊寓畅谈，孟劬先生略及今之治史志者，异执朋兴，此诚无可如何。弟以为今日考史者，皆以科学方法相标榜，不悟科学方法须有辨。自然科学可资实测，以救主观之偏蔽；社会科学则非能先去其主观之偏蔽者，_{先字是着重的意思，非时间义。}必不能选择适当之材料以为证据，而将任意取材，以成其僻执之论。今人疑古，其不挟私心曲见以取材者几何？真考据家亦须有治心一段工夫。特难为今人言耳。

（二）张东荪复熊十力先生

复书拜悉，所论宋、明儒学与佛学之关系一段，细绎之，与弟所见亦无大差。特弟前函太略，未将所欲言者充分说出耳。弟以为反身、思诚等，在孔、孟本人或有此种体验，但当时并未厘为固定之修养方法。自宋、明诸儒出，有见于禅修，乃应用印度传统之瑜伽方法从事于内省，_{由敬与静而得。}遂得一种境界。此境界虽同为明心见性，然与佛家不同。盖佛家所得者为实证真如，而宋、明儒家所得者为当下合理。二者所达不同，而其为内修则一也。以西方术语言之，则一为玄学的，一为伦理的；一为求见宇宙之本体，一为体合道德之法则。潜修以窥破本体，其结果得一"寂"字，一切皆空，而空亦即有，于是事理无碍，事事无碍。潜修以体合道德，"道德"二字似太狭，不如直呼为做人，较妥。其结果得一"乐"字。宋、明儒者之诗如有云："万物静观皆自得。"与时人不知予心乐者，不可以寻常句子看待也。故印度之文明，始终不离为宗教的文明，而中国之文明，则始终不失为伦理的文明。宗教的文明，无论其本质何似，而总不免有出世色彩，至于伦理的文明，则纯粹为入世之物。此点可谓宋、明儒者在人类思想史上一大发明。弟将为长文以阐明之，不知公亦赞成否？漱溟于此似已稍稍窥见，特不知与弟所领会者果相同与否耳？

（三）再答张东荪先生

答教拜悉，弟以为儒家与印度佛家同为玄学，其所不同者，一主入世，一主出世而已。真如不是一件物事，除却当下合理，又何所谓真如？《涅槃经》乃最后了义，即于心之"常乐我静"而说为如。具云真如。故"乐"之一字，不必为儒佛之判也。唯佛主出世，故其哲学思想始终不离宗教；儒主入世，故其哲学思想始终注重伦理实践。哲学不止是求知，而是即知即行，所谓体神化不测之妙于庸言庸行之中，此儒术所为可贵也。总之，儒佛二家之学均广大渊微，浅智所不能了，今人亦无肯肆习者。尊论何时脱稿，甚愿得一读也。

又"当下合理"一词，若深究其涵义便甚难言。其所以为当下合理者，以是本体呈显故耳，若不见体，又何当下合理可言？夫子"七十而从心所欲，不逾矩"，才是当下合理之极致。佛位亦不过如此。凡夫本有此种境地，但习染所蔽，不克发现，不自证得耳。吾兄以求见本体归之佛，而谓儒者为体合道德之法则，似谓当下合理，即缘体合道德法则之效果，此弟所未能印可者。须知，若不见体，则所谓道德法则便纯由外铄，而无内在的权度。此告子义外之论，所以见斥于孟子也，唯见体故，斯有道德之法则可言。孟子所谓居安资深，取之左右逢源者，乃无往不是天则，无时无在而非当下合理。宋儒诗所谓"等闲识得东风面，此喻见体。万紫千红总是春"，可谓善于形容。到此境地，佛谓之"大自在"，儒者谓之"乐"，《涅槃经》亦谓之"乐"。

儒者的然实证本体，而不务论议，专在人生日用间提撕人，令其身体力行，而自至于知性知天。知性知天，即证体之异语。故儒家之学，自表面观之，似只是伦理学，而不必谓之玄学，实则儒家伦理悉根据其玄学，非真实了解儒家之宇宙观与本体论，则于儒家伦理观念必隔膜而难通。

儒家注重践履，此其所长，而由此不务敷陈理论，则了其精义宏旨者，仅少数哲人，而大多数人乃无从探索，而不见其有何物，此亦儒术所以衰也。

《华严》四法界，归于事事无碍，到此与儒家无二致，会通四子、六经，便见此意。

弟每欲有所论述，故衰世百艰，苦无意趣，若有少数同志随时短简商榷，必不无所解发。朱子诗云："旧学商量加邃密。"至有味也。

（四）张东荪再答熊十力先生

子真先生：二次复书拜悉，弟意尚有未伸者，请再为公陈之。弟以为所谓玄学的与道德的云云，甚至于本体论、宇宙论、认识论之分别，皆基于西方学术重分析之精神而出，遂有此种分别部居之事。至于东方则根本上为浑一的，故谓宋、明儒学为道德的一语，却决不包含有宋、明儒学为非玄学的之义在内。以在西方所谓道德的与玄学的二义可以互相排斥，而在东方中国，则此二义非但不相排拒，且常并为一义，不可强分。尊函论及本体一层，弟自西洋哲学之观点以观，觉稍有伸论之必要。盖弟始终以为本体论为西方哲学之特色，有人谓认识论为西方所独有，殊不知印度哲学上之认识论实甚精微。印度哲学亦讲本体，但其本体即是所谓"如"，并不是一件东西，以西方术语言之，乃系以宇宙论代替本体论也，中国思想亦然。中国最古之玄学自是《易经》，《易经》只讲宇宙论，而无本体论。若以不甚正确之言表之，则可谓西方确有本体论，印度只是以宇宙论当本体论讲，中国又只是以人生论当本体论讲。吾谓宋、明儒者修正之结果得一"乐"字者，其玄学的背景当然根据于《易》，此即生生不息之理。以大宇宙之生生不息，遂致小宇宙即个人能有"此心活泼泼地"之一境也。因其玄学的背景不同，故佛家之修证与宋、明儒者亦不同。弟尝谓佛家之修证在于得"见"，其为见也，犹如庖丁解牛；宋、明儒者之修证在于所"行"，其为行也，恰似行云流水。因其为见，故当下直指；因其为行，故为遍体流行。其结果，得见者只能得一"澈"字，而得行者乃可得一"乐"字，此二者之别也。且弟始终觉得西方之道德观念与宇宙见解、本体主张可以相关联，但仍必为三者，不可混而为一。中国不然，其道德观念即其宇宙见解，其宇宙见解即其本体主张，三者实为一事，不分先后。此种态度，在西方则统名之曰神秘主义而鄙视之。弟则以为中国思想之优点亦正在此，特如何以保留此种优点而仍能卓然自立于西方文明大昌之今日，则颇为问题。诚以东方之"自得之乐"与西方之"驭物之智"如何融合并存，不得不大费苦心矣！弟极思有以解决之，而深感一人之力有限，此则非区区短笺所能尽述者也。

论本体书与说理书（答自昭、孟实）

昨谈各话，恐未达意，吾拙于辞，略申如下：一、本体真常，老子言"常道"。道者，本体之目。常者真常。佛氏言"真如"。佛说"真如"，亦本体之目。真谓真实，如者，常如其性，不变易故。论与疏皆云，真即是如，言真实即不变易，不变易者言其常也。西洋哲学，其否认本体，与夫以动变言本体者，可勿论。若其以真常言本体者，亦与东哲真常意义有相通处。至其陈说所见，有仁、智、浅、深等等不齐，其思想各成体系，则吾大《易》所谓一致而百虑也。本体真常，是一致处，而向下所见各不同，是百虑处。余于真常意义，体究数十年，若道本体不是真常的，则虚妄法，何得为万化根源，何以名为本体？若道本体的自体，是真常的，却又当深究。须知，一言乎本体，他便不是空无的，故有其自体可说。但此真常之云，既以不生不灭、不变不动为义。则此本体，便是兀然坚凝的物事，他与生灭变动的宇宙互相对立，如何可说为宇宙本体？吾于此，苦究数十年，直至年将半百，而后敢毅然宣布《新论》。以体用不二立言者，盖深深见到、信到，不能把本体的自体，看做是个恒常的物事，而恒常者，言其德也。吾取一譬，如《易》之坤卦，以地"方"为言，后人遂谓《易》言，地之自体，是方的，此实错误。方者，言地德也。方故承乾而无邪曲，此地德之所为美也。吾《读经示要》已解明。以此例知，曰真、曰常，皆从本体之德，以彰之也。

儒者言天何耶？天者，本体之目，即真常义。《中庸》卒章，引《诗》曰："'德輶如毛'，毛犹有伦，'上天之载，无声无臭'，至矣。"此以虚无言天德也。无声无臭，即是虚无义。虚无者，无形无象，无染污，无作意，故名，非空无之谓也。言诚，即真实义，亦言其德也；言刚健，言生化，亦言其德也；言元亨利贞，皆言其德也。德字义训，曰德者，得也，若言白物具白德，则以白者，物之所以得成为是物也。今于本体而言真常等等万德，则真常等等者，是乃本体之所以得成为宇宙本体者也。若无是诸德，何得肇万化而成万物，即本体之名，无可立矣。

德字含二义，曰德性，曰德用。德性之性，不可以西文性质字译，此性字极灵活也。德用之用，亦不可以西文能力或作用翻，此用字极灵活也。此等名词，望细心斟酌，勿便姑置。

佛家"果俱有"一词，"果"，谓现行。现行即识之异名，详基师《述记》。"俱有"者，据无着、世亲以至十师一家之学言此语注意，则现行识复词乃与其自家种子，同时俱有也。"现"生起时，即"现"有自体。而其从生之种子，本藏在赖耶中，未消灭也。故说种子所生之果，是与种子俱时而有的。俱时犹言同时，佛书每有此等文句。此以简别因与果异时。《述记》有明文。

佛家一方是决定论，一方要破除决定而得大自在。孟实疑其说不通，然而，他于此却有说，即转依义是也。转依有二义，转舍、转得。转舍杂染，转得清净，以此二义，破决定而得自在也。佛号大雄，大无畏，重精进，非如此，不堪破决定之势也。然彼终有说不通者，即彼谓众生无始时来，只是阿赖耶识作主公。此有明文。一向是有漏种子现行，有漏即染污，即是恶。无漏种虽寄存赖耶，而亘古不得发现，直等于无有。彼主张从有漏善起修，驯至引生无漏种发现，则在入地时。佛家经许多修行，而后更有十地。必历至十一地，方成佛。入初地时，名入地。如其说，由有漏引无漏，是谓蒸沙可成饭也；是内自无本，而纯由外铄也，此其不可通也。

227

赖耶之说，虽由后起，然释迦本人最初说十二缘生，章太炎最推尊此说，由其不识自性故。则以人生本性，纯是无明的。十二缘生，无明为导首，详《通释》。后来阿赖耶说，理论虽繁密，而根本旨趣，与释迦同也。揆以大《易》继善成性，《论语》人生也直，孟子性善，阳明良知等说，释迦终是异端。

佛家思想深刻处，可爱敬。在形而上方面，穷到极广大极幽玄处，乃凡夫小知小见所不能入，此最可爱敬。其由理智分析，而归趣，现观此词，解说太繁，姑略。或证会，真治哲学者所不可不深穷也。然其包含无量矛盾、冲突，种种空想与戏论，实须简择。佛氏是大诡辩家，虽其说足以豁人意理，而亦足陷人于混沌与糊涂，则非具大慧眼者，又不容轻学也。人心日习于卑下，已不成乎人，吾本欲青年学子提振精神。然默观士习学风，日趋浮薄，不要与言向上事，只有万劫为奴。吾年逾六十，诚无足计，不能无同类之戚耳。

昨谈甚快。宋儒似有云：理，虽散在万事，而实管乎一心。语句或稍不同，不能全忆，而意实如此。每闻学者好举此语，实不澈也。由此说，理仍纯在事物上，心能管统事物之理，而心犹不即是理也，凡宗守朱子学者皆主此说。若如我义，心物根本不二。就玄学上说，心物实皆依真理之流行而得名。真理即本体之名。佛家以真如，名为真理。伊川、朱子好云实理，亦本体之名。此义见透，即当握住不松。因此在量论上说，所谓理者，一方面，理即心，吾与阳明同；一方面，理亦即物，吾更申阳明所未尽者。程子曰理在物，科学家实同此意。如此，则先肯定实物，再于物上说有个理，是乃歧物与理为二也。自吾言之，物之成为如是之物，即理也。不可将物与理分开。据常识言，即执物而求其理，智者却于万物而识众理散著，由此见理世界，实无所谓物的世界也。你谓然否？吾欲量论中详谈理，老当昏世，恐未能也。《新论·功能下》章，有一段谈理气，面说理之一词，通体用而言。用之一名，核以吾义，则先于所谓理气之气，亦即是用。而用亦即是理，固不当离理与气而二之也。

伊川云：冲寞无朕，万象森然已具。以吾义通之，冲寞无朕，说为一理。万象森然，不可徒作气来会。当知万象森然，即是无量无边的众理，秩然散著也。万象云云，即吾所云用。用，即众理散著。前言，用亦即是理者，以此。冲寞无朕，而万象已具，是一理含无量理，故言体而用在。又当知，万象森然，仍即冲寞无朕。故言用而体在。是无量理，本一理也。一为无量，无量为一。宇宙人生真蕴，如是而已，妙极。

哲学谈到形而上之理，自是真真实实的物事。佛家云真理，伊川云实理，意义深微，如非真实，何能备万德而肇万化乎！空洞的形式，无实体而靡所寄。且无能生德用，将别假材料，而与之合以成物。不悟空形式，与顽笨材料，二本相离，又如何结合耶！前儒言理气，已多误。程、朱犹未免支离，后学更甚，今天不堪问矣。自昭能卓然宗阳明而不惑，是足慰也。此信与孟实、秉璧两先生同看。

答牟宗三问格物致知书

昨奉《读经示要》第一讲油印稿，喜甚，细读一过，大义昭然。据六经之常道，遮世出世法之僻执，曰：耽空者，务超生，其失也鬼。执有者，尚创新，其失也物。遮表双彰，可谓至矣。继陈九义，始于仁以为体，终于群龙无首，规模宏阔，气象高远。盖吾师立言，自乾元着手，会通《易》《春秋》，及群经，而一之，固若是其大也。第九义中，讲愿欲依性分而起，不必其偿，令人警惕赞叹不置，顿觉精神提高万丈。人类学术之尊严，胥由此起。孔、孟立人极，赞化育，本以此为其根本精神。理学家杂以释老，此义渐隐没不彰。德国哲人立言，庶几乎此；而英人则全不能了此。时下人心堕落，全无志气，闻之必大笑。然非圣贤心思，不能道之矣。后面讲《大学》，宗微有不甚了然者，即致知在格物一语。据吾师所演释，似不甚妥。致知之知，若取阳明义，指良知本心言。而格物一词，复因顾及知识，取朱子义。今细按致知在格物一语，则朱、王二义，实难接头。朱子义甚清楚，然即物而穷其理，以成知识。与诚意、正心究无若何必然之关系？朱义于物格而后知至，可讲通。然知至，而意不必诚，此其义终难通。阳明即把住此点，将朱子向外一行，全转过来。知，定为良知。物，训为意之所在。格物，则成为正念头，亦即成为致良知之工夫。此则与正心诚意，步步紧逼，有必然之关联。然阳明之系统，大体虽顺，而其中之"致"字，似有歧义。试返诸吾侪所意谓，致良知，即是复良知。良知既是本心，然为习心所蔽，故须复。复之工夫即格物。良知完全呈露，则事事自然合理致，若作复义解，则此段工夫，即为内向历程。然阳明之言致良知，常是兼内外，而为一整个、一来往。若作复义解，则是内向。若是外向，则"致"字当是推扩义。试就"致吾心之良知于事事物物"一语而言之，此语可解为在事事物物上，复吾心之良知，此即是内向；亦可解为推扩吾心之良知于事事物物而皆得其理，此即是外向。阳明之言致，究是何义，并未表明清楚。然无论如何，总持言之，内向，外向，义虽有别，次序亦异，而总不冲突。惟关键在复，立言之着重处亦在复，而外向则是其委也，亦可兼内外同时而言之。内向之复，同时即是外向之推扩，成为同时俱起之一整个、一来往。若揆之致知在格物，则内向义为顺。吾师所讲者，则似为外向之推扩义。致知之"知"，既是良知或本心，则欲诚其意者，先致其知一语，便是内向之最高峰。是则此语中之致知，以复义为重。然本体非只是虚寂，亦不可以识得本体，便耽虚溺寂，而至于绝物。亡缘返照，而归于反知，此经之所以结归于致知在格物也。吾师训格为量度，下举诸例，如事亲，如入科学试验室等，皆明本良知以量度事物。凡量度事物，皆为良知之发用。是则致知在格物一语中之"致"字，全成外向之推扩义，既与前语中之致知不相洽。不一致。而按之经文，宗总觉其不顺妥。一切知识，莫非良知之妙用，在一独立系统中，自无可疑。知识如何安顿，亦自可由此而解答之。然凡此诸义，皆不必牵合于"致知在格物"一经句。或吾师欲托《大学》经文，以立教，则非所取议。

来函谓"欲诚其意者，先致其知。"此"致"字，当作"复"义解。复，便是内向。而以吾解"致知在格物"一语中之"致"字，全成外向之推扩义，以此疑其不顺妥。吾子此段议论，恐推求太过。夫心，无内外可分也，而语夫知的作用，则心有反缘用焉，缘者，缘虑义，参考《新唯识论》上卷。反缘，谓心之自明自了，亦云自知。似不妨说为内向。有外缘用焉，外缘，谓缘虑一切境。夫一切境，皆非离心而外在者。今此云外，何耶？境，本不在心外，而随顺世俗，不妨说为外耳。心于所缘境，起解时，便似作外境想。故假名为外。似不妨说为外向。但内外二名，要是量论上权宜设施。量论，犹俗云认识论。实则，境，不离心独在。虽假说外缘，毕竟无所谓外。且反缘时，知体炯然无系。知体，犹云心体。无系者，心反缘时，只是自知自了而已，不起外境想，故云无系。外缘时，知体，亦炯然无系。外缘时，虽现似外境相。而知体澄然，不滞于境，故亦无所系。知体恒自炯然，无定在，尔实无所不在。何可横截内外，而疑其内向外向之用，有所偏乎？《中庸》曰："合内外之道也，故时措之宜也。"辞约义丰，切宜深玩。

函云："欲诚其意者，先致其知"一语中之"致"字，当作复义解。此亦未审。经文，从欲修其身者，先正其心，逐层推到诚意在致知。所说本是一事，而分许多层次，只以义理自有分际，不得不别析言之。身之主宰是心，此身若为私欲所使，即私欲侵夺天君之位，是为心不在。而身不得修，故正心，即心在之谓。可详玩《示要》解正心处。易言之，即是复其本心。来函云：良知既是本心，然为习心所蔽，故须复。此义甚谛，但已于正心一语中见之，不当于致知处说。

意，是心之发用，本无不诚。而曰诚意者，吾人每当本心发用即真意乍动时，恒有私欲或习心，起而用事，障碍真意，此谓自欺，此谓不诚。故诚意工夫，是正心关键所在。易言之，即复其本心之关键所在。然诚意工夫，如何下手？此是一大问题。若非立大本，持养于几先，仅于私欲或恶习萌时，欲致克治之力，则将有灭于东而生于西之患，而终不免于自欺。故立大本为最要。

大本非他，即良知是也。良知者，意之本体，即前云正心之心是也。前但出心之名，而未说及心是甚么。此则切示心体，即是知。知即良知之知，非知识之知。知是清净炤明。虽私欲炽然时，此知亦瞒昧不得。吾人只依此内在固有之知，而推扩去。"诚意先致知"之"致"字，是推扩义。下文"致知在格物""致"字，亦推扩义。知是大本，推扩，则大本方立定。大本既立，则私俗不得潜滋，而意无不诚矣。

问：何故推扩方是立大本？答曰：此等处，非可空思量，须切实反己体认。夫知为良知，即是本体。本体亘古现成，何待推扩？欲释汝疑，须先分别二种道理。一、法尔道理。此借用佛典名词。法尔，犹言自然。儒者言天，亦自然义，自然者，无所待而然。物皆有待而生，如种子，待水土、空气、人工、岁时，始生芽及茎等。今言万有本体，则无所待而然。然者，如此义。他自己是如此的，没有谁何使之如此的，不可更诘其所由然的。故无可名称，而强名之曰自然，或法尔道理。二、继成道理。《易》云继善成性，此言吾人必继续其性分中本有之善，以完成吾人之性分。盖本体在吾人分上，即名为性。而人之既生，为具有形气之个体，便易流于维护小己之种种私欲或恶习，而失其本性。易言之，即物化而失其本体。故人须有继成之功，以实现其本体。论语云："人能弘道，非道弘人。"道，即本体之名。弘，即推扩之义。吾人能弘大其道，继成义也。道不能弘大其人。人不用继成之功，则人乃物化，而失其所本有之真体故也。

就法尔道理言，本体无待，无对待也。法尔圆成，法尔圆满，无有亏欠。法尔成就，不从他生。似不待推扩。然所谓圆成者，言其备万理，含万化，易言之，即具有无限的可能，非谓其为一兀然坚住的物事也。故其显为大用，生生化化，无有穷竭，即时时在推扩之中。王船山释太极一词曰：太极者，无有不极也，此是法尔圆成义，是具有无限可能义，此似不待推扩。无有一极也。是时时推扩义。则似不待推扩者，而实恒在推扩。《诗》曰："维天之命，于穆不已。"天，谓本体。命，谓本体之流行。于穆，深远义。不已，即推扩无终极。《易》以天行健，象乾元，即有推扩义。故吾儒言本体，与佛氏以无为、无造显本体者，无造，即不生不灭义。是常守其故，而无新生。本体便成僵固的死物。天壤悬殊。吾人不当虚构一兀然坚住之本体，妄起追求，唯应体现其所本具推扩健进之本体，以立人极。

就继成道理言，本体，在吾人分上，即名为心，以其为吾身之主宰，故曰心。亦名为知。知即是心，唯以其清净炤明，故名为知。心之自相，只是知。除却知，更有什么叫作心。此知，是无知无不知。无知者，非预储有某种知识故。如无子女者，决不会预备有若何顾复婴孩之知识。乃至自然科学上一切知识，若非用其知力于自然界，去征测，即此等知识，亦不会预有之，故云无知。无不知者，此知，是一切知识之源。如妇人之初生子女，便有善为抚育的一切知识。乃至自然科学的知识，只要推致吾之知力于大自然，则此等知识，亦自开发。故曰无不知。余之此说，在宋、明理学家及禅家闻之，必多不满。今此不及辨。**申言之，知体，只是具有无限的知之可能。吾人必须保住此知体。**此知，即是本体。故云知体。或问，一言乎知，便是作用，如何径说为本体？答曰：此问甚善。然须知，即用见体，不妨说知即本体。譬如于众沤识其为大海水之显现，不妨于众沤，直说是大海水。今说知即本体，义亦犹是。保任二字，须善会。保者保持，任亦持义。保任此知体，勿令私欲或习心，得起而障之。吾人日常生活中，不论动时静时，常是知体昭然为主于中，却赖保任不松懈。保任，便是推扩中事。**因其明而推扩之，使日益盛大。**明者，知体之发用。**如孟子言，是非之心，为智之端。**端如丝之绪，至微者也。**盖以知体之明，在凡不减。**凡夫何曾损减得，只为私欲或染污习气所障蔽，而不甚显发耳。**其日用之间，于应事接物，或能明辨是非，不至迷乱。此正是其知体微露端倪。但凡夫不知保任此端倪。**端倪，即知体之明。常保任之，则知体透露矣。颜子卓尔，如有所立，是也。惜凡夫不悟。**每有初念顷，是非不惑。及稍一转念，便为私欲所使，而障蔽其本明。故学者求自远于凡夫，必于一念是非之明处，引其端而扩之。至于穷万理，达至道，得大智慧。庶几知体展扩，渐近极度。**言渐近者，实无有极度也。佛家以成佛为究竟位，是有极度。《诗》曰："维天之命，于穆不已。"文王之德之纯，纯亦不已，便无究竟位可言。夫渴想极度者，妄情也。不欷极度，而行健不息者，真达天德也。使果有极度，则本体将为凝然坚住之物。而大用息，是孔子所以叹夫《易》不可见，而乾坤息也。佛家说真如是无为，无造，此其妄也。呜呼！安得解人，与之论儒佛乎！故曰：是非之心，知之端也。孟子之言扩充，其义韪矣。或问：先生言推扩，究须有保任工夫。而解致字，却似偏取推扩一义，何耶？答曰：保任，自是推扩中事，非可离推扩工夫，而别言保任也。推扩者，即依本体之明，而推扩之耳。"依"字，是顺从义，即保任之谓。吾人只念念顺从吾知体之明，而推扩去，则私欲或习心，自不得起。推扩工夫稍歇，则习心便乘间而横溢。反省深者，当知此事。保任，亦只是依从知体之明，推扩去。非是别用一心，来把住此知体，可云保任也。如别用心来把持便是无端添一执着的私意，即知体或本心，已受障蔽。理学与禅师末流，多中此毒。

经文致知之"致"字，本是推扩义，保任意思自在其中。然经直以拉推扩标义，隐含保任，却不直标保任者，此中大有深意。试详玩后儒宋、明儒语录，大抵以为知体或本心，是本来具足，吾亦承认本来具足，但是具有无限的可能。而禅与理家不必同此。本来现成。故其谈工夫，总不外保任的意义为多。程、朱居敬工夫，只是保任，不独明儒昌言保任也。单提保任，则可以忽略推扩义，以为现成具足之体，无事于推扩也。明道《识仁篇》云："此理不须穷索，以诚敬存之，存久自明。"存，即保任义。格以经文致知之"致"字，即推扩义者，乃见明道纯是道家之徒。道家不言推扩。其旨与佛氏为近。宋、明儒始终奉《识仁篇》为宝训，其于仁体仁体，亦即知体。仁与知非二也，特所从言之方面不同。实只有保任，而无推扩工夫。充其保任之功，到极好处，终近于守寂，而失其固有活跃开辟的天性。其下流归于委靡不振，而百弊生。宋明以来，贤儒之鲜有大造于世运，亦由儒学多失其真故也。故言推扩，而保任义自在其中。单提保任则可以忽略推扩工夫，而其弊有不可胜言者。总之，知体是主宰，依从知体之明，而推扩去，便是工夫。即工夫即本体。本体亦云知体。如充一念是非之知，可以进至极高的智慧境地。工夫推扩不已，不令此知体被私欲障碍。引而伸长之，即是本体展扩不已。此乃人道之所以继天成己，天者，本体之名。人继续其所固有之本体，而不致物化，是名继天。己谓性分，非小己之谓。人完成其性分，曰成己。而立人极也。是谓继成道理。

经文于修身先正心处，已明复义。因为此正字，即是《易》言正位之正，即明心为身之主宰，当正其天君之位，而不为私欲或习心所侵夺，故是复义。但此处只作一番提示，并未说到如何用功去复。继言诚意，便显意，是心之发用于此，却要用功。必勿以私欲或习心来自欺其意。如此，方是诚意，而心不致放失。然不自欺工夫即诚意工夫。不是仅在发用处可着力，必须立大本，大本非他，还是要认明自家主宰的头面。主宰，即上所云心。此个头面即是知。所谓良知。阳明诗云：而今说与真头面，只是良知更莫疑。如此亲体承当，得未曾有，然自识得此大本已，大本即知，亦云良知。必须依从他良知推扩去，如渊泉时出不竭才是。渊泉，喻如良知。时出者，渊泉随时流出，喻如良知之明，随时推扩。本体良知，原是推扩不容已，工夫亦只是推扩不容已，即工夫即本体。吃紧。焉有现成具足之一物，可容拘隘而坚持之乎？佛家说到知体，佛所云智，亦相当于《大学》经文致知之知。喻如大圆镜，此便无有推扩。吾谓以镜喻知体，不如以嘉谷种子喻之为适当。须知，一颗谷种，原具备有芽干枝叶花实等等无限的可能，非如镜之为一现成而无所推扩之物也。后儒言知体，皆受二氏影响。故其工夫，偏于单提保任，其去经言致知之推扩义盖甚远。夫不言推扩，则工夫只是拘持，将为本体之障。无异堤防渊泉，而欲断其流也。大本不立，害莫甚焉。推扩工夫，方是立大本之道。譬如通渊泉之流，源源不竭，沛然莫御。所谓有本者如是也。本立，而后发用时，倘有非几之萌，自如红炉点雪。故曰"欲诚其意者，先致其知"也。

阳明于推扩义，极有见。《语录》有曰："我辈致知只是各随分限所及，今日良知见在如此。见读现。只随今日所知扩充到底，明日良知又有开悟，便从明日所知，扩充到底。如此，方是精一工夫。"此段话，好极，惜乎一向无人注意。诚深会于此者，当识得知体，不可视犹明镜，而当喻如谷种，时在推扩发展中也。阳明后学，已失此意。

推扩工夫，正是良知实现。私欲、习心无由潜伏，正中太阳常出，魍魉全消。上文正心处，所示复义，至此乃见。故致知之"致"，即推扩义，是复之下手工夫。与前但虚提复义者，不容混视。义有分剂，言有次序。

复义，只是对心不在而说。此心，为私欲所障蔽，而失其君位，故须复。如人君失位，而复辟之复。明乎复义只如此，则复义并未涉及下手工夫，何所谓内向？工夫若内外不一片，则内向只是堤防着本体，其害将如吾前所云。焉有如此而可复其知体者乎？知体，亦即本体之异名。

致知在格物之"致"字，元承上文来，自是推扩义。知者，心之异名。一言乎知，便已摄物。摄者含义。心、物本为浑然流行无间之整体，不可截成二片。内外之名，随俗假说固无妨。若果以为内心、外物划若鸿沟，则愚夫作雾自迷，其过不小。夫良知，非死体也，其推扩不容已。而良知，实通天地万物为一体者也。故《易》曰"智周万物"，正是良知推扩不容已。若老、庄之反知主义，老子绝圣弃智。其所云圣智，即就知识言之，非吾所谓智慧之智也。庄子亦反知。将守其孤明，而不与天地万物相流通，是障遏良知之大用，不可以为道也。故经言致知在格物，正显良知体万物，而流通无阂之妙。格者，量度义。良知之明，周运乎事事物物，而量度之，以悉得其有则而不可乱者。此是良知推扩不容已，而未可遏绝者也。须知，吾人工夫，是随顺本体。而本体，亦即工夫中实现。明儒说即工夫即本体，此语妙极。惜乎学者不肯深心理会。夫推扩吾良知之明，去格量事物。此项工夫，正因良知本体，元是推扩不容已的。良知本体四字，作复词。工夫只是随顺本体，否则无由实现本体。此不可不深思也。哲学家有反知者，吾甚不取。明乎此，则吾言致知格物，融会朱、王二义，非故为强合，吾实见得真理如此。朱、王各执一偏，吾观其会通耳。

推致吾良知之明，向事物上去格量。此是良知随缘作主，无所谓外向也。格物之格，即是良知之用。知之流通处即是物，非物在心外。故格物实非外向。俗计为外，而实无外。

知之流通处即是物。而知之格量作用，周遍于其流通处，即物。而得其有则而不可乱者，是谓格物。格物工夫不已，即是吾良知之流通无息，展扩不已。

《大学》言格物，只予知识以基地，既许格物，即知识由此发展。

239

却非直谈知识。

庄子以内圣外王，言儒者之道，其说当本之《大学》。然内外二字，但是顺俗为言，不可泥执。《大学》经文，只说本末，不言内外。前言物有本末，后结归修身为本。修身，总摄诚、正、格、致，以立本。由身，而推之家国天下，皆与吾身相系属为一体，元无身外之物。但身不修，则齐、治、平无可言。故修，是本；而齐、治、平，皆末。本末是一物，<small>如木之根为本，其梢为末，元是一物。</small>不可剖内外。通乎本末之义，则三纲八目，无论从末说到本，或从本说到末，总是一个推扩不已的整体，不可横分内外。

物格而后知至者。至，极也，言于物能格量，而得其则，然后良知之用，乃极其盛也。《示要》于此，疏释甚明白。读者不肯反己切究，故以朱子之解为通，而疑吾之说欠顺。孟子曰：舜明于庶物，<small>于众物之理，必格量明析，而悉得其则。</small>察于人伦。<small>即于父子、兄弟、夫妇乃至天下人，互相关系间，有其伦理必格量不迷。</small>由仁义行，<small>孟子言仁义，即就本心或良知之德，而目之也。由者，率顺义。明物察伦，即于物理。己无不格量，而无所迷谬。故乃率顺其仁义等德具足之良知，而行之。自无冥行之患。</small>非行仁义也。<small>非依古人仁义之事，而假行之，以袭美名。所以异乎功利之徒。</small>详此云明物察伦，即于物理，无不格量，而无所迷谬，所谓物格是也。物格，即是良知行乎事事物物，而大明遍照。其力用日益增盛，故曰物格而后知至也。知至，则私欲或习心，不得相干，而意无不诚可知。孟子云：由仁义行正意诚之征也。世或以为原人时代，其民天真未离，即良知现成，无有不善。老、庄遐想淳古之风盖如此。其实，原人尚未能推致其良知，以格量事物，即知识甚陋。唯其于物有未格，不足语于明物察伦。故其所行，当理者甚少，而终不自知其迷谬。即偶有是处，亦不由自觉，此与鸟兽之顽冥，几无甚殊异。故其良知全不显发，无可言诚意不待言。阳明后学，多喜享用现成良知，而忽视格物，适以自误，此亦阳明讲格物未善所至也。

《大学》经文，从"欲明明德于天下"，一层一层，追本到致知上去。即随结云"致知在格物"。却又由物格知至以下，一层一层，归于"天下平"。文义往复如环。细玩之，致良知，是立大本工夫；而格物，正是致良知工夫吃紧处。道家致虚，老子曰：致虚极，守静笃。庄子及他道家，皆不外此。佛氏归寂，佛家三法印，而涅槃寂静一印，实前二印所会归处。此其无上了义也。大小乘皆于此印定。同一反求自性，而不免遗物，其流皆有反知之弊。佛家虽尚理智分析，然实以为修法空观之方便，与《大学》格物主张确不同。《大学》特归重致知在格物，与物格而后知至二语，此实圣学与二氏天壤悬隔处。至西洋学术，精于格物，却又不务致良知，便是大本不立。陆子教学者，先立乎其大。阳明云：学问须识得头脑，不可仅以求知识为能事也。《大学》之教，方无流弊。

谢幼伟著现代哲学名著述评序

　　《现代哲学名著述评》，谢君幼伟掌教国立浙江大学时所写书评，应西洋哲学名著编译会之征，而汇集成书以公世也。书评未易作，而哲学书评尤难。每评一书，非疏析其条理节目之详，综览其统系纲维之巨，而又密察其根据所在，深穷其蕴蓄与言外之意，则未可率尔下评。故曰书评未易作也。哲学书评，非哲学家不能作。而哲学界纷无定论，即哲学家各有所持。则于异派之哲学书，往往易见为短，而难得其长。即以公平心临之，求识所长，亦复不易。异派之学者，其精神所专注，本与我殊途。而我乃欲一旦与之冥应若一。此又不必然之数也。故曰哲学书评尤难。幼伟思睿而识卓，学博而量宏。海内谈哲学者或喜有所标揭以自异，而幼伟独不尔。惟脚踏实地，虚怀以读中西哲学之书，不为苟同，不妄立异。其评论各书，皆有精鉴，异乎以矜心浮气轻持短长者矣。余闻人称美幼伟者多，而憾未识之。前年幼伟始以书来，自是音讯往复不绝。书评将出，幼伟函属为序。余念书评之难，非笃学如幼伟者不能为也。昔王船山先生《读四书大全说》，亦近书评性质。其于朱门一派之学，皆详其条贯，尽其幽隐，故评无不当。而船山一生学问，亦于此书发挥无遗。吾愿幼伟更进而为巨制，而以其极深研几，卓然名家之学，即托于书评，以自由发抒。此晚明诸子之风，最朴实有味。幼伟其以为然乎。

读汪大绅绳荀

汪子曰："贾子之论秦也，秦以强兼天下，二世而亡。虽并六国，仅后于六国十五年而同亡耳。非强之罪，强而不审于本末之罪也。古之天下，未有不得之强，失之弱者。强者百治，以喜则怀，以怒则威，以令则行，以禁则止，以守则完，以攻则破，以礼乐则雍，以刑政则肃。弱者百乱，以喜则狎，以怒则离，以令则梗，以禁则匿，以守则削，以攻则疲，以礼乐则饰，以政刑则玩：得失之数可睹矣。"

详此所说弱者之象，恰是吾国今日状态。汪子又曰："弱于本者植，强于末者折。强于本者，开无尽之藏，塞无隙之窦；强于末者，尽其藏也，隙其窦矣，此末之效也。秦之强，本耶？末耶？刑赏农战，强之具也。今日强者所持以号召之工具，与其挟持群众之严密组织，及其生产绩效，并军备等等，亦皆强之具也。道德仁义，强之本也。今之强者，全不用此。刚决刻急，强之末也。强之具，藏之深而愈完，暴之深则连败。刚决刻急，所以暴之也。观德与倭之事，已有明征，而强者犹不知戒！道德仁义，所以藏之也。今之强者，不知此义。

古者藏刑赏农战于道德，道德威；藏刑赏农战于仁义，仁义张。吾三代盛世皆然。此后如文、景休养而武帝收功；隋文、唐高休养而太宗收功，皆非仅从事于强之具者。秦孝公、商鞅知有强之具，不知有藏，以强立强，势已易竭。德、倭皆以强立强，而不得不竭也，犹不监诸！始皇、李斯更从而暴之，暴之不已而具竭。强之具，既暴而无藏，何能不竭！希特勒之亡其国，犹吕政、李斯也。盖其始也，以强立国，以民力立强，以刑立民力；此刑字义宽，凡今强者之法制，威令与组织等等，凡所以驱策鼓舞而劫持民众之具，皆刑也。德、倭强时，皆以刑立民力。凡强者罔不如是。其继也，以强竭强，以民力竭民力，以刑竭刑。其卒也，以强败强，以民力败民力，以刑败刑。宜深玩。强之所由立者刑，并民力于农战；刑字注见上。秦以刑威并民力于农战，今之强者，以刑威并民力于生产与战备，其事同也。所由竭者刑，并民于恣睢；向者德、倭之民，恣睢已甚。所由败者刑，并民力于昏虐。人人习于残酷，侵略，猜刻，争斗，全无理性。立于孝公、商鞅，竭于始皇、李斯，盖失其本也久矣，此藏之不深之祸也。"

余观汪子论秦之得失，而实通亿万世。举大地上凡有国者之得失，皆已烛照而数计之，未有能外其定则者也。德、倭之事既验，后有为德、倭者可知也。以强立国，以民力立强，以刑立民，古今之强者，尝以此致一时之强；而其继也，以强竭强，以民力竭民力，以刑竭刑；终于以强败强，以民力败民力，以刑败刑。凡古今强者所以毁人国而卒自毁者罔不如是！

人类何故如斯昏愚惨毒？岂不痛哉！其愚且惨之端，实在其妄冀以强立国。将以强立国也，自不得不以民力立强。将以民力立强也，自不得不以刑立民力。凡强者所以驱策鼓舞与劫持民众之一切具，皆刑也。虽有所持之美名，亦成幌子，而变为强之具；易言之，变为刑。皆所以立民力也，而终无可逃于以强败强，以民力败民力，以刑败刑之归宿。古之秦，今之德、倭，非其明效大验欤！继今之为国者，若壹意以强立国，则其得失之数可知。

昔者子贡问为国立政于夫子："子曰：足食，足兵，民信之矣。"子贡曰："必不得已而去，于斯三者何先？"曰："去兵。"子贡曰："必不得已而去，于斯二者何先？"曰："去食。自古皆有死，民无信不立。"大哉圣言！其千古治术之大准也。一切生产，皆足食之政；一切军备，皆足兵之政，此与以强立国者未始有异。而其与强者天壤悬隔处，则归本民信是已。信者诚信，孟子曰："诚者，天之道也。"诚只是实理。生天生地生人生物，只是一诚。思诚者，人之道也。人禀实理而生，必思所以存其诚，尽其诚，而后乃尽人道，合天德，否则不成为人。民皆尽其诚信，而远于狡变、猜疑、凶暴等等恶德，则人极立，而太平之休可致也。以民信言于足食足兵之后者，仓廪实而武备修，然后教化可行，所以异乎后世迂儒之论。朱子《集注》释"民信"，以"民信于君上"为言，此则帝制思想误之。下文"自古皆有死，民无信不立"则信乃人之所以立，即谓人必存其诚信，尽其诚信，始得树立为人，否则不成为人。此"立"字与《雍也篇》"仁者己欲立而立人"之"立"同，《朱注》多失圣意！昨马子实坚过此，亦弗满《朱注》，不为无见。夫曰自古皆有死，民无信不立，则是以诚信立国，而与以强立国者根本截异。以诚信立国，则不待以民力立强，而实以诚信结集民力，一自无不强，而不至为凶狡、猜刻、暴戾之强，刑措弗用，民力充实，无待驱策，更无可劫持，民皆自由于诚信之中。食足而将导养其灵性于美善的创造，非可沦溺于食之中，以厚自利而食人也。兵足则以御强暴侵略，非以杀人而动兵也。故以诚信立国者，将率人类而皆畅其天性。以强立国者，将率人类而趋于自毁！二者觉与不觉之分，善恶之辨，得失之数，吉凶之应，昭然判矣，今日世界人类所急需者，孔子之道。惜乎吾国人莫之究，而外人又无从传习六经、四子也！

第六章

为学，苦事也，亦乐事也

无吃无教（致胡适）

　　昨秋因病请假回南。十余年不归故乡，此次乃径回乡里。顷始来平销假，又将以两点钟混饭吃也。此番乡居，真有万感交集，感触太多太苦，遂至疲困而归于无感。偶一清醒，因思吾乡此等情形，大可以类推吾国社会。吾国社会已完全破产，而群众绝无自觉心。古语所谓麻木不仁者，差可形容此种病态。盖清末，初感于内政之腐败，外侮之交迫，而群众稍能自觉，故革命热诚，遍发于闾阎妇孺。辛亥以来，经武人之种种摧残于内，而外人遂益加以种种蹂躏，则其感触太多太苦，人皆疲困而归于无感。此所以亡国灭种之祸迫眉睫，而士大夫皆漠然无念。南京阔官且穷奢极欲，熙熙如游春台也。吾乡居所感，真所谓一部廿四史，从何处说起。矧[1]复以长途劳顿之病躯，又有说不得之苦耶。然绝对不说一字，则又有所不快，故略说几句，请付之《独立评论》，冀以引起社会之注意。

　　吾所欲略说者，可蔽以四字，曰"无吃无教"而已。

----

　　[1]　矧（shěn），况且。

先说"无吃"。人必曰，四海困穷，固也。然农民尚有薄田可耕，谷价又贱，何至绝然无吃耶？不知今日农村大半沦于匪口，其幸而免于匪患者，又皆被剥削，以至无血无髓，不独无皮无骨。吾固黄冈县之细民也。吾回乡，见粮券上所载附加捐税，名目重重叠叠，而各地方政府如乡区等之捐项尚不在内。胥吏征收之余扣，暨地方土劣之藉公家名义苛派以肥己者，更不在内。又时有官兵通过与驻扎者，派夫派米，种种说不尽之逼索凶讹。又有最流行之一种建设，所谓各县公道。公道须修造，人人知之，而各省建厅对于此等公道建设，则一律不肯分别道区内沿线人民生活力之等差，路线所至，将其地一律强迫归公，不稍给价。赤贫之民恃立锥之地而活命者，遇此等劫数，只有登时就毙。而阔官占地太多者，反有改易路线，以夺贫穷无告者之产。又其修筑道路，亦皆强迫人民为之。赴工稍缓，多有为监工之士兵立予击毙者。其他尚有种种为笔墨所不能形容之情节，非作专项调查不可。今日在乡所见之建设新政，亦只有道路一事。自余种种新猷，则皆载在政府公牍与各都市报纸，及流行于阔官伟人之口头而已。然道路新政之行于乡间者，其实际只是夺民产，劫民力以为之。若使建厅不作修路报销费，或仅略作"派遣小队监修费"之报销，则吾于其所行，绝对无所非议。宁牺牲一时之民力，以谋永久之交通也。然各省建设政费，其数当不在少。其建设之及于乡者，又只有公道一事，胡为虐民至是耶？是可忍也，孰不可忍？总之，今日民无死所，非"民不聊生"一语所可形容。民无死所矣，虽有田，何能耕？且今乡间，皆不胜田之累，捐税重重，皆按田亩摊派。人民皆饿莩之余，日食太苦，其身手已疲困，难趋耕作。<small>此层最不可忽。</small>又无资以备粪壅，又时遇匪乱或兵祸为之阻，又时有水旱虫荒之灾。故今日农民耕作，其所收获，日趋减少。即此至少之收入，本已难敷日食，而官吏催迫租税，凶逾猛虎，秽如粪蛆，欲应其苛求，又不得不售其不堪糊口之谷。然谷价又奇贱，则愈不得不尽其谷以供苛税。尽其谷以供苛税犹不得，则相率欲弃其田。此"无吃"之云，所以纯为真事实，而非故甚其辞以骇人也。阔官、伟人、名流、学者仰天俯地，亦有念此者乎？如其激发天良，而稍一念之，则此神州浩壤，除少数都市生活之人立于剥削农村之地位而外，其被剥削之最大多数农民既已髓枯血尽。如是，长此衍进，有能保其种类而不灭亡者耶？<small>此所谓种类，是举吾国内共同生活之民族而言，即合汉、满、蒙、回、藏而言。狭义的种界主义，今所不取，凡共同生活于一定之地域，依平等及互助之性欲，为共同生活之组织，即同为构成一国家之份子，而绝对不容外国与外民族之侵凌而违害其共同生活者，是即为同一民族，是之谓同其种类。友人林烈敷竞昔官西北，亦发抒此义。</small>种类垂亡，而吾犹营私纵欲如是，何其大惑不解耶？从政者不去其营私纵欲之恶根而空言救济农村，是将陷于偕亡之惨而已！新近吾闻一事：南京、中大之附设实验小学，其入学者，皆阔人之子也，每日上课下课，都用汽车接送。汽车之多，至于途为之塞。呜呼！尔曹独非人类耶？非出自田间耶？亿兆之众既苦无吃，而尔等乃恣其子女以奢逸至是。清夜扪心，胡可忍耶？又阔人家宅，厨役买菜，亦用汽车，尔仆诚豪，不思汝汽车一动之费，足以赡济乡村数口之餐。举此一事，其他不必言，亦不忍言。孟子曰："俭者不夺人。"吾欲阔人了解农村无吃之苦，少奢侈一分，即少剥削一分。居官者真做到不剥削，而后农村可以言休养。吾欲略说乡间无吃之苦者盖以此。

次言"无教"。往昔所谓老童，与夫秀才举贡，以至官吏退休者，皆号士人，即今云知识分子。此皆在乡居家，又大抵聚徒讲学，弦诵声遍闾井矣。又此辈知识分子既与群众朝夕聚处，而其行谊知能，又多居为群众领导，每地方上有公利公害事件发生，即因此等领袖之会议而立予解决。至地方上许多通行之公共信条，如孝悌忠信，礼义廉耻，与力田等等，亦因此辈知识分子以身作则，至于家弦户诵，莫不服膺。倘有违者，予以处分，则莫敢抗。盖其时家庭教育、学校教育即乡塾，与社会教育，胥有一贯思想联成一气，毋稍隔阂。即贫民有不能读书识字者，其耳目亦有所熏陶，而不至蠢然破坏地方公同生活之纪律。当时虽无国立与省县官立之学校，而乡村实无无教之民。此吾国秦、汉以下，凡号为修明时代者，其治象大抵如此。自清末废科举、设学校；辛亥革命，国体改制，一切更张；加以科学之研究，多非乡间私塾所能行。种种因缘会合，遂造成学校设于都市，乡村子弟无从受教之局。距今十年以前，犹有乡塾出身之士类，一方面犹知古义，一方面能购阅新书，得一点新知识，略识时变。此辈在乡，亦足为一般农民矜式，如女子放足等事之通行，大抵此辈之力。而县府或颁一纸新条例，亦赖此辈倡导。顾数年以来，此辈已零落殆尽。其年事稍晚而仅存者，又大抵习攀援而活动于政途，不复守其乡。盖世变之久而且剧，无论若何穷僻之县，皆有参加政变，而侥幸以暂居权要之人，或由军界出身，或由匪类出身，或由商界出身，或由幕僚出身，或由党派出身，一旦因缘时会，得遇而煊耀一时。此等得志之流，其乡之读书稍解世故者皆蚁附于彼，以求活动，无复有如昔时安贫乐道于乡者。况复世变愈剧，乡间绝少生机，虽在可以糊口之家，欲送子弟入学校，求出路，而卒困于经济，不遂其志。彼私塾无出路可言，谁肯组私塾令子弟作抱膝长吟事耶？故前之士类既已凋亡，其稍后出而仅存者又皆出乡以谋利禄于都市。而世变至今，则青年既无力就学校，又势不能有私塾，于是乡间近年几无读书识字之人。古义既无传授，新知识亦莫由灌输。乡间所沾染之风气，约略言之，一则贪污凶酷荒淫败度之官僚所播煽之腥臭。某也作官几时，刮地皮几万，几百万，几千万，此为农村男妇所争羡而艳称者。次则知识分子首先破坏旧道德，其风被于都市，而渐遍于乡村。距今八年以前，有一山东友人为余言：向者山东土匪颇有守不淫之戒者，虽劫夺而犹戒奸邪；今则匪亦开通，劫淫并举，无复顾忌矣。又民十五以来，离婚之风大倡，始于都市新贵，而渐及于僻乡男女。法庭于此等案件，亦多虚慕文明，轻判脱离。此风一开，于是贫农家庭生活根本动摇。乡妇无知，廉隅一丧，无望回头。乡间又添出多少女流氓，其影响于农村经济及社会风习者甚大。诚非细故，此愿士大夫持清议与法官有裁判权者注意及之。夫妇有别，不独保全贞操，实亦生理宜然。今日离甲结乙，明日亦可离乙结丙。甲乙丙杂交，能无害其生乎？此特略举一二事。其他凶残、狡诈、偷惰、荒淫之事，千态万状，不可胜穷。昔时劝耕力作，孝友廉让淳朴之风，今殆扫地尽矣。而目前为害最烈，不容不及时挽救者，则莫如赌博之习。吾乡向时偶有为此者，必为族党所不齿。然为此者亦于年终偶尔行之，往往一夕倾其产而终身沦为乞丐。今则遍地皆有赌博之风，每届秋冬，即假演戏为名，聚众大赌，亦有不假演戏而径行聚赌者。地方所驻保安队，时派侦骑，藉为讹索发财之绝好机缘；赃款妥交，则公然聚赌，无复顾忌。农村残破至此，而赌风不戢[1]，则间有良善，亦无法安生乐业，唯有同为盗匪，以相杀相残已耳。土劣之所以多，因与贪污官吏及绝无纪律之军队联为一气。贪污之官与凶暴之军非多植土劣，不足资以肆其欲。土劣何知，凭势而姑纵，遑恤其后，其不畏死，亦有以也。土劣之势既盛，间有善良，亦谨伏首受命，而莫敢与之抗。吾闻讲村治者首感此事之困难。吾居乡，亦觉唯此莫可如何。实则乡间犹有善良，只是善良一切被压迫于土劣之下，而绝无意识之存焉者。是以谓之无善良而唯有土劣横行云尔。乡间既无教育，农民之自觉心无启发之机，将一任万恶之风气流行无有止境，此非可哀可惧之至耶？

总之，今日乡村之痛，则以无吃无教互为因果，将卒底于灭亡而后已。无吃故，不能有教；无教故，益不能有吃，

---

[1] 戢（jí)，收敛、停止。

所以互为因果也。夫自无吃不能有教言之，则必看重物质方面，管氏仓廪实而民知礼义，衣食足而民知荣辱，与今日流行之思想相符也；自无教益不能有吃言之，则必归重心灵方面；尼父虽言"足食"，而卒曰"自古皆有死，民无信不立"也。此"信"字之意义甚为深广。信者，实也。充实其在己者而无一毫虚伪，所以谓之信。人失其信，即失其生命，而不足为人。虽有食，其得而食诸？今民德衰绝至于此极，虽欲与之谋相生相养之宜，其奈彼绝无自觉心何？其奈彼之本身已无生命何？其奈彼无信何？此言经济问题者所不可不察也。然则欲改善农民经济，必先谋唤起农民之自觉，即必先恢复农民之生命力，如孔子所谓有信。诚欲如此，则今日对于乡间无教之问题，必急谋解决，而不可以一夕缓。须知庞大之中国，纯为农村构成之国家，而农村残破至此，其何以能立国保族于天地之间耶？

吾意都市学校宜尽量减少。于每县设一模范中学，内分置办公处与各科。各科内容，实皆为独立之一校。办公处即由县教育局长兼之。其各科，则相其地产民生之宜，如农林科，渔业科，牧畜科，商业科等等，各科皆设在乡村。学校所教，与其社会生活为一致。少而习马，其心安焉。今日在乡所修习之学，亦即今日与他日在乡所操持之业。岂若今日学生所学非所业，又习染都市奢华，卒业必离乡而趋都市以争官禄，至大乱无已耶？又凡各科仍如旧置修身一课，宜聘名儒，就该县固有之良好信条，切实发挥，融摄新义，而去其泥古而不适于今之蔽。如离婚之事，今日猖狂胡乱之行，固当痛戒，然必如老生执着，凡绝对不适宜之婚姻，亦令其忍恨没世，而不许脱离，此亦大不可也。其他种种，准此类推。又除各科之专讲实业者外，每县至少必设国学预修科一所，为养成经济力不足，而其天才又特别宜于国学方面深造之人才。至其基本课目当为详议。此等卒业生徒，可以乡居自研，公家助其书籍，使成为国学方面之专家硕学，既可以其德业淑善乡党，又可为学校教师之选或国家之用。又每县或设升学科一所，穷僻县分，或以两县以上联合设一所，即取青年子弟之天资特别，宜于英、算等课，而家资又可勉强升学者，令入此肄业。卒业之后，即令其考大学之理科或工业科等。其有天资特别宜于自然科学而家资不能升学者，县府得以公款助之，但限于特别天才乃可耳。今都市所有一切高中初中，其教课皆为升学计，卒之能升学而治自然科学者乃寥若晨星，特断送许多青年，使之虚度光阴，荡废家产，卒归无业，而成流氓已耳，岂不惜哉？设如吾所拟之办法，则因材而教，可免除今日百弊，亦何病而不为？至于大学理科或工科，为养成自然科学人才之最高学府，其仪器等设备，以就都市为宜。然如生物学之研究，亦有宜在滨海之乡者，或亦不妨在穷荒之乡，利于发掘古生物之遗蜕也。地质学又不必在都市，不待言也。其他准知。大学法科，为养成社会学人才之最高学府，亦可于交通便利之县分设置，使于都市乡村皆可观察。尤当令赴穷乡僻壤实地考察，毋徒读死书，卒业之后，徒慕西洋享受，而忽却民生疾苦。古今中外，岂有徒钻书本空洞理论，而不了解与同情本身生长之社会之一切疾苦与种种情形而可以言学术耶？吾对于现行学制，所欲变更者略如此；其详，则有待于同志之共为搜讨。

吾自昨孟秋迄今正，乡居大半年，所感至苦。而根本救济，不能不望现行学制之变更。此事虽不能望之今日当局，但使知识分子皆能虚心而熟筹利害，为一致之主张，则其事终必有实行之一日，而固吾国以延吾族者，其道必在于斯。敢以质之适之先生，布之《独立评论》。国人之肯听与否，一切不计。吾奉吾之良知，不敢不以乡居所感，一为倾吐也。

论学问（答邓子琴书）

　　十月十四夜来函，今午才到。吾自十月初来北碚，精神不宁。近数日，始写信。明日写信或可减，后当阅书数种。冬腊间不卜可起草下卷否。今愈觉思力迟钝，老至而衰，心境太不闲静也。人生当乱世，苦可得言乎？汝上年谈史诸文，吾未许可，其中甚有难言处。汝欲驰骋于考据、义理之间，此非更加涵养工夫不可也。义理贵创获，脱然超悟，怡然独得，有诸己矣，乃征之天地万物，而识夫众理粲然者，无不左右逢源。所谓"殊途同归，一致百虑"，所谓"一以贯之"，所谓"通其一，万事毕"，皆彻底语也。虽未尝不资于书册，而读书但为引发神思之助耳。世固有以经师之见，而薄通儒或思想家者，于思想家何与哉？此段话，浅见者或不谓然，实则不唯哲学凭超悟，即科学上之创发亦往往得之玄想，而后证验不爽也。

　　考据尚积累、据文籍，以按索名物度数，兴例而博求其征，亦或集证而始发其凡。读书不多且审，则积累不富，无以为推断之具。此其用心在致曲、在考迹，故恒系于曲而暗于通理也，恒泥夫迹而丧其神解也。

　　从来学者欲兼考据、义理而并有之，吾实罕见。言义理而评判古学，不陷于曲解谬论者，若王辅嗣治《易》，通象而始扫象，可谓有考据工夫矣。伊川则未也。然辅嗣之于考据也，亦领其大体而已。若果困于此，用细碎工夫，则又何可成其为辅嗣耶？吾之于佛家，亦若辅嗣之于《易》焉已耳。

汝诚志于义理之学，则每日必于埋头书册之外，得以若干时间，瞑目静坐，或散步幽清旷远之地，庶几穆然遐思。所谓遐思，正是宗门云"恰恰无心用，恰恰用心时"也。真理著现恒于此时遇之。若终日钻营书册，精疲神敝于名物度数之搜求，岂有神解可言耶？

又学问之事，须自审资分。作之谓圣，述之谓明，前圣已言之矣。汝非创作才也，无已，其从事于述乎？夫子之圣，犹自谦曰"述而不作"，此业谈何容易？程、朱诸老师门下，虽乏宏才，其于绍述之业，犹有相当能力。不然，则诸老师没世，而此学遂绝，此道无传矣。吾忽忽已老衰，平生心事，付与何人？常中夜念此，不胜危惧。来函云：董仲舒未见性。自是确论。仲舒言天，颇有宗教家意味；其谈性，则犹秉荀卿也。

王充《论衡》以开时俗壅蔽，或有当处。要其自身无所建白，于至道更茫然，不得成为一家之学。此在今日，何容过分提倡耶？至云《论衡》杂儒道两家言，《问孔》《刺孟》，不过摘其书中可议处，非根本反其主张也，斯亦谛论。然以《论衡》作学术讨论，究可不必。夫学术之事，上者智周万物，洞达本根，理极亡言，权宜立论，盖应化无方，毕竟离言说相；下者则见有所偏。但于彼偏端，非无实见，即据其偏端之见，竖推横扩，遍覆一切。<small>如数理哲学唯以数学概念解释宇宙。由生物哲学之见地，宇宙又似一生命有机体。此例不胜举。</small>故其持论，有据而不穷于应，有统而不失之滥，所谓"持之有故，言之成理"。虽其明之所在，即其蔽之所成，<small>注意。</small>然能独辟一境界，自成一体系，要有理致可观，学术之功能与价值正在此。古今中外，凡治哲学思想而能自成一家言者，无论规模广狭，其实际大都不过如是。过此以往，则有通俗之学、驳杂之论，本无关于学术。唯其无可据之实，无自得之处，无经纶创造之本领。虽复涉猎百家，有所采获，有所主张，而一切都无深造，唯任浮泛的聪明，耳剽目窃，侈谈思想，抉择时俗得失，每有快语激动流俗心情，若为社会之前识者然。实则每倡一主义或论一事理，却不能穷原究委，极深研几，无可导人于正当之途。如此流辈，世世有之，且恒不少，王充在东京合入此类。是等著作，在历史家眼光，欲考察其时代思潮，不可不注意，学问家无妨浏览及之，要无可多留意处。人生无真实见地，辄被古今浅夫昏子欺弄，此甚可哀。孟子曰："我知言。"佛家说有五眼。<small>慧眼、法眼等。</small>非其学与识臻绝顶，得为具眼人耶？而敢曰知言耶？吾生今世，元自苦极，无可告语。愿汝精进，毋受人欺。若梁先生有办法，勉仁书院可期成。吾不离是，子盍归来？

余杭章氏，小学要自成家，于经于史，博览有之，名家未也。若乃义理或哲学思想，彼则假大乘以通诸子，而于佛氏又实未通晓，可谓两失，虽然，聪明博闻哉其人也，大雅君子哉其人也。

扬子云"人不天不因，天不人不成"之说，宜从各方面会去。若直以天人感应言之，恐非子云本意。《新论·明心》章，亦引此语。

《天泉证道记》，当时已有疑案，"无善无恶心之体"云云，梨洲《学案》辨正不一次。吾意，与恶对待之善，即与恶同属后起，非本体原来有此。本体只是虚寂，只是清净，佛家说为无漏善，《大学》谓之至善。元无所谓不善，而今云无恶亦无善者，此与恶对待之善。是以其发现言，即以迹言，本体是无漏善，是至善，是不与恶对者。此能出生万善，或发现万善。而实不留万善之迹，吃紧。于此言之，故亦无善。此语是否阳明所说，要自无病，但不善解，则为病不浅。

循环与进化，宜细玩《语要》卷一中《答人书》。

汤先生来函问吾尚堪用思否？凡人早熟者，或难再进；晚成者，老当不替。吾进学也迟，似思力未减，但作文较难耳。

论思维（答韩生）

吾前日面谈，一般人不会自察识他曾否有思维作用，吾子却不肯印可，以谓人都是善用思的，何可如此菲薄人？子之意固厚，然于"思"字未了在。王船山先生《读四书大全说》云："只思义理便是思，便是心之官。思食思色等直非心之官，则亦不可谓之思也。孟子曰：'先立乎其大者。'元只在心上守定着用功，不许寄在小体上用。以耳目有不思而得之长技，一寄其思于彼，则未有不被其夺者。"此段话，精察入微，才分明显出思之所以为思了。须知思之发，虽不能不藉耳目官能为用，_{此中"用"言，犹云工具。}但思确是一心内敛，以主宰乎耳目官能，专一融摄义理，才叫做思。若心外驰，而不得为主，即寄其思于耳目官能，便以小体役其心而夺心之用，_{小体，耳目官能。}乃为食色安逸等等是殉焉。此殉于食色安逸等等之思，据实，则本不是思，只是耳目夺心之用，而自逞其技。所以成乎聋盲爽发狂，如老氏所呵也。_{心不宰乎耳而任耳夺其用，则耳殉没于声而失聪，故聋也。心不宰乎目而任目夺其用，则目殉没于色而失明，故盲也。心不宰乎口而任口夺其用，则口殉没于味而失其正，故爽也。心不宰乎四体而任四体夺其用，则四体殉没于散乱，故发狂。}吾子谛察一般人的生活，几曾把握得他的心住，使不被夺于耳目官能外驰殉物，而能保任其心，以宰制耳目官能，显发思的妙用，融摄万理而无滞耶？吾子谛察至此为句。所以，一般人大概没有思维作用，直不自察识耳。

论体相（答梅居士）

昨接一函，比作答。兹又得一长函。寻玩再三，不意睽隔至是也。

夫体之为名，待用而彰。无用即体不立，无体即用不成。体者，一真绝待之称；用者，万变无穷之目。

夫万变无穷，元是一真绝待。一真绝待，元是万变无穷。《新论》全部，只是发明此意。中卷平章空有，在在引归此意。

古今学术思想，或从万变中，追寻绝对。绝对，即上云一真无待。自宗教以至哲学正统派皆是也。哲学中谈本体者，毕竟是正统派。或依万变之迹，而行观测，注意"之迹"二字。则科学自此兴。

科学于万变处，不能谓之无所得。但其所得终不离迹，无缘理会万变之原。其所仗者量智或知识，又当守其领域故也。

宗教与哲学虽分途，而哲学家中，颇有与宗教相通处者，即同具有极超越的理念是也。例如黑格尔氏之绝对精神，与宗教家上帝，虽精粗异致，其为极超越的理念则同。由此超越感，不知不觉，而将本体世界与万变的世界划鸿沟。于是体用不得融成一片。许多谈本体论者是如此，黑格尔似较好，但与吾大《易》之旨究不类。《新论》直是不得已而有作，何容掉以轻心。

谈阿赖耶识，须详玩佛家经论，析其条理，得其统系，然后可衡其持说之是非。纵云，略其名相，而识其大意。却须见真，方能辨妄。吾子以赖耶为生义，不知赖耶生相，正是执着相。诸佛菩萨，誓愿必断者，赖耶也。而吾子执之以为精义，谓老夫不懂，何耶？

来函，举孟子"礼义之悦我心，刍豢之悦我口"二语，谓悦礼义之心，是无生；悦刍豢之心，是生。吾子自谓悟道，不知何为有此言也。悦礼义之心，谓之生而无生可也，何以故？礼义之心，即生生不息之真也。人而失此心，即丧失其生理，而为死物，所谓行尸走肉是也。然又谓之无生者。于诸物欲，无所执着。念念生动，而念念无染。吾故曰生而无生也。若夫悦刍豢之心，则是于生活中尝起执着者也。此处不辨，而谈心，岂诸佛所许耶？

老来精力短，甚怕写信。如犹不谓然，可勿报。幸相念，愿简单互讯兴居，毋涉理道起纷争也。

又《新论》谈心境浑融，正显大用流行之相，无有条然二物可容剖别也。而子同之阿赖耶识，不审何义。赖耶是诸妄根本。妄心逐境，分明对待。如何浑融？

又《新论》谈体用，辄以麻与绳，或水与冰喻。此正对治用外觅体之病。至理言说不及，强以喻显，因明有言。凡喻，只取少分相似。不可求其与所喻之理全肖。吾书中亦屡加注明。吾子不察，乃谓吾以因果言体用，亦怪事也。

实践与玄想（答云颂天）

中国人头脑，重实践而不乐玄想，故其睿圣者，恒于人伦日用中真切体会，而至于穷神知化，是得真实证解，而冥应真理者也。然在一般人，则拘近而安于固陋，其理智不发达，则明物察伦之工疏，欲不为衰萎之群而不可得矣。西洋人头脑尚玄想而必根事实。又不似中人但注意当躬之践履，而必留神此身所交涉之万物，故其探赜索隐，而综会事物之通则者，乃无在不本诸经验，根据事实。即凡上智之所创明，中才皆得寻其思路，循序而进。印度人头脑，尚玄想而过在蹈空，其智本足以察物，然乃厌患物质的宇宙而求灭度，此固不免于智之过。然穷玄，则至印度佛家大乘，而高矣！美矣！至矣！尽矣！此难为不解者言也。佛家虽主灭度，要是从其大体言之耳。若如《华严》《涅槃》等经，其思想亦接近此土儒家矣。

循环与进化

　　顷有人言，李教授曾为一文，就中国历史，甄明循环之理。此文吾未之见，唯吾意有与彼不同者。闻彼偏持循环论，吾则主张循环与进化，交参互涵而已。进化论创自达尔文，然后之谈进化者，犹以达氏为堆集论，而以生源动力、创造不息明进化。生源动力，特复词耳。动力即是生源，此动字义即变化义、生生义，非是如物体依一定时间通过一定空间之谓动。此实合于吾大《易》之旨。吾言进化，义主大《易》。循环者，俗计万象周而复始，所谓重规叠矩是也。实则此亦说得过于死煞。吾谓循环，只是对待事象互相往复而已。虽万化之情，往必有复，然后之往复，持较前期，自不必质量相等。此其所关甚大，不容忽视。

　　进化、循环两辞涵义，略如上述。今当略明二者交参互涵之妙。先征自然现象：日月交推，寒暑迭更，此属循环，莫为异议。然前刹那日月，未尝延续至后。后刹那日月，乃是创起，乃属新生，特与前状相似续流耳。故日月现象，实即动力新新健创之表现。即此日月，刹那刹那，恒是进化。若徒据循环一方面之观察，将谓今兹日月，犹是故物复现，云何应理？准此而谈，循环法则实与进化法则，交相参互相涵。道以相反而相成也，日月如是，推之寒暑，乃至万象，成亏生灭，消息盈虚，化机往复，莫匪循环。往者未尝暂留，复者创新而不用其故，则亦何适而非进化耶？

次征人事：世间无绝对之美，善恶治乱，亘古相待。《易》言"既济"而必终以"未济"，斯义玄微，小知难喻。彼自有喻，非真喻者所谓喻故。夫"未济"者，"既济"之始也。"既济"，则"未济"之兆也。故积恶之世，善若不复，而善几实潜焉。浸假恶往，而善来复矣。积善之世，恶若不复，而恶几实隐焉。亡何善往，而恶来复矣。善恶往复，故谓循环。治乱相待，亦应准知。夫治乱善恶，恒相往复。此其往复，即率由乎循环法则，而万象若无甚殊怪诡异者。然必谓后后之治乱，与前前之治乱，同其质量；后后之善恶，与前前之善恶，同其质量，则又审事甚肤，而无以察夫进化之理也。如今之党治独裁，或中央集权，亦可谓为革命自由以后，仍复于专制之形式。又如苏俄共产，亦得说为原始社会共产制之复兴。此皆受循环法则之支配，莫之预期而自尔者。然经过资本主义之技术，及工场组织等等积累而复兴之共产，其与原始社会共产制，质量迥别。此稍有识者所共知也。革命自由以后之中央集权，或党治独裁，与往昔君主专制，异其质量，又不待烦言而喻也，则安得偏势循环之论，而不究其进化之实耶？此就人事推征，亦足证成循环与进化，本交参互涵而成其至妙。

循环之理，基于万象本相待，而不能无往复。进化之理，基于万象同出于生源动力，而创新自不容已。进化之中有循环，故万象虽瞬息顿变，而非无常轨；循环之中有进化，故万象虽有往复，而仍自不守故常，此大化所以不测也。吾常欲为一文以详此义，而未暇及此，故略述其意云。

谈百家争鸣

我对于"百家争鸣"的号召，确是喜而不寐，本不能不说几句。但我从昨秋开始写《原儒》下册，因家居烦扰，白天无可用心，不得不起五更。人生七十已过，便是衰境，不免损神伤气，今移新居，园林甚好，而老年受损，不易恢复，入夏以来，头常作痛。昨天，刘公纯谓，对此大问题，不可不一谈，只好略提几点意见：

自清季以迄民国，治哲学者可以说一致崇尚西洋，不免轻视本国的学术。虽则留学界人士亦谈国学，而核其实际，大概以中国的瓶子装西洋的酒。至于中国瓶子有土产的酒否，似乎不甚过问。

就严又陵举证：又陵初回国，上皇帝万言书，大张达尔文物竞之论，但他不向群众倡导，而向皇帝说，便是他的大错误。我那时虽年轻无知，却不对又陵起希望。我于光绪二十八年，便投入武昌凯字营当一小兵。是时科举未废，我决不参加科举，相信皇帝不推倒，中国人无可图存。又陵对于国学独尊老子，其实他对于老子并不深研，只是以斯宾塞尔氏的思想来说老子而已。又陵在清末负重名，当时优秀知识分子，鲜不受其影响。虽参加同盟会者，亦多受斯氏之毒。斯氏之言曰："群俗可移，期之以渐。"此等渐进思想，实流于萎靡与凝滞，而难言革故取新，斯氏之学本与老子不同，而其归于不革命，则斯氏与老子所共同也。

又陵号为博通，而其言老子尚以西洋学人相缘附，其他更不问可知。吾于此不及深谈，唯念数典忘祖，昔人所耻，今新运创开，自当改正从前错误。哲学界宜注重中国固有精神遗产与东方先哲学术思想之研究，外学长处不可不竭力吸收，国学有长，亦未可忽而不究，此吾所欲言者也。

"百家争鸣"必须有共同遵守之原则，学术思想万不可如韩非之所主张，曰："利出一孔，思想囿于一孔。"纵收暂时之利，而遗害将无穷。毛主席"百花齐放，百家争鸣"之号召，宏识远谟，利及万世矣！然争鸣要不可无共守之原则，原则云何？余以为不论发挥旧学或自创新说，其对于社会主义的制度可以纠缺点，补益其所未逮，但不可根本与之违反。

吾忆民国初兴，学校与社会名流之思想言论，皆疑国民程度太低，难行共和，无往不是皇帝时代的思想，绝与新制度不相应。今后治旧学者，当批判接受，万不可将旧学原封不动、陈陈相因，倘不辨得失，蹈常守故，争鸣于现代，未知其可也。但有辨者：若批评旧学，只以地主或小资产阶级等名词为主意，而任意取古人书中一段话胡乱骂他一顿，以为是据马列主义作批判，吾恐马、列诸哲有知，亦必不愿如此也。唯望今之学者，对旧学分别作切实研究，旧学短处，尽量提出，旧学长处，尽量发挥，温故知新，其利于行者益大也。短长互见，则舍短而取长：如老子反对统治者剥削之害，是其长也；而其为道也用弱而"不敢为天下先"为贵，是其短也。举此一例，可概其余。

故批判接受，是旧学争鸣之先决条件。吾人对旧学不可乱它本真，须切实研究它，才可批判接受，能批判接受，自然不会违反社会主义的制度。且旧学中亦有真理可以贡献于社会主义者，如儒家主张"天下为公"，以至天下一家，群龙无首之盛。道家期于万物不亏其性。此中有千言万语说不尽的义蕴，若作陈言忽视之，是可惜耳。

我所谓不违反社会主义制度一语，涵义甚宽，制度一词，也许用得狭，仓卒间我不能详酌。回忆清末民初时代，我们以不投降军阀为节操，以能吃苦为高尚，以尽心、知性、知天之学为究竟，此略举一二端，未能详说也。其实真正儒学精神，须消灭军阀，才见节操；若只不降军阀，则消极而已。至所谓吃苦者，必合群力群策，以开物成务，苦只自甘吃苦，虽如原宪之高，何可成己成物乎？

今兹天下之人，对于社会主义皆有真知真认，将过去思想不适于新时代者，一切改正，庶乎春秋太平之基定矣。故旧学在争鸣时代，必学者先有精明之批判而后可。尤有言者，中国哲学在宇宙论中有体用之辨，余在《原儒》下卷已发其义。此是先圣贤独辟之虑，不妨揭出，以俟将来有所考焉。

与友论新唯识论

　　《新论》语体本，比文言本精密得多，此书极重要。科学总是各部门的知识，今人言综合各科学之原理，以求得哲学上普遍之根本原理，此其说非无似处，而实不通哲学。哲学是智慧的学问，非仅在知识上用功，可悟一贯之理。佛家必得根本智，而后起后得智。<small>后得智，即辨物析理的知识，乃依根本智而起者。此亦有资乎经验，故云后得。兹不暇详论。</small>吾前儒主张先得一本，而后可达万殊，此彻底语也。盖哲学之究极诣，在识一本。而此一本，不是在万殊方面，用支离破碎工夫，可以会通一本也。科学成功，却是要致力于支离破碎，此四字，吾先哲之所病，而科学正要如此，但哲学必不可只如此。<small>下一只字者，哲学在知识方面，也须用过支离破碎工夫，但不可只是如此而已，必另有工夫在。</small>若只如此，必不可识万化根源。<small>化源者，即所谓一本是也。此处不是各种知识贯穿得到和，无须反求自得，儒之体认，佛之内证，皆凡今人所诮为神秘，而是确实证会之境。</small>所以于科学外，必有建本立极之形而上学，才是哲学之极诣。哲学若不足语于建本立极，纵能依据一种或几种科学知识出发，以组成一套理论，一个系统，要其所为，等于科学之附庸，不足当哲学也。哲学如依据一种科学，以解释宇宙，总不免以管窥天。如近人好据物理学中之相对论与量子论而言宇宙为如何如何，谓其无似处固不得，然谓作如是观者，果已得宇宙之蕴，毋乃太戏论乎？又如生物哲学，视宇宙为一生机体，谓其无似处亦不得，然格以东方哲人之义，则犹见其尚未识生命之源，其不免戏论，则与根据物理学而解析宇宙者又同也。大凡哲学家多是以一双眼，去窥宇宙，无法避免戏论。

孔子于《易》言，天下之动，贞夫一者也。此言变动不居的宇宙，而有个至一的理，为万物所资始。故万变而莫非贞正也。老子言"天得一以清，天者，无量星云或星球也清者，言天之德，无垢曰清。一者，绝对义。天何由成，盖得至一的理，以成其清，而始名为天。地得一以宁"云云。宁者，言地之德，地德安宁，故万物生其中。地何由而，亦得至一的理，以成其宁，而始名为地。故知天地，用至万有皆一理之所为。亦本《易》义。孟子言，夫道，一而已矣。记言通其一，万事毕。于万化，而知其皆一理之流行。于万物，而知其皆一理之散者。会之有宗，统之有元，故通一，而万事毕也。佛氏推万法之原，亦云一真法界。一义见上。真者，至实无妄义，法界，犹云万物本体。从来圣哲，皆由修养工夫纯熟，常使神明昭彻，而不累于形气，即宇宙真体，默喻诸当躬，不待外求。虑亡词丧，斯为证会。吾人真性，即是宇宙真体，本来无二。一真呈露，炯然自喻。非假思虑，故云虑亡。此际不可以言词表示，故云词丧。须知，思虑起时，便由能虑，故云虑亡。现似所虑相斯时便是虚妄分别，而真体几离失矣。几之为言，显非果离失，然一涉思虑，又不得不谓之离失也。言词所以表物。真体无相，故非言词可表。真体无形无象，无内无外，此是证会所及，非知识所行境。学极于证，而后戏论息。

哲学不当反知，而毕竟当超知。超知者，证会也。知识推度事物，不能应真，虚妄分别故。知识对于宇宙万象，只是一种图摹。决不与实体相应，故云虚妄。知识总是有封畛的，不能冥契大全。至于证，则与真理为一。易言之，证即真体呈露，炯然自识也。

《新论》建本立极，而谈本体。学不究体，知宇宙论言之，万化无源，万物无本。只认现前变动不居的物事为实有，而不究其原，是犹孩童临洋岸，只认众沤为实有，而不悟一一沤，皆以大海水为其本源。儿童无知不足怪，而成年人设如此，则可悲矣。《新论》浩博，学者或不易理会。《语要》卷一有答某君难《新论》篇后附识，谈体用不二义，举大海水与众沤喻，详为分疏。《语要》卷三后，有曹慕樊、王淮两记，其涉及体用义者，皆足发明《新论》。所宜详究。

学不究体，自人生论言之，无有归宿。区区有限之形，沧海一粟。迷离颠倒，成何意义？若能见体，即于有限，而自识无限。官天地，府万物，富有日新，自性元无亏欠。本来无待，如何不乐。

学不究体，道德无内在根源，将只在己与人，或与物的关系上，去讲道德规律，是由立法也，是外铄也。无本之学，如何站得住？悲夫，人失其性也久矣。性即本体，以其在人言之则曰性。残酷自毁，何怪其然？

学不究体，治化无基，功利杀夺，何有止期？若真了天地万物本吾一体者，科学知能，皆可用之以自求多福。

学不究体，知识论上，无有知源。本体在人，亦云性智，纯净圆明，而备万理，是为一切知识之源。详《新论·明宗》章。且真极弗显，真极，犹云本体。证量不成。证量者，即本体或性智之自明自了。一极如如，炯然自识，耐无外驰。佛家所谓正智缘真如，名为证量，应如是解。非可以智为能缘，如为所缘，判之为二也。二之，便是有对，是妄相。非真体呈露，何成证量？故知证量，依本体建立。若本体不立，证量无由成。宋人词曰："众里寻他千百度，蓦然回首，那人却在，灯火阑珊处。"学者无穷思辨，无限知见，皆灯火也，皆向众里寻他千百度也。蓦然回首云云，正是性智炯然自识。真理何待外求？知见熄时，此理已显也。此言理智思辨，终必归于证量。至为剀切学不知所止，学必至于证，方是《大学》所谓知止。理不究其极，阳明所谓无头的学问，可胜慨哉！

《新论》明体用不二，此是千古正法眼藏。一真法界，是体之名；变动不居，是谓之用。哲学家谈本体与现象，多欠圆融。现象一词，即依用上而立名。《新论》以大海水，喻体；众沤，喻用。即体而言，用在体。才说体，便知体必成用。譬如说大海水，即此现作众沤者是，不可杂众沤而别求大海水。体必成用，不可杂用觅体，义亦犹是。即用而言，体在用。才说用，便知用由体现。譬如说众沤，即是一一沤，各各揽全大海水为其体，不可只认一一沤为实物，而否认一一沤各各元是大海水也。用由体现，不可执用，而昧其本体，等亦犹是。妙哉妙哉！

佛氏谈本体，只是空寂，不涉生化；只是无为，不许说无为而无不为；只是不生灭，不许言生。譬如，于大海水，只见为渊深汀蓄，而不悟其生动活跃，全现作无量沤，此未免滞寂之见。其于生灭法，佛氏所谓生灭法，即指变动不居的万有而目之也。相当《新论》所谓用。亦不许说由真如现为如此。譬如不许说众沤，由大海水现为之。理何可通？详核佛氏根本大义，却是体用条然各别。譬如将大海水与众沤，离而二之，极不应理。此盖出世法之根本错误。《新论》语体本，辨析严明。《功能》两章，最不容忽。

西洋哲学，《新论》可摄通处自不少。如数理派哲学，以事素，说明宇宙。其说似妙，而实未见本源。《新论》明功能显用，功能，即本体之名。功能显用，譬如大海水，显为众沤。沤，喻用。大海水，喻功能。有翕辟二极，顿起顿灭，刹那不住。即此翕辟二极，名之为用。二极者，非如南北二极有分段之隔，在俱言其有内在的矛盾，以相反相成而已。详上卷《转变》章。自翕极而言。翕势，刹那顿现，而不暂住。以此明物质宇宙，本无实物。与事素说，略可和会。即在其无实物的意义上，可和会。而有根本殊趣者，与翕俱起，爰有辟极。转翕而不随翕转。即翕从辟，毕竟不二，而可说唯辟。辟势无在无不在，无二无别，绝待，故云无二。不可分割，故云无别。清净而非迷暗，所谓神之盛也，是名宇宙大生命，亦即物物各具之生命。譬如月印万川，万川各具之月，实是一月。所谓一为无量，无量为一是也。据此，则翕势顿现，可略摄事素说。而与翕俱起者则有辟。又翕终从辟，反而相成，故乃于翕辟毕竟不二，而见为本体之流行。克就流行言，则新新而不用其故。真真实实，活活跃跃，非断亦非常。刹刹不守其故，故非断。刹刹新新而生，故非常。以上参玩《新论》。神哉神哉！此非谈事素者所与知也。事素说者，不了体用，不识生命。但于翕之方面，刹那势速顿现，则与事素说，有少分相似。势速一词，借用佛典。有势猛起，曰势速。此势速刹那顿起，于事素亦稍似。即从其无实物的意义上，有稍似。然不了体用，于翕义稍似，非真了翕，且不知有辟，故未了用。又复不知本体之显为翕辟，是不悟万化真源。总而言之，不了体用，不识生命，若了翕辟即是本体之流行，若了翕辟反以相成，而毕竟不二，即于此识生命。谈事素者，未堪语此。斯义深微，焉得解人而与之言。则不足语于第一义。第一义一词，借用佛典。穷澈宇宙本源，方是第一义。宇宙人生，不是虚浮无根柢。学不证体，终成戏论。

　　至于生命论派之学者，大概体验夫所谓意志追求或生之冲动处。此盖在与形骸俱始之习气上，有所理会，遂直以习气暴流，认为生命。佛家说众生以势如暴流之赖耶识为主公。赖耶即一团习气也。西哲如叔本华、柏格森等，持说之根柢，不能外此。殊不知，必于空寂中，识得生生不息之健，方是生命本然。而哲学家罕能见及此也。总之，言事素者，明物质宇宙非实在，《新论》可摄彼义。至认不达宇宙实相，则非进而求之《新论》不可也。生命论者，其所见，足与《新论》相发明者自不少。然未能超形与习，以窥生命之本然。习依形起，亦形之流类也。人生成为具有形气之物，则欲爱发而习气生。种种追求与冲动，其机甚隐，而力甚大。此缘形与习而潜伏之几，阴蓄之力，殆成为吾人之天性，吾人如不能超脱于此杂染物之外，而欲自识生命之真，殆为事实所不可能者。无明所盲，借用佛典语。无明，谓迷暗习气。此能令人成盲。覆蔽自性，常陷颠倒。可哀孰甚。佛说众生无始时来，在颠倒中。由其不见自性，而心为形役，故颠倒也。《新论》融会佛老以归于儒。明本体空寂，而涵万理，备万善，具生生不息之健。空者，无形无象，无分畛，无限量，无作意，故名空。非空无之谓。寂者，无昏扰，无滞碍，无迷暗，清净炤明，故我寂。涵万理，备万善，本来如是，非妄臆其然也。万化，无非实理之流行。万物，无非真善之烁著。孟于道性善，非从形与习上着眼，乃造微之谈也。具生生不息之健，大《易》扼重在此。二氏未免耽空溺寂，儒者盖预堤其敝，虽然，不见空寂，而谈生生，其能不固于形与习，而悟清净炤明之性体乎！若只理会到生之冲动，与盲目追求云云，则已迷其本来生生之健，而无以宰乎形，转其习，因有物化之患矣。《新论·功能》两章，学者宜玩。生命论者，未能探源至此，则夫子呵子路以未知生，岂止为子路下当头棒耶？

牟生宗三俊才也。前来函，谈怀特海哲学，甚有理趣。吾置之案头，拟作答，固循未果，忽忽失去，极怅惘。忆彼有云，西洋哲学，总是一个知的系统。知读智。自闻余谈儒，而后知儒家哲学，自尧、舜迄孔、孟，下逮宋、明，由其说以究其义，始终是一个仁的系统。《系传》曰："智者见之谓之智，仁者见之谓之仁。"由中西学术观之，岂不然欤！余以为儒家根本大典，首推《易》。《易》之为书，名数为经，质力为纬，非智之事欤！阳为力，而阴为质。质力非二元，但力有其凝之方面，即名为质。此中质力，只约科学上的说法。《易》本含摄多方面的道理。若依玄学言，则阳为辟，而阴为翕。其意义极深远。科学上质力的意义，只可总摄于翕的方面。当别为论。汉人言《易》，曰乾为仁，坤元亦是乾元。然则遍六十四卦，皆乾为之主宰，即无往而非仁之流行也。据此，则《易》之为书，以仁为骨子，而智运于其间。后儒若宋、明语录，则求仁道功殊切，而尚智之用未宏。《论语》记者，似只注重孔子言仁，与实践的方面。非是孔子之道有偏，只记者有偏注耳。汉以来经师，仁智俱失。宋、明儒却知求仁。《新论》救后儒之弊，尊性智，而未尝遗量智。量智，即理智之异名。性智是体，量智是用。量智推度，其效能有限。以其不得有证量也。存养性智，是孟子所谓立大本之道。陆、王有见乎此。然未免轻知识，则遗量智矣。孟子尊思为心官。心者，言乎性智也。思者，言乎量智也。遗量智，则废心之官。后儒思辨之用未宏。此《新论》所戒也。归乎证量，而始终尚思辨。证量者，性智之自明自了。思辨，则量智也。学不至于证，则思辨可以习于支离，而迷其本。学唯求证，而不务思辨，则后儒高言体认，而终缺乏圣人智周万物，道济天下之大用，无可为后儒讳也。余拟于《新论》外，更作《量论》，与《新论》相辅而行。老当衰乱，竟未得执笔。性智，即仁体也。证量，即由不违仁，而后得此也。仁体放失，便无自觉可言。此言自觉，即自明自了。其意义极深远，与常途习用者不同。思辨，即性智之发用，周通乎万事万物，万理昭著。如人体无麻木枯废，血气不运之患，则仁智虽可分言，而毕竟一体也。《新论》准大《易》而作。形式不同，而义蕴自相和会。

《新论》立翕辟成变义。翕，即凝以成物，而诈现互相观待的宇宙万象。辟，则遍运乎一切翕或一切物之中，而包含乎一一物，故辟乃无定在而无所不在，无二无别，敻[1]然绝待。翕辟，皆恒转之所为，恒转，即本体之名。详《新论》。翕辟，喻如众沤。恒转，喻如大海水。但从翕之方面言，则似将物化，而失其本性。本性、谓恒转。从辟之方面言，则是不改易其本性，本性同上。常转翕从己，而终不可物化者。己者，设为辟之自谓。于此，而见翕辟毕竟不二。翕随辟转，只是一辟，故不二。亦即于此，而识恒转。于翕辟不二，而知此即恒转，譬如，于众沤，而知其即是大海水也。本来无实物，而诈现物相。毕竟非有相，非无相。恒转本无形，而不能不现为翕辟，翕，即现似物相，故知毕竟非无相。辟，亦无形也，终不失恒转本性。而翕终随辟，

---

[1]　敻（xiòng），远、长久。

则翕虽诈现物相，要非实在，故知毕竟非有相。**神哉神哉！**非有，非无，穷于称赞，而叹其神也。

就辟之运乎一一翕，或一一物之中以言，便是一为无量。辟是一，已如前说。其运乎一一物之中，即本至一，而分化成多。譬如月印万川，即本一月，而为无量月。

就辟之至一而不可分，一一物各得其全以信，便是无量为一。辟是全整的一。故就其在甲物言，则甲物得其全。就其在乙物言，乙物亦得其全。乃至无理物，皆然。譬如万川之月，元是一月。

就万物各具辟之全以言，则万物平等一味。大《易》群龙无首，龙者阳物，喻物之各具有辟，以成其为物也。无首者，物皆平等，性分各足故。庄生泰山非大，秋毫非小，皆此义也。若推此义以言治化，则当不毁自由，任物各畅其性。各畅者，以并育不相害为原则，逾乎此，则是暴乱，非自由义。此不暇详。

就一一物各具之辟，即是万物统体的辟以言，则自甲物言之，曰："天地万物皆吾一体。"自乙物言之，亦曰："天地万物皆吾一体。"乃至无量物，皆然，理实如是，非由意想谓之然。是故《论语》言仁者"己欲立而立人，己欲达而达人"，人己非异体故。《中庸》言成己成物，物我无二本。故同体之爱，发不容已。孔氏求仁，佛氏发大悲心，皆从本体滚发出来。用李延平语。虽在凡夫，私欲蔽其本明，本明，谓本体。然遇缘触发，毕竟不容全蔽。如孟子言"今人乍见儒子入井，皆有怵惕恻隐"，即其征也。本此以言治化，《春秋》太平，《礼运》大同，岂云空想，人患不见己性耳。己性，本与万物同体。

《新论》原心于沕穆[1]，沕穆，无形貌，推原心之本体，本无形也。动而辟也。动者，流行义，本体流行，而有其显为辟之方面，即名为心。辟，则至无而有。至无，谓无形也。辟不失其本体之自性，故无形。然无形而已，要非空无之谓，故又云有。至无而有，故是浑一而无封畛也。无形，故无封畛。原物于沕穆，推原物之本体，则非物别有本也。固与心同一本体，同一沕穆无形者也。动而翕也。动义同上。本体流行，而有其翕之方面，即名为物。翕则不形而形，本体无作意，非欲自成为形物也，故云不形。然其显为翕之势，刹那势速顿现，虽无实质，而似有形焉。如当前桌子，只是刹那势速顿现，宛尔成形。是其动以不得已，辟之流行，不可无资具故也。唯然，翕便现似各个，千差万别，宛然世界无量。世界，约说以二。曰器世界，即自然界是。曰有情世界，即于自然界中，特举众生而目之。然复须知，翕成形，则只如其现似之形而已。苦其周运，与包含，且主宰乎翕者，则所谓辟是也。心物问题，古今聚讼，学者各任知见构画，云何应理。《新论》以翕辟言之。初时，良由偬悟。后来随处体认，确信此理无疑。余年十八，读《易·系传》至辟户之谓乾，阖户之谓坤。神解脱然，顿悟虚灵开发者，谓之辟，亦谓之心。聚凝阖敛者，谓之翕，亦谓之物。心无内外。心是虚灵开发，无定在而无不在。本无形也，何内外可分。物者，心之所运用，所了别，亦非离心外在。当时颇见大意，只条理未析，意义不深耳。

谈哲学，如不能融思辨以入体认，则其于宇宙人生，亦

---

[1] 沕（mì）穆，深微貌。

不得融成一片，此中义趣渊微，难为不知者道也。体认极于证量，体认一词，前儒或泛用之。然语其极，即是证量。《新论》下卷《附录》中，有答谢君书及此。非克己或断障至尽，则性智不显，不得有体认也。性智，即本体之名。见《新论·明宗》章。体认，即本体之炯然自识。故惟本体呈露，方得有体认也。儒者言克己，佛氏言断障，障之与己，名异而实同，但佛家于此，发挥详尽，儒者却不深析之。己不克尽，障不断尽，则本体受蔽而不显，如何得有体认。思辨，本性智之发用，然己私与障染未尽，体认未得，则思辨易失其贞明之本然，思辨，是性智的发用，则贞明是其本然也，元无迷乱。但人之生也，形气限之，而己私以起，障染以生，则蔽其本体，而贞明以失如云雾起，而蔽太阳。而有相缚之患。相缚一词，本之大乘相宗，意义极深远。相者相状，为相所缚，曰相缚。人生不能离开实用，故理智常受实用方面的杂染，每取着境相，易言之，思辨之行，恒构画成相，此相既成，还以锢缚自心，而不得脱然默契实理，故云相缚。如哲学家解释宇宙，其实，只是分析概念，此等概念，在哲学家思辨的心中，无往不是相缚。故非克己断障尽净，性智显而体认得，则思辨之行，终不能遣相缚，而至于思泉纷涌，而不取思相，辨锋锐利，而不着辨相，真与实理亲冥为一。故非克己，至此为句。所谓不能融思辨以入体认者此也。向欲于《量论》中详此意，惜未及作。不能融思辨以入体认，则其于宇宙人生不得融一者，为其思辨心中所构画之宇宙，只是相缚，直将人生本来，与宇宙同体之真，无端隔截故也。既自系于相缚，便不能有孟子所谓万物皆备于我，及上下与天地同流之实际理地。譬如手足一旦受缚极重，便与全体血脉不相通贯，而成隔截之祸。又如蛛造网，蚕作茧，而自缚其中，遂与向所生焉息焉周通无碍之大自然隔截。此其可悲已甚！故谓宇宙人生不能融成一片也。

《新论》根本精神，在由思辨，趣入体认。亦云证量，或证会。即从智入，而极于仁守。仁即本体。佛老于虚寂显体，《新论》则于虚寂，而有生生不息之健处，认识体。生生，仁也。故说仁即本体。此是儒家一脉相承。仁守，即体认之候。若私意私欲蔽其本体。即无体认可言。思辨，则智之事也。此或为偏尚知的系统者所不得契，然理贞一是。学有正鹄，不可徇俗而丧吾所持也。自《新论》文言、语体两本问世以来，十余年间，辄欲以一得之愚，已当世明哲商所向。天下之大，岂无与我同怀者乎？然而所期适得其反。汪大绅自序曰："学既成而日孤也。"余谓不孤，不足以为学，可无伤也。

说食

战争虽云结束，吾国人似少生气，最可伤痛。余以为国人生命上缺乏营养，此不可不注意也。佛家有四食之说，愿为国人陈之。四食者，一曰段食，二曰能食，三曰思食，四曰识食。段食者，谓人所食动植等品，是物质故，物有分段，故名段食。

能食者，感通之谓能，天地感而万物化生，圣人感人心而天下和平。宇宙万有，皆互相通，无有阻碍。故《易》曰："六爻发挥，旁通情也。"感通之义大矣哉。人而无感则拘于四体，与禽兽不异，《礼记》所谓人化物也，人化物则生命绝。是故君子不徒注重段食，而贵能食。能食，即感通之谓食。一日无感通为食，虽段食醉饱，实顽然一物，四海困穷，民生疾苦，皆所不喻。块然而尸居，冥然而罔觉，是即无感通，是谓缺能食。

思食者，造作之谓思。佛家心所法中，一曰思，以造作为义。非常途所云思想。即以创造为食。鸟兽营穴聚粮，但是占有冲动。人类，则自市井匹夫匹妇，田畴贷币，种种敛聚，乃至奸狡大盗，载狂心，执荡志，乘权处势，劫持众庶，以遂其兼并之欲。

细者为己，_{如吕政等。}大者为一国家一族类，将横噬六合，终亦自毙。_{如今之希特勒辈。}此皆占有冲动，无以异于禽兽。夫人为万物之灵，裁成天地。参赞化育，皆人之责，人道极尊，当转化占有冲动，而为创造胜能。如学术上之灵思独辟，宗教上之超越感，_{哲学家亦有之。}道德上极纯洁崇高之价值，不期而引人瞻天仰日之信念，政治与社会上重大之革新，使群众同蒙其福利，凡此皆谓之创造。人生一息而缺乏创造胜能，即占有冲动逞机思逞，占有冲动横溢，人则物化，而丧其生命。故创造者资养生命之粮，不可一日不具。思食所以次能食而言之。

识食者，了别之为食。云何了别？明于庶物，察于人伦，而上彻万化之源，是故知一己之生命，与宇宙大生命是一非二。了于此者，常能置身于天地万物公共之场，不以私害公，不以形累性。孔子坦荡荡，佛氏大自在，唯其了别故也。了别以为食，而生活乃富有日新，放乎无极。故次思食，而以识食终之。_{余说四食，与佛书本义不必全符，读者勿泥。}

四食者备，而人乃得全其生命，而人乃成为人。今人唯贪段食，乃至贪淫、贪利、贪权、贪势，皆段食之推也。能思识三食，今人皆不是务，生命无滋养，则行尸走肉而已，岂不哀哉？

读经

　　经书难读，不独名物训诂之难而已。名物训诂一切清楚，可以谓之通经乎？此犹不必相干也。此话，要说便长，吾不愿多说，亦不必我说，吾只述我少年读《诗经》的一个故事。

　　我在少年读《诗经》之先，已经读过四书，当然也不甚了解。但是当读《诗经》时，便晓得把孔子论诗的话来印证。《论语》记孔子曰："《关雎》乐而不淫，哀而不伤。"我在《关雎》章中仔细玩索这个义味，却是玩不出来。《论语》又记夫子说："诗三百，一言以蔽之，曰思无邪。"我那时似是用《诗》义折中作读本，虽把朱子诗传中许多以为淫奔的说法，多改正了，然而还有硬是淫奔之诗，还能变改朱子的说法的。除淫奔以外，还有许多发抒愤恨心情的诗，如何全说无邪？变雅中，许多讽刺政治社会昏乱之诗，其怨恨至深，如巷伯之忿谗人，曰"投畀豺虎！豺虎不食"云云。昔人言恶恶如巷伯，谓其恨之深也。《论语》又记：子谓伯鱼，"汝为《周南》《召南》矣乎？人而不为《周南》《召南》，其犹正墙面而立也欤？"朱注：正墙面而立者，一物无所见，一步不能行。易言之，即是不能生活下去的样子。人而不为"二南"，保故便至如此？我苦思这个道理，总不知夫子是怎生见地。朱注也不足以开我胸次，我又闷极了。总之，我当时除遵注疏，通其可通的训诂而外，于《诗经》得不到何种意境，就想借助孔子的话来印证，无奈又不能了解孔子的意思。

到后来，自己稍有长进，彷佛自己胸际有一点物事的时候，又常把上述孔子的话来深深体会，乃若有契悟，我才体会到孔子是有如大造生意一般的丰富生活，所以读《关雎》便感得乐不淫哀不伤的意味。生活力不充实的人，其中失守，而情易荡，何缘领略得诗人乐不淫哀不伤的情怀？凡了解人家，无形中还是依据自家所有的以为推故。

至于"思无邪"的说法，缘他见到宇宙本来是真实的，人生本来是至善的。虽然人生有很多不善的行为，却须知不善是无根的，是无损于善的本性的。不善对善而得名，虽与善相反，毕竟在本性上是绝无所谓不善，而可以谓之善的。吾夫子从他天理烂熟的理蕴去读诗，所以不论他是"二南"之和，《商颂》之肃，以及《雅》之怨、《郑》之淫、《唐》之啬、《秦》之悍等等，夫子却一概见为无邪思。原来三百篇都是人生的自然的表现，贞淫美刺的各方面，称情流露，不参一毫矫揉造作，合而观之，毕竟见得人生本来清净。夫子这等理境，真令我欲赞叹而无从。宋儒似不在大处理会，反说甚么善的诗可以劝，恶的诗可以惩，这种意思已不免狭隘，而且落在善恶劝惩的较量上，如何能领会得人生的意义与价值？朽腐即是神奇，贪嗔痴即是菩提，识此理趣，许你读三百篇去。

再说"人而不为《周南》《召南》",何故便成面墙？我三十以后渐渐识得这个意思，却也无从说明，这个意思的丰富与渊微在我是无法形容的。向、郭《庄子注》所谓"彰声而声遗，不彰声而声全"，就是我这般滋味。如果要我强说一句，我只好还引夫子的话："道不远人，人之为道而远人，不可以为道。"这话意义，广大精微。

孔子哲学的根本主张就可于此探索得来，他确是受过"二南"的影响，话虽如此，但非对孔子的整个思想有甚深了解的人，毕竟不堪识此意味。我又可引陶诗一句，略示一点意思，就是"即事多所欣"，试读《葛覃》《采蘋》《兔罝》诸诗，潜心玩味，便见他在日常生活里，自有一种欣悦、和适、勤勉、温柔、敦厚、庄敬日强等等的意趣，这便是"即事多所欣"。缘此，见他现前具足，用不着起什么恐怖，也不须幻想什么天国。我们读"二南"，可以识得人生的意义与价值，大步走上人生的坦途，直前努力，再不至面墙了，这是孔子所启示于我的。

孔子论诗是千古无两，唯孔子才能以他的理境，去融会三百篇的理境。唯三百篇诗是具有理境的诗，才能引发孔子的理境，这两方面的条件，缺一不行。

我想我个人前后读《诗经》和《论语》的经验，我深信读经之难，不仅在名物训诂。训诂弄清了，还不配说懂得经，这是我殷勤郑重向时贤申明的苦心。

关于中学生应否读经的问题，此亦难说，吾意教者实难其人，假设有好教员，四书未尝不可选读。如我所知，杭州私立清波中学，经袁心灿、蔡禹泽、张立民诸君，选授四书，于学生身心，很有补益。

杂感

世事如斯，幽忧愁苦。尝觉有一肚皮话要说，每一伸纸又苦闷不能道一字。大凡天下事，虽坏到极处，而其坏犹可得而指名之，即犹可以坏极二字形容之，尚未到不可言说地步。若乃坏到不可形容，极之一字，犹不能安立。极字，就吾国哲学上说，所谓太极，本是表示绝待的本体之词，实则本体已是对现象而立名，绝待还是因相对而受称。故一言夫极，必犹有不极者也。由此之故，言乎坏极，则犹有其未全坏者在也。若乃浑是个非，无有些微是处，则非亦绝对，而从何开口道其非耶？浑是个恶，无有些微善处，则恶亦绝对，而何从开口说其恶耶？尽天下人失其人性，都不成人，则更无从说谁人好坏。王船山先生《读通鉴论》，至南宋之季，而有言曰："于斯之时，岂复有小人哉？聚鸟兽于都门，相与掷逐而已。"痛哉斯言！夫人而曰小人，犹是人也，特识解低，胸量小，好自私自利，即损人益己，而成乎恶，故谓之小人。然犹未绝乎人之类也，则必其损人益己者犹有限度，即其为恶尚有忌惮也。至于绝对的自私自利，起心动念，举手投足，无往不欲一己之地位，谋一己之权利，逞一己之嗜欲，剥削百姓，猜斥异己，无论民族国家若何危险，人才若何乏绝，而稍有心肝与才干者，苟非吾之所私，则终不相容也。无论人民膏血若何吸尽，人民骨髓若何敲尽，吾有一日之势，必犹敲之吸之，终不肯稍求知足，终不念亿兆血尽骨枯者皆吾之同类同胞。如此绝无理性之物，则尚可名为小人乎？其离人之类，甚至不足比于鸟兽之类矣。南宋之季，其人如此也！明之季世，其人亦如此也！此船山先生所为痛心而言之也。民国开基，自袁氏以来，便有宋、明晚季之风。而其流毒，靡有底止。世事遂坏至不可形容！《诗》曰："谁生厉阶，至今为梗？"痛哉！痛哉！

　　教育本不能离社会政治等等问题而独进。然置身教育界者，要当在现状之下，以深锐之眼光，观察已往现在一切得失，而求所以改进之方。年来外人来华考察者，每不满于吾国教育。此事欲深论，自是一部十七史，无从说起。然而国中关心教育者及外人之批评吾国教育者，大抵以吾国教育太外国化为病。而主张革新者，又虑昌言教育中国化者有复古倾向，复返于张文襄中学为体，西学为用之错误主张，故又以现代化为言。吾意今日言教育必先定根本趋向。根本趋向既定，然后可讨论一切进行的详密计划。故吾于根本趋向，首注重焉。

　　吾以为主张现代化者，至少须有两项宜注意。一、反对复古，应于古之一字所表示之意义，有个分辨。二、现代化之一词，不可空洞无依据。今先说第一。时贤反对复古，未曾标定古字所涵之义，此殊为遗憾。或以张氏所谓中学为古欤？实则中学之所包含甚宽广，中国学术之各部门，自当随各时代之学者之研究而进展，不能概谓之古而摒除之也。如谓中国学术悉是陈旧思想，概不及西人，并不适于吾人现代生活，故宜屏而斥之，不可使复衍者；如此说来，便将中国学术与文化，完全一笔勾销。果尔，即言教育，乃于本国全无所依据，而唯有外国化之一途。然则老老实实说外国化足矣！若谓反对复古者并非完全废弃中国学术与文化，但如清末学堂课程注意读经而不注重科学，此等教育旨趣，今日万不可复行，此一说也，直是无的放矢。清末初开学堂，科学师资，尚未养成。至少数日本留学生，本不曾肄习何种科学，回国且多入宦场，当教习者亦不甚多。学堂科学课程之不能完备，亦无怪其然也。今则国内各级学校，科学课目无不完备。教者都由国内外学校出身，又何至有复返于清末学部章程之惧哉？唯读经一问题，则国中或有极少数，以学校废止读经为不合。然社会上多数治旧学者，对废止读经一事，卒未见有若何彰著之反响，与若何强烈之运动，此非是好现象也。正可见吾国旧学分子完全受八股对策与科举利禄之陶养，而绝不曾涵茹经义。故经之废读与否，与彼绝不相关。经学之亡，盖亦久矣。今日不读固废，而在昔科举时代，虽举国士子毕生读经，甚至背诵，实则彼之思想，完全以习经为取得利禄之工具，而经义绝不能入于其心，即绝不能影响其生活也。是故自汉以来之士子，读经而经废。故至今日，学校废读经，而畴昔读经之士，竟无反响者，以此征明经亡已久。中国今日之士习民风，本未曾受过经学影响。而今教育当局必欲废读经，虽较之科举时代之主张读经，不为坏意，但亦是剥死体耳。平情论之，大学中理科学生，责其读经，或属力不暇及。然文史哲学及社会政治诸系学生，自有穷经之必要。六经皆史，王阳明发之，章实斋更张之。吾国最古之史，莫如六经。社会政治之原理，于是焉求。哲学思想，更须追索于是。凡欲明了吾之民族精神与国民性及夫文化根源，殆舍六经莫由。此等传世悠久之宝典，乃吾民族生命所寄，如之何其可忽耶？

吾于此随便发抒感想之际，固不暇深谈经义。但就时贤攻击旧文化之论调，略举一二，而陈经义以明其不然。

每闻时贤说中国文化是主静的，西洋文化是主动的。但考之吾六经，若大《易》以阴阳对待，明变动不居，其宇宙观如是。其人生观则主自强不息。其发日用之当，则观象制器，利用安身，《系传》津津言之。至于立身行己，期于精义入神，随时叶宜，动与道会，不宜一毫苟且，不有一毫因循。故吾于《易》而知人道之至尊，人生之至乐也。恶有如晚世所谓以惰废为主静者乎？又清末以来，学人每谓吾国先哲讳言利，故乃不知兴利，而国贫民困。不知《周礼》于经济问题，已盛有发明。《大学》言理财，归之平天下，严又陵尝叹为卓识。《易》之《乾》曰："利者义之和。"尤为精义。《尚书》论治，以正德利用厚生为常经，此实千古不磨之训。何尝有如后世小儒空谈仁义而讳言利者乎？至孟子所贱恶之利，则乃自私自利之利，而非上来所述之利，又不当以孟子之说与晚世小儒齐观也。又外人每谓中国人为最不洁而污秽之民族，为最无规则而缺乏公共心之民族。试披读三礼，则自饮食起居往来交际，乃至授受取与，无往不有清严之仪则，与整暇之秩序，其见于《曲礼》与仪则者，皆可考而详也。故吾先民礼治之精神，实非法治之群所及，特后世退化耳。又今人每谓吾之社会，重迷信，习昏怠，征之于《诗》，乃大不然。《论语》记子谓伯鱼曰："汝为《周南》《召南》矣乎？人而不为《周南》《召南》，其犹正墙面而立也欤？"少时读此，不知何义。塾师虽字字讲解，实则彼亦完全不解也。今吾且老矣，乃稍窥圣意。夫欲究吾先民之人生思想，必求之三百篇。三百篇已广矣，"二南"便摄其要，故必求之"二南"。夫"二南"所咏皆男女室家日常职事，不离现实而别求天国，亦即于现实生活之中而具超脱意趣，未尝沦溺于物欲。讽其词，则温柔敦厚愉悦勤奋毋怠毋荒不淫不伤之意溢于音调。大美哉，深厚哉，"二南"之风也！中国古代哲学之人生观皆本于此也。中国先民不迩神道，故宗教不兴。观于"二南"而可知也。晚世之迷信与昏怠，《诗》亡故也。又中国人今以卑弱无耻及不抵抗闻于天下。试征之"二南"，则兔置野人，颂以干城。可见吾先民富有御侮之精神，人民平世安居，已具干城之节概。一旦有事征调，则义勇激发，横厉无前，盖可知也。至于雅中征戍诸什，虽劳而无激怨之情，亦知御侮为其保群之职分故也。若乃春秋于昏乱之国自取灭亡者，则罪其自亡。如《书》"梁亡"是也。其能抵抗，能复仇者，虽远，犹褒予之。如大齐襄复九世之仇是也。他如猜疑之主，则诛之尤深。如书"郑弃其师"是也。又如无道之君，称国以杀，则奖励国民自决自动之精神。又何尝以卑弱无耻而坐受上层之盘剥为贵耶？略举以上数事，则知六经之亡，实吾民族退化之征。而今日教育必废读经，是不欲使吾文化复活，是真欲使吾民族不能生存于现代也！读经顾可全废耶？其可以复古罪名加之读经耶？然则反对复古者，吾终不知其所谓古者为何如之古。是当分辨。

至于教育当现代化，吾无异议。但犹有疑者，现代化一词，实嫌空洞。俄国者现代的国家也，其教育，现代化的教育也。英、法、德、意乃至美国诸雄，亦现代的国家也。其教育亦现代化的教育也。然俄为共产主义，英、法乃至美国诸雄则反之。即在美国与英、法、德、意诸雄，又各有其国民性，其教育在此现代化之中亦各有其根本趋向，不必尽同。然则吾国今日之教育当为如何之现代化乎？此岂可以空空洞洞的现代化三字随便说去，而更不起问题耶？且现代化云云者，又不能截断过去及不计未来而仅说现代化也。既曰现代化，则必根据过去，又远瞩将来，方能决定现前应取之主张而实行之，以成其所谓现代化。否则只是一时苟且敷衍，绝不能立定脚跟，而何现代化之可言！中国自清末以来，言新教育而败坏至此，岂无故哉？所望时贤努力教育者，先从大处着想。昨见《大公报》副刊《世界思潮》张申府先生《编余》中有云："现在不论怎样没办法，却不可不使得将来有办法。"其言忧思深远，吾有同情。故感想及于教育，略说如上。